BESTSELLER

P. C. Cast y Kristin Cast son las creadoras de 'La Casa de la Noche', una serie paranormal que se ha convertido en todo un fenómeno de ventas en Estados Unidos y Europa. **Elegida,** el tercer libro de la serie, debutó en el n.º 2 de la lista de *best sellers* de *The New York Times.* **Indómita,** el cuarto, fue directo al n.º 1, al igual que los cuatro siguientes. **Abrasada** se ha hecho además con el primer puesto del *USA Today* y del *Wall Street Journal.* En España, el éxito de la serie no ha sido distinto, consiguiendo el n.º 1 con las siete novelas publicadas, y cada vez se traduce a más idiomas.

'La Casa de la Noche' representa lo mejor del género paranormal para adolescentes. Las Cast han logrado combinar de forma magistral magia, mitología y vampiros. Una serie de la que ya se han comprado los derechos para hacer la adaptación cinematográfica.

P. C. CAST Y KRISTIN CAST

Elegida

Traducción de
Isabel Blanco González

LA FACTORIA DE IDEAS

DEBOLS!LLO

Título original: *Chosen*

Primera edición en Factoría Debolsillo: febrero, 2013

C/ Pico Mulhacén, 24-26. Polígono industrial «El Alquitón».
28500 Arganda del Rey. Madrid. Teléfono: 91 870 45 85.

www.lafactoriadeideas.es
informacion@lafactoriadeideas.es

Printed in Spain – Impreso en España

ISBN: 978-84-9018-125-6
Depósito legal: M-39378-2012

Impreso en Blackprint CPI

Dedicamos esta novela a todas las personas que nos han mandado un correo electrónico para pedirnos más y más aventuras de Zoey y su pandilla. ¡Os queremos!

Agradecimientos

Gracias a nuestra fabulosa agente, Meredith Bernstein, que tuvo la idea de que nuestra vampira terminara sus estudios en la escuela.

Muchísimas gracias a nuestro equipo de St. Martin: Jennifer Weis, Stefanie Lindskog, Katy Hershberger, Carly Wilkins y a los excelentes genios de *marketing* y a los diseñadores de la portada.

De P. C.:

Gracias a todos mis estudiantes, que siempre me están rogando que los incluya en estos libros y que los mate. Sois un estupendo alimento para la comedia.

1

—Sí, mi cumpleaños da asco —le dije a mi gata *Nala*.

(Bueno, la verdad es que no es que ella sea mi gata, sino que yo soy su «persona». Ya sabes cómo funcionan estas cosas con los gatos: ellos en realidad no tienen dueños, sino empleados. Pero eso es algo que yo procuro ignorar.)

De cualquier modo, seguí hablándole a mi gata como si ella estuviera pendiente de cada una de mis palabras, cosa que desde luego *nooooo* era el caso.

—Hace diecisiete años que mi cumpleaños es el veinticuatro de diciembre. A estas alturas, estoy completamente acostumbrada. No es ningún problema.

Sabía que lo decía en voz alta solo para convencerme a mí misma. *Nala* me soltó uno de sus «miau» con su voz de vieja cascarrabias y luego se puso a lamerse sus partes íntimas, demostrándome que comprendía bien hasta dónde estaba yo.

—Así que hagamos un trato —continué mientras terminaba de emborronarme un poco la línea de los ojos. (Y digo «un poco», porque pintarse la línea al estilo «soy un mapache tenebroso» definitivamente no es para mí. De hecho, creo que eso no le va a nadie.)—. Me harán un puñado de regalos bienintencionados que, en realidad, no son regalos de cumpleaños, porque la gente siempre está tratando de juntar mi cumpleaños con la Navidad, y eso nunca funciona —aseguré, alzando la vista hacia el espejo, en el que vi reflejados los enormes ojos verdes de *Nala*—. Pero tú y yo sonreiremos y fingiremos que somos felices con esos estúpidos regalos de *cumplenavidad*, porque la gente no acaba de captar que no se puede confundir un cumpleaños con la Navidad. No, no logran captarlo.

Nala estornudó.

—Eso es exactamente lo que siento yo, pero seremos amables porque cuando digo algo, siempre es peor. Entonces me regalan chorradas y todo el mundo se enfada y todo se echa a perder.

Nala no parecía muy convencida, así que yo me concentré en mi propio reflejo. Por un segundo pensé que quizá me había pasado con el perfilador de ojos, pero entonces me miré más de cerca y me di cuenta de que lo que hacía que mis ojos parecieran tan grandes y oscuros no era algo tan vulgar como el perfilador. Aunque hacía ya dos meses que había sido marcada para convertirme en vampira, el tatuaje en forma de luna creciente de color zafiro que tenía entre los ojos y la elaborada filigrana como de encajes que se entrelazaban que enmarcaba mi rostro todavía seguían sorprendiéndome. Seguí el dibujo de una de las espirales azules con la punta del dedo. Luego, casi inconscientemente, tiré del jersey de cuello alto y ancho, ya de por sí caído, hasta verme el hombro izquierdo. Con un movimiento de cabeza me aparté el largo cabello negro, de modo que resultara visible el inusual diseño de los tatuajes que comenzaban en la base del cuello y se extendían por el hombro e incluso más abajo, a ambos lados de la espina dorsal, hasta la región lumbar. Como siempre, ver mis tatuajes me produjo esa emoción eléctrica que en parte se debía a la sorpresa y en parte al miedo.

—No eres como las demás —le susurré a mi reflejo. Luego me aclaré la garganta y continué con una voz quizá demasiado animada—: Pero no pasa nada por no ser como las demás —dije. Le hice una mueca de exasperación a mi reflejo—. Bueno, lo que sea.

Alcé la vista por encima de mi cabeza, sorprendiéndome a medias por el hecho de que no fuera en absoluto visible. Quiero decir que yo sí podía sentir la gigantesca nube negra que había estado siguiéndome a todas horas durante el último mes.

—¡Demonios!, me sorprende que no esté lloviendo aquí. Además, ¿no sería estupendo para mi pelo? —le pregunté, sarcástica, a mi reflejo.

Luego suspiré y recogí el sobre que yo misma había dejado sobre la mesa. «Familia Heffer», ponía, estampado en relieve con letras de oro encima de la dirección del remitente.

—Hablando de deprimirse… —musité.

Nala volvió a estornudar.

—Tienes razón. Más vale terminar cuanto antes —continué, abriendo el sobre de mala gana y sacando la tarjeta—. ¡Ah, demonios! ¡Es peor de lo que esperaba!

En la parte delantera de la tarjeta había una cruz enorme, supuestamente de madera. Clavado en el centro de la cruz, por supuesto con un clavo sanguinolento, había un papiro antiguo. Escrito en él, naturalmente con letras rojas de sangre, estaban impresas las palabras: «Él es el motivo de estas fiestas». Dentro de la tarjeta, pero también impreso en letras rojas, ponía: «Feliz Navidad». Debajo, y escrito a mano por mi madre, se leía: «Espero que te estés acordando de tu familia durante este bendito momento del año. Feliz cumpleaños. Te quieren, mamá y papá».

—Son tan típicos —le dije a *Nala*. Mi estómago rugió—. Y además él no es mi padre.

Rasgué la tarjeta en dos y la arrojé a la papelera. Luego me quedé contemplando los pedazos.

—Cuando no están ignorándome, me insultan. Prefiero que me ignoren.

Alguien llamó a la puerta, y yo me sobresalté.

—¡Zoey, todo el mundo quiere saber dónde estás! —gritó la voz de Damien a través de la puerta.

—¡Un momento…! ¡Casi estoy lista! —grité yo, tratando de mentalizarme. Contemplé mi reflejo por última vez y decidí, un poco a la defensiva, dejarme el hombro al descubierto—. Mis marcas no son como las de los demás, así que quizá sea mejor darles algo de qué hablar a las masas —musité para mí.

Luego suspiré. Por lo general no soy tan gruñona, pero mi puñetero cumpleaños, mis puñeteros padres…

No. No podía seguir mintiéndome.

—¡Ojalá Stevie Rae estuviera aquí! —susurré.

Porque eso era; eso era lo que había estado apartándome de mis amigos (incluyendo a mis dos novios) durante todo el mes anterior, y lo que se había convertido para mí en una desagradable, tormentosa y enorme nube sobre mi cabeza. Echaba de menos a mi mejor amiga y ex compañera de cuarto, a la que todo el mundo había visto morir hacía ya un mes y quien yo sabía, sin embargo, que había sido convertida en una criatura no muerta de la noche... por muy melodramático y terriblemente mal que sonara, como si se tratara de una película de serie B. Lo cierto era que en ese momento, en lugar de estar abajo, ocupándose de los últimos detalles de mi fiesta, Stevie Rae estaba en realidad acechando a alguien por los viejos túneles subterráneos de Tulsa, conspirando con otras desagradables criaturas no muertas que eran malas de verdad, además de oler fatal.

—Eh... ¿Z?, ¿te encuentras bien? —gritó de nuevo la voz de Damien, interrumpiendo mi ralladura mental.

Yo recogí a *Nala,* le di la espalda a la terrible tarjeta de *cumplenavidad* de mis padres, salí disparada hacia la puerta y casi pasé por encima de mi amigo, que me observaba con expresión de preocupación.

—Lo siento... lo siento —musité.

Damien echó a correr hasta alcanzarme. Me miraba de reojo de vez en cuando.

—Jamás antes había conocido a nadie que no estuviera emocionado por su cumpleaños —comentó Damien.

Yo solté a *Nala,* que se retorcía en mis brazos, y me encogí de hombros al tiempo que trataba de esbozar una sonrisa, como si no ocurriera nada.

—Solo estoy practicando para cuando sea vieja. Por ejemplo, para cuando tenga treinta años y tenga que mentir sobre mi edad.

Damien se detuvo y se giró hacia mí.

—¡Ah!, ya —dijo él—. Pero todos sabemos que los vampiros viejos de treinta años siguen aparentando unos veinte, y que son muy sexis. De hecho, incluso los vampiros viejos de ciento treinta años aún siguen aparentando unos veinte, y definitivamente son muy sexis. Así que, ¿a qué viene esa tontería de que tendrás que mentir sobre tu edad? ¿Qué te ocurre en realidad?

Mientras yo vacilaba y reflexionaba acerca de qué debía o no contarle a Damien, él alzó una ceja y dijo, con su relamida voz de profesor de escuela:

—Ya sabes lo sensible que se pone mi gente cuando se trata de emociones, así que ríndete, y cuéntame la verdad.

Yo suspiré antes de contestar:

—¡Sí, a veces los gais sois tan extrañamente intuitivos!

—Sí, los *homos* somos así. Escasos, orgullosos e hipersensibles.

—*¿«Homo»* no es un término despectivo?

—No si lo usa un *homo.* Y, a propósito, me estás dando largas, y eso no te va a funcionar.

De hecho, Damien incluso se llevó una mano a la cadera y comenzó a dar golpecitos en el suelo con el pie, esperando.

Yo sonreí, pero sabía que la expresión de mi rostro y de mis ojos no era de alegría. De pronto, con una intensidad que me sorprendió, sentí la desesperada necesidad de contarle a Damien la verdad.

—Echo de menos a Stevie Rae —solté sin pensar, antes de tener tiempo de taparme la boca.

Él no vaciló ni un instante al responder:

—Lo sé.

Sus ojos de pronto se pusieron sospechosamente húmedos.

Y así fue: como si se hubiera roto una presa en mi interior, las palabras comenzaron a salir a borbotones de mi boca:

—¡Ella debería estar aquí! ¡Debería estar corriendo de un lado para otro como una loca, terminando la decoración de mi fiesta de cumpleaños, y quizá incluso preparándome una tarta ella sola!

—Sí, una tarta horrible —puntualizó Damien mientras se sorbía la nariz.

—Sí, pero la haría con una de las recetas favoritas de su madre —añadí yo, imitando y exagerando todo lo que pude el pueblerino acento de Oklahoma de Stevie Rae, cosa que me hizo sonreír de verdad.

Entonces pensé en lo extraño que era que, justo cuando le contaba a Damien lo mal que me sentía y por qué, en mi rostro se dibujara una sonrisa sincera.

—Y las gemelas y yo estaríamos cabreados porque ella habría insistido en que lleváramos esos estúpidos gorros de cumpleaños que se sujetan con una goma que te aprieta el cuello —comentó Damien, estremeciéndose sinceramente de horror—. ¡Dios, son tan horribles!

Yo me eché a reír y sentí que el peso que me oprimía el pecho comenzaba a ceder.

—Sí, ese es el tipo de cosas de Stevie Rae que me hacen sentir bien —dije yo.

No me di cuenta de que había utilizado el presente hasta que vi el rostro lloroso de Damien dudar.

—Sí, ella era genial —dijo él, recalcando el «era» y mirándome directamente a los ojos, como si estuviera preocupado por mi salud mental.

¡Si él supiera la verdad!, me dije. *¡Y si yo pudiera decírsela!*

Pero no podía. Si lo hacía, o bien Stevie Rae o bien yo, o quizá incluso ambas, terminaríamos asesinadas. Y esta vez de verdad.

Así que en lugar de contarle nada, agarré del brazo a mi preocupado amigo y tiré de él hacia las escaleras que nos llevarían a los salones de las chicas para reunirnos con nuestras amigas (y ver por fin sus estúpidos regalos).

—Vamos. Siento la necesidad de abrir regalos —mentí con entusiasmo.

—¡Oh, Dios mío! ¡Apenas puedo esperar a que abras el mío! —me dijo Damien con verdaderos nervios—. ¡Me he pasado una eternidad de tiendas, buscándolo!

Sonreí y asentí en dirección a Damien, como requería el momento, mientras él seguía dale que te pego, explicándome el asunto de cuánto le había costado encontrar el regalo perfecto. Él por lo general no parece gai. Y no porque en realidad el fabuloso Damien Maslin no lo sea. Porque sin duda lo es. Pero también es un chico alto, de pelo castaño, ojos grandes y muy, muy mono, y tiene toda la pinta de ser un material excelente como novio (si eres un chico, claro). No es de esos que tienen pluma, pero cuando se pone a hablar de tiendas, le salen irremediablemente sus maneras femeninas. Y no es que a mí no me guste ese rasgo de él. Me parece encantador cuando se pone a parlotear acerca de lo importante que es comprarse unos buenos zapatos, y en ese preciso instante su cháchara me resultaba incluso tranquilizadora. Me ayudaba a prepararme para enfrentarme a los horribles regalos que, por desgracia, me esperaban.

Lástima que no pudiera ayudarme también a enfrentarme a lo que de verdad me inquietaba.

Llegamos al salón principal hablando todavía del asunto de las tiendas. Yo saludé con la mano a varios grupos de chicas que se apiñaban ante las enormes pantallas planas de televisión mientras nos dirigíamos al cuartito que servía de biblioteca y sala de ordenadores. Damien abrió la puerta, y entonces mis amigos se pusieron a cantar el *Cumpleaños feliz,* formando un coro completamente desafinado. Oía a *Nala* silbar y, por el rabillo del ojo, la vi atravesar la puerta y dirigirse hacia el pasillo. *¡Cobarde!,* pensé, al tiempo que deseaba escapar con ella.

Cuando, gracias a Dios, la canción terminó, toda mi panda se me quedó mirando.

—¡Felicidades-felicidades! —exclamaron las gemelas casi al unísono.

Bueno, está bien; en realidad no son gemelas genéticamente hablando. Erin Bates es una chica de piel muy blanca de Tulsa, y Shaunee Cole es una adorable chica de piel del color del caramelo, descendiente de americanos de origen jamaicano, que creció en Connecticut. Pero, por raro que resulte, se parecen tanto que el tono de la piel y su procedencia no tienen la más mínima importancia. Son almas gemelas, cosa que las une aun más que la simple biología.

—Feliz cumpleaños, Z —dijo una voz profunda y sensual que yo conocía muy, muy bien.

Salí del sándwich en el que me habían aprisionado las gemelas y me dirigí hacia los brazos abiertos de mi novio, Erik. Bueno, técnicamente hablando Erik es solo uno de mis dos novios, porque el otro es Heath; un adolescente humano con el que salía antes de ser marcada y al que se supone que ya no veo, pero al que accidentalmente digamos que succioné la sangre y con el que, de resultas, ahora estoy conectada, así que automáticamente se ha convertido en mi otro novio. Sí, es confuso. Sí, Erik está enfadado. Y sí, estoy esperando a que Erik me dé la patada en cualquier momento.

—Gracias —murmuré yo, alzando la vista hacia él y quedándome atrapada una vez más en sus increíbles ojos.

Erik es alto y sexi, y tiene el pelo negro como el de Superman y unos ojos increíblemente azules. Me relajé en sus brazos, cosa que no me he permitido hacer muy a menudo durante este último mes, y me dejé llevar temporalmente por su alucinante fragancia y por el sentimiento de seguridad que siento siempre que estoy cerca de él. Me miró a los ojos exactamente igual que en las películas, y por un segundo todo lo demás se desvaneció y yo sentí que estábamos solos él y yo. Al ver que yo no me apartaba, él esbozó una lenta sonrisa de ligera sorpresa, lo cual me provocó un vuelco en el corazón. He estado apartando al pobre chico de mi lado durante demasiado tiempo, y en realidad él ni siquiera comprende por qué. Impulsivamente me puse de puntillas y lo besé, y eso causó un regocijo generalizado entre mis amigos.

—¡Eh!, Erik, ¿por qué no repartes un poco de ese cariño de cumpleaños por aquí también? —preguntó Shaunee, alzando las cejas en dirección a mi sonriente novio.

—Sí, cariño —insistió Erin, imitando el gesto de las cejas de Shaunee como es costumbre entre las gemelas—. ¿Por qué no nos das un besito de cumpleaños también a nosotras?

Yo hice una mueca de fingida exasperación mientras miraba a las gemelas y dije:

—¡Eh!, que no es su cumpleaños. Solo se besa al chico o la chica del cumpleaños.

—¡Vaya! —exclamó Shaunee—. Yo te quiero, Z, pero no quiero darte un beso de esos.

—Nada de besos entre los del mismo sexo por mi parte, ¿vale? —comentó Erin sonriendo en dirección a Damien, que contemplaba a Erik con adoración—. Eso se lo dejaremos a Damien.

—¿Cómo? —preguntó Damien que, evidentemente, prestaba más atención a los encantos de Erik que a los de las gemelas.

—Otra vez, estábamos diciendo que… —comenzó Shaunee.

—¡Que te confundes de equipo! —exclamó Erin, terminando con el tema.

Erik se echó a reír de buen humor, le dio a Damien un puñetazo en el hombro como suelen hacer los chicos, y dijo:

—Eh, si alguna vez decido cambiar de equipo, tú serás el primero en saberlo.

(Y esa es otra de las razones por las que lo adoro. Erik es *superguay* y a todo el mundo le cae *superbien,* y siempre acepta a la gente tal y como es y sin darse aires de superioridad.)

—Eh, espero ser yo la primera en saberlo si decides cambiar de equipo —dije yo.

Erik se echó a reír y me abrazó, al tiempo que me susurraba al oído:

—No es algo de lo que vayas a tener que preocuparte.

Mientras yo consideraba seriamente la posibilidad de darle a Erik otro beso a escondidas, el novio de Damien, un pequeño tornado llamado Jack Twist, entró bruscamente en la sala y exclamó:

—¡Bien, aún no ha abierto los regalos! ¡Feliz cumpleaños, Zoey!

Entonces Jack se abalanzó sobre mí y nos abrazó (sí, nos abrazó a Damien y a mí).

—Te dije que te dieras prisa —dijo Damien, mientras los tres nos soltábamos.

—Lo sé, pero tenía que asegurarme de que el regalo estaba envuelto correctamente —contestó Jack. Y, con una floritura que solo un chico gai podría hacer, alcanzó la bolsa que colgaba de su hombro y sacó de ella una caja envuelta en un papel rojo con un brillante lazo verde tan grande que casi tapaba todo el paquete—. El lazo lo he hecho yo.

—A Jack se le dan verdaderamente bien las manualidades —comentó Erik—. Lo que ya no se le da tan bien es recoger después de hacerlas.

—Lo siento —dijo Jack en voz baja—. Prometo que recogeré después de la fiesta.

Erik y Jack son compañeros de habitación, lo cual demuestra todavía más lo enrollado que es Erik. Es de quinto curso (lo que en el lenguaje vulgar equivale a decir que es del curso de los más mayores) y también es el chico más admirado en general en toda la escuela. Jack en cambio es de tercero, es decir, un novato, y además es nuevo. Es mono pero es un poco empollón, y sin lugar a dudas es gai. Erik podría haber montado una bronca por el hecho de que le colocaran a un maricón en el cuarto y podría haber conseguido que lo cambiaran, y quizá entonces la vida de Jack en la Casa de la Noche se hubiera convertido en un infierno. Pero en lugar de ello, Erik lo tomó bajo su protección y comenzó a tratarlo como si fuera un hermano; un trato que además extendió a Damien, que oficialmente sale con Jack hace hoy justamente dos semanas y media. (Nosotros lo sabemos porque Damien es ridículamente romántico, y celebra las medias semanas de aniversario exactamente igual que las semanas completas. Sí, todos los demás nos partimos de risa. Pero sin burlarnos.)

—¡Vaya! ¡Y hablando de regalos! —exclamó Shaunee.

—Sí, trae esa caja con el lazo gigante para acá, para la mesa de los regalos, y deja que Zoey empiece a abrirlos —dijo Erin.

Yo oí a Jack susurrarle a Damien al oído:

—¿Lazo gigante, dice?

Pero Damien le respondió con una sonrisa que pretendía inspirarle confianza y diciendo:

—¡No, si es perfecto!

—Yo lo llevaré a la mesa y lo abriré el primero —dije yo, cogiendo el paquete de Jack y corriendo a la mesa. Enseguida comencé a desatar cuidadosamente el inmenso lazo verde brillante, mientras añadía—: Creo que voy a guardarme este lazo, porque es precioso.

Damien esbozó una expresión de agradecimiento y me guiñó un ojo. Oí a Erin y a Shaunee soltar una risita sofocada, pero conseguí darle una patada a una de las dos, lo cual las hizo callar. Dejé el lazo a un lado y desenvolví la cajita, y entonces saqué…

¡Oh, demonios!

—¡Una bola de nieve de cristal! —dije yo, tratando de sonar feliz—. ¡Con un muñeco de nieve dentro!

Vale. Una bola de cristal rellena de nieve y con un muñeco de nieve dentro no es un regalo de cumpleaños. Es un detalle decorativo navideño. Y además es un detalle decorativo navideño cutre.

—¡Sí, sí! ¡Y escucha cómo suena! —exclamó Jack, prácticamente saltando arriba y abajo de puro entusiasmo, mientras me quitaba la bola y le daba cuerda con una llave de la base, de modo que *Frosty, el muñeco de nieve,* arrancaba a tintinear con notas sórdidas y desafinadas.

—Gracias, Jack. Es realmente precioso —mentí yo.

—Me alegro de que te guste —dijo Jack—. Es un motivo perfecto para tu cumpleaños.

Jack miró entonces a Erik y a Damien, y los tres se sonrieron entre sí como tres chicos malos.

Yo me planté una sonrisa en la cara y añadí:

—Ah, bueno, bien. Entonces voy a abrir el siguiente regalo.

—¡Ahora el mío! —exclamó Damien, tendiéndome una caja larga y ligera.

Con la sonrisa bien puesta en su sitio, yo comencé a abrir la caja. Pero no pude evitar desear convertirme en un gato para ponerme a bufar y salir corriendo de allí.

2

—¡Oh, es preciosa! —exclamé, acariciando con la mano la bufanda doblada de lana, completamente atónita ante el hecho de que me hubieran hecho un regalo chulo de verdad.

—Es de cachemira —dijo Damien con aires de suficiencia.

La saqué de la caja, emocionada por el hecho de que fuera de un elegante y brillante tono crema, en lugar del rojo y verde de los regalos de *cumplenavidad* de siempre, y entonces me quedé helada. Me había emocionado demasiado pronto.

—¿Has visto los muñecos de nieve bordados de los extremos? —preguntó Damien—. ¿Verdad que son adorables?

—Sí, adorables —contesté yo.

Claro, eran adorables para Navidad. Pero no tanto para un regalo de cumpleaños.

—Bueno, ahora nos toca a nosotras —dijo Shaunee, que me pasó inmediatamente una caja grande, envuelta de cualquier modo con un papel verde con dibujos de árboles de Navidad.

—Nuestro regalo no lleva el motivo del muñeco de Navidad —dijo Erin al tiempo que fruncía el ceño en dirección a Damien.

—Sí, nadie nos lo había dicho —añadió Shaunee, repitiendo el gesto de su gemela.

—¡No importa! —exclamé yo un poco demasiado aprisa y con excesivo entusiasmo.

Entonces rompí el papel. Dentro había unas botas de piel negra, con tacones de aguja, que habrían resultado la mar de elegantes, chics y fabulosas… de no haber sido por los dibujos de árboles de Navidad, bordados en rojo y dorado, de los laterales. ¡Aquello solo podía ponérselo uno en Navidad! Razón por la cual el regalo de *cumplenavidad* resultaba una idea nefasta.

—Ah, gracias —dije con todo el entusiasmo que pude—. Son realmente monas.

—Nos llevó una eternidad encontrarlas —comentó Erin.

—Sí, ninguna bota normal y corriente podía servir para la señorita doña Veinticuatro de Diciembre —añadió Shaunee.

—Sin duda. Unas sencillas botas negras de piel y tacón jamás habrían servido —confirmé yo casi con lágrimas en los ojos.

—¡Eh, que aún queda otro regalo!

La voz de Erik me sacó del pozo negro de depresión en que se había convertido mi *cumplenavidad.*

—¡Ah!, ¿queda otra cosa? —pregunté yo.

Esperaba ser la única que había oído mi tono de voz, que en realidad parecía decir: «Ah, pero, ¿es que queda otro trágico regalo de cumpleaños de esos que en realidad no lo son?».

—Sí, queda otra cosa más —contestó Erik casi con timidez mientras me tendía una cajita pequeñísima y rectangular—. De verdad espero que te guste.

Bajé la vista por un momento hacia la caja antes de quitársela de las manos, y luego casi la estrujé de sorpresa y felicidad. Erik sostenía un regalo envuelto en papel plateado y dorado, y encima tenía una pegatina de la joyería Moody's pegada en el centro al estilo clásico. (Juro que oí a un coro cantar el *Aleluya* en *crescendo* en algún lugar de mi cabeza).

—¡Es de Moody's! —exclamé apenas sin aliento, incapaz de contenerme.

—Espero que te guste —repitió Erik, sonriéndome de manera encantadora y mirando la cajita plateada y dorada como si fuera un tesoro resplandeciente.

Rasgué el adorable papel y saqué una caja de terciopelo negro. ¡Terciopelo! ¡Lo juro! Terciopelo de verdad. Me mordí el labio para reprimir una risita, contuve el aliento y por fin lo abrí.

Lo primero que vi fue una cadena de brillante platino. Incapaz de articular palabra de pura felicidad, mis ojos siguieron los eslabones de la cadena hasta hallar las preciosas perlas que yacían sobre el terciopelo. ¡Terciopelo! ¡Platino! ¡Perlas! Abrí la boca para llenar los pulmones y comenzar así un entusiasta «¡Oh, Dios mío, gracias, Erik, eres el mejor novio que haya tenido jamás!» cuando, de pronto, me di cuenta de que las perlas tenían una extraña forma. ¿Acaso eran defectuosas? ¿Es que la fabulosa, la exclusiva e increíblemente cara joyería Moody's había timado a mi novio? Entonces caí en la cuenta de lo que estaba viendo.

Las perlas formaban un muñeco de nieve.

—¿Te gusta? —preguntó Erik—. Cuando lo vi, era como si me gritara que estaba hecho para el cumpleaños de Zoey, así que tuve que comprarlo.

—Sí. Me encanta. Es… único —logré decir.

—¡Fue a Erik a quien se le ocurrió el motivo del muñeco de nieve! —gritó Jack alegremente.

—Bueno, no fue por eso —explicó Erik, que comenzaba a ponerse un poco colorado—. Simplemente es que pensé que era algo diferente, no el típico corazón y esas cosas que regala todo el mundo.

—Sí, los corazones y esas cosas habrían sido demasiado vulgares para un cumpleaños. ¿A quién le habrían gustado? —dije yo.

—Deja que te lo ponga —dijo Erik.

No podía hacer otra cosa que apartarme el pelo y dejar que Erik diera un paso atrás para colocarme la delicada cadena alrededor del cuello. Sentí el muñeco de nieve colgando pesado y odiosamente estúpido sobre el escote.

—Es mono —dijo Shaunee.

—Y muy caro —añadió Erin.

Ambas gemelas se miraron la una a la otra con un gesto de asentimiento. Las dos lo aprobaban.

—Pega con la bufanda perfectamente —dijo Damien.

—¡Y con la bola de cristal de nieve! —exclamó Jack.

—Sin duda es un buen motivo de cumpleaños navideño —dijo Erik, lanzándole a las gemelas una mirada tímida, a la cual ellas respondieron con la típica sonrisa que lo perdona todo.

—Sí, sí, sin duda es un buen motivo de cumpleaños navideño —dije yo, acariciando la perla del muñeco de nieve. Entonces les lancé a todos una sonrisa radiante y completamente falsa y añadí—: ¡Gracias, chicos! De verdad que aprecio mucho todo el tiempo y todo el esfuerzo que os ha costado encontrar unos regalos tan especiales. Lo digo en serio.

Y era así. Aborrecía los regalos, pero el esfuerzo que había detrás de ellos era otra cosa.

Mis crédulos amigos se acercaron y todos juntos nos abrazamos. Al soltarnos, todos nos estábamos riendo. Justo entonces se abrió la puerta y la luz del vestíbulo se reflejó sobre un pelo muy rubio y voluminoso.

—Aquí.

Por suerte, mis reflejos de vampiro recientemente adquiridos se estaban volviendo muy rápidos, y pude atrapar la caja que ella me tiró.

—Ha llegado correo para ti mientras estabas aquí con tu pandilla de lerdos —añadió ella mientras se reía a carcajadas.

—¡Vete de aquí, Aphrodite, eres una bruja!

—¡Sí, márchate antes de que te tiremos un cubo de agua encima y te derritas! —exclamó Erin.

—Lo que tú digas —contestó Aphrodite, que, antes de darse la vuelta, se giró hacia mí y sonrió amplia e inocentemente para añadir—: Bonita gargantilla, con ese muñeco de nieve.

Nuestras miradas se encontraron, y juro que me guiñó un ojo justo antes de apartarse el pelo de la cara con un movimiento de cabeza. Tras marcharse, su risa quedó flotando en el aire como la niebla.

—Es una verdadera hija de puta —dijo Damien.

—Cualquiera pensaría que ha aprendido la lección, después de que le arrebataran el liderazgo de las Hijas Oscuras y de que Neferet proclamara que la Diosa le ha retirado sus dones —comentó Erik—. Pero ya ves, esa chica jamás cambiará.

Yo lo miré con dureza. Así que eso era lo que se atrevía a decir Erik Night, el ex novio de Aphrodite. No hizo falta que dijera las palabras en voz alta. Por la precipitada forma de apartar Erik la vista de mí, supe que las había leído en mis ojos.

—No dejes que te estropee tu cumpleaños —dijo Shaunee.

—No le hagas caso a esa odiosa bruja. Nadie se lo hace —añadió Erin.

Erin tenía razón. Desde el momento en el que su egoísmo había provocado su expulsión pública de las Hijas Oscuras y del grupo de amigas con más prestigio de toda la escuela, pasando entonces el liderazgo de las Hijas Oscuras y el nombramiento como sacerdotisa en prácticas a mí, Aphrodite había perdido su estatus de iniciada más admirada y poderosa del colegio. Nuestra alta sacerdotisa, Neferet, que era también mi mentora, había dejado bien claro que Nyx, nuestra Diosa, le había retirado todos sus favores a Aphrodite. En resumen: que Aphrodite era ahora rechazada en la misma medida en que antes era adorada y se la tenía en un pedestal.

Pero, por desgracia, yo sabía que la historia era algo más complicada de lo que creía la gente. Aphrodite había utilizado sus visiones, que evidentemente eran un don que no le había sido arrebatado, para salvar a mi abuela y a Heath, mi novio humano. Por supuesto que se había comportado como una guarra y una egoísta durante el rescate, pero aun así. Heath y mi abuela seguían vivos, y en parte se lo debía a Aphrodite.

Además yo acababa de descubrir que Neferet, nuestra alta sacerdotisa, mi mentora y la vampira más admirada de toda la escuela, tampoco era lo que parecía. De hecho, comenzaba a creer que Neferet era probablemente tan mala como poderosa.

«La oscuridad no siempre es lo mismo que el mal, igual que la luz no siempre trae el bien.» Las palabras que me había dicho Nyx el día en que fui marcada atravesaron de golpe mi mente, resumiendo en una sola frase el problema con Neferet. Ella no era lo que aparentaba.

Y no podía decírselo a nadie o, al menos, no podía decírselo a nadie vivo (con lo cual solo me quedaba mi mejor amiga no muerta, con la que no había conseguido hablar en todo el mes anterior). Por suerte, tampoco había hablado en absoluto con Neferet durante todo el mes anterior. Ella se había marchado a un retiro invernal en Europa y no estaba previsto que volviera hasta el día de Año Nuevo. Pero ya se me ocurriría algún plan para enfrentarme a ella cuando volviera. De momento, mi único plan consistía simplemente en eso: en que ya daría con algún plan. Lo cual no era ningún plan en absoluto. Mierda.

—Eh, ¿qué hay en ese paquete? —preguntó Jack, sacándome de mi pesadilla mental para trasladarme de nuevo a la pesadilla de mi fiesta de *cumplenavidad.*

Todos dirigimos la vista hacia el paquete envuelto en papel marrón que yo sostenía.

—No lo sé —dije yo.

—¡Apuesto a que es otro regalo de cumpleaños! —gritó Jack—. ¡Ábrelo!

—¡Oh, Jesús…! —exclamé yo.

Al ver las expresiones confusas de mis amigos, me apresuré a desenvolver el paquete. Dentro de la caja envuelta en papel marrón había otra caja, esta vez envuelta en un bonito papel de color lavanda.

—¡Es otro regalo de cumpleaños! —chilló Jack.

—Me pregunto de quién será —comentó Damien.

Yo estaba preguntándome exactamente lo mismo, y pensando que el papel me recordaba a mi abuela, que vivía en una impresionante granja de lavanda. Pero ¿por qué iba ella a mandarme por correo un regalo, cuando iba a verla esa misma noche?

Desenvolví y abrí la caja blanca. Dentro había otra mucho más pequeña, también blanca, embutida entre un montón de papel arrugado de color lavanda. La curiosidad me estaba matando mientras sacaba esa tercera caja de dentro de la segunda. Al hacerlo, un montón de trozos de papel se quedaron colgando del fondo, cargados de electricidad estática. Pasé la mano por debajo para despegarlos antes de abrirla. Mientras los trozos de papel volaban hacia la mesa, levanté la tapa y me quedé boquiabierta. En medio de la caja, sobre la tela de algodón blanca que la forraba por el interior, estaba el brazalete de plata más precioso que jamás hubiera visto. Lo saqué sin dejar de exclamar «ooooh» y «aaaaah» ante sus encantadores destellos. Tenía talladas estrellas, conchas y caballitos de mar, y cada uno de los dibujos estaba separado del siguiente por un adorable corazoncito de plata.

—¡Es absolutamente perfecto! —exclamé yo que, de inmediato, me lo puse en la muñeca—. Me pregunto quién me lo habrá mandado.

Giré la muñeca a un lado y al otro sin parar de reír, dejando que los débiles destellos de las lámparas de gas se reflejaran sobre la pulida plata como si fueran las facetas de una piedra preciosa, y que nuestros sensibles ojos de iniciados gozaran de ellos.

—Debe de ser de mi abuela, pero es muy raro porque vamos a vernos dentro de… —continué yo.

Entonces me di cuenta de que todo el mundo estaba en silencio. Todos guardaban un absoluto y tenso silencio.

Desvié la vista de mi muñeca a mis amigos. Sus expresiones iban desde la conmoción de Damien, pasando por el desagrado de las gemelas, hasta la cólera de Erik.

—¿Qué?

—Esto —dijo Erik, tendiéndome una tarjeta que debía de haberse caído de una de las cajas o del papel que la envolvía.

—¡Ah! —exclamé yo.

Reconocí al instante la letra escrita a mano. ¡Demonios! Era de Heath. Más conocido como novio número dos. Mientras leía la escueta nota, noté como mi cara se iba poniendo toda colorada hasta alcanzar el tono más fuerte y menos atractivo del rojo.

> Zo, ¡FELIZ CUMPLEAÑOS! Sé cuánto detestas esos horribles regalos de Cumplenavidad que siempre intentan mezclar tu cumpleaños con la Navidad, así que por eso te mando una cosa que sé que te va a gustar. ¡Eh, no tiene nada que ver con la Navidad! ¡Bah! Detesto las islas Caimán y estas aburridas vacaciones con mis padres. Cuento los días que faltan para volver a verte. ¡Nos vemos el 26! ¡Te quiero! Heath.

—¡Ah! —exclamé por segunda vez como una completa estúpida—. Es… eh… de Heath.

En aquel momento deseé poder desaparecer.

—¡Por favor! ¡Por favor! ¿Por qué no le dijiste a nadie que no te gustan los regalos de cumpleaños relacionados con la Navidad? —preguntó Shaunee con su habitual tono de voz serio.

—¡Sí, lo único que tenías que hacer era decirlo! —añadió Erin.

—¡Ah! —contesté yo, escueta.

—Pensamos que el motivo del muñeco de nieve era una bonita idea, ¡pero no lo es si detestas todo lo relacionado con la Navidad! —dijo Damien.

—No es que deteste todo lo de la Navidad —conseguí decir yo al fin.

—A mí me gustan las bolas de cristal con nieve —dijo Jack en voz baja. El pobre chico parecía a punto de llorar—. Lo de la nieve me encanta.

—Parece que Heath sabe mejor lo que te gusta que ninguno de nosotros.

La voz de Erik había sonado inexpresiva y carente de toda emoción, pero sus ojos estaban oscurecidos por el dolor, y eso me agarrotó el estómago.

—No, Erik, no es eso —me apresuré yo a decir mientras daba un paso hacia él.

Pero Erik dio un paso atrás como si yo tuviera algún tipo de horrible enfermedad contagiosa que le pudiera pegar, y de pronto todo aquel asunto me cabreó de verdad. No era culpa mía si Heath me conocía desde tercero y sabía lo de los regalos de *cumplenavidad* hacía años. Bueno, era cierto, él sabía más cosas sobre mí que los demás. Pero eso tampoco tenía nada de extraño. El chico había sido parte de mi vida durante siete años. A Erik, Damien, las gemelas y Jack solo los conocía desde hacía dos meses... o menos. ¿Cómo iba a ser eso culpa mía?

Miré el reloj sin disimulo, a propósito.

—He quedado con mi abuela en el Starbucks dentro de quince minutos. Y no quiero llegar tarde.

Me dirigí hacia la puerta, pero antes de marcharme hice una pausa. Me di la vuelta de nuevo, miré a mi grupo de amigos y dije:

—No pretendía herir los sentimientos de nadie. Lo lamento si la tarjeta de Heath os ha hecho sentiros mal, pero no es culpa mía. Y sí le dije a alguien que no me gusta que la gente mezcle mi cumpleaños con la Navidad. Se lo dije a Stevie Rae.

3

El Starbucks de la plaza de Utica, el chulísimo centro comercial al aire libre que hay al final de la calle donde está la Casa de la Noche, estaba mucho más llena de lo que yo imaginaba. Quiero decir que vale, era una noche excepcionalmente cálida de invierno, pero también era veinticuatro de diciembre, y eran casi las nueve. Cualquiera habría pensado que la gente estaría en su casa, preparándose para un atracón de dulces navideños y demás, y no en la calle, buscando una taza a rebosar de cafeína.

Pero no, me dije a mí misma con severidad, no iba a estar de mal humor con la abuela. Apenas la veía, y no iba a echar a perder el poco tiempo que pasaba con ella. Además, la abuelita sabía de sobra que los regalos de *cumplenavidad* eran horribles. Y ella siempre me compraba algo tan único y maravilloso como ella misma.

—¡Zoey! ¡Estoy aquí!

La abuelita sacudía el brazo desde el extremo más alejado de la terraza del Starbucks. En esa ocasión no necesité plantar una sonrisa artificial en mi rostro. La ola de felicidad que siempre me embargaba al verla era auténtica, así que me apresuré a esquivar a una multitud hasta llegar a donde estaba ella.

—¡Oh, Zoeybird! ¡Te he echado tanto de menos, *U-we-tsi-a-ge-ya!*

Aquella palabra *cheroqui*, que significa «hija», me envolvió junto con el cariño de mi abuelita y sus brazos, que tenían una suave y tranquilizadora fragancia a lavanda y a hogar. Yo me aferré a ella; absorbí su amor, su seguridad y su aceptación.

—Yo también te he echado de menos, abuelita.

Ella me estrujó una vez más y luego alargó los brazos y me sujetó para mirarme de cerca.

—Deja que te vea. Sí, se ve que ya tienes diecisiete. Pareces mucho más madura, y creo que estás un poco más alta que cuando tenías solo dieciséis.

Yo sonreí.

—¡Oh, abuelita, tú sabes que estoy exactamente igual!

—¡Por supuesto que no! Los años siempre van sumando belleza y fortaleza a cierto tipo de mujeres, y tú eres de ese tipo.

—Igual que tú, abuelita. ¡Estás genial!

No lo decía solo por decir. La abuela tenía un trillón de años; al menos más de cincuenta, pero para mí era como si no tuviera edad. Cierto, no era lo mismo que las mujeres vampiras, que parecían tener veintitantos cuando tenían cincuenta y tantos o, incluso, ciento cincuenta y tantos. La abuela era una humana adorable sin edad, con su espeso cabello de plata y sus bondadosos ojos marrones.

—Ojalá no tuvieras que taparte tus encantadores tatuajes para venir aquí a estar conmigo —dijo la abuela mientras posaba brevemente los dedos sobre mi mejilla.

De mala gana me había echado yo el maquillaje que deben usar los iniciados cuando abandonan el campus de la Casa de la Noche. Sí, los humanos saben que los vampiros existen, y los vampiros adultos no se ocultan. Pero las reglas para los iniciados son diferentes. Supongo que es natural: los adolescentes no siempre saben manejar bien los conflictos, y el mundo de los humanos tiende a crear conflictos con el de los vampiros.

—Bueno, así son las cosas. Las reglas son las reglas, abuelita —contesté yo mientras me encogía de hombros.

—Pero no te has tapado las preciosas marcas del cuello y los hombros, ¿verdad?

—No, por eso llevo esta chaqueta.

Miré a mi alrededor para asegurarme de que nadie nos observaba, y luego me aparté el pelo y me bajé la chaqueta de modo que el dibujo de tracería de color zafiro de la espalda y del cuello resultaran visibles.

—¡Oh, Zoeybird, es sencillamente mágico! —exclamó la abuelita en voz baja—. ¡Estoy tan orgullosa de que la Diosa te haya elegido y te haya marcado de una manera tan especial y única!

La abuela volvió a abrazarme, y yo me apreté contra ella. Me sentía increíblemente feliz de contar con ella en mi vida. Ella me aceptaba tal y como yo era. No le importaba que estuviera convirtiéndome en una vampira. No le importaba que, de hecho, estuviera experimentando ya la lujuria por la sangre y que tuviera el poder para manifestar los cinco elementos: el aire, el fuego, el agua, la tierra y el espíritu. Para la abuelita, yo era su verdadera *u-we-tsi-a-ge-ya*, la hija de su corazón, y todo lo demás, todo lo que me ocurría, era simplemente secundario. Era extraño y al mismo tiempo maravilloso que ella y yo pudiéramos sentirnos tan unidas y ser tan parecidas cuando su verdadera hija, mi madre, era una persona completamente diferente.

—¡Aquí estás! Había un tráfico horrible. Detesto tener que salir de Broken Arrow para venir a Tulsa en medio de todo el jaleo de Navidad.

Por desgracia, exactamente igual que si mi pensamiento la hubiera conjurado de algún modo, la voz de mi madre sonó como un jarro de agua fría sobre toda aquella felicidad. La abuela y yo nos soltamos para mirar a mi madre, de pie ante nuestra mesa. Llevaba un paquete rectangular de pastelería y un regalo envuelto. Las dos preguntamos, bastante atónitas, al mismo tiempo:

—¿Mamá?

—¿Linda?

No era de extrañar que mi abuela pareciera tan aturdida como yo por la aparición repentina de mi madre. Ella jamás habría invitado a mi madre sin decírmelo antes. Las dos estábamos totalmente de acuerdo en lo que se refería a ella. Para empezar, a las dos nos ponía tristes. En segundo lugar, las dos queríamos que mi madre cambiara. Y en tercer lugar, las dos sabíamos que lo más probable era que eso jamás ocurriera.

—No pongas esa cara de sorpresa. ¡Como si no fuera a aparecer en la celebración del cumpleaños de mi propia hija!

—Pero Linda, cuando hablé contigo la semana pasada, me dijiste que le mandarías el regalo de cumpleaños por correo —dijo la abuela, que parecía tan molesta como yo.

—Eso fue antes de que me dijeras que tú pensabas verla —le contestó mamá a la abuela. Luego se giró hacia mí con el ceño fruncido y añadió—: Y no es que Zoey me haya invitado a venir, pero estoy acostumbrada a tener una hija tan poco considerada.

—Mamá, hace un mes que no me hablas. ¿Cómo pretendes que te invite a ningún sitio?

Yo trataba de mantener un tono de voz neutral. De ninguna forma quería que el encuentro con la abuela se convirtiera en una terrible escena dramática, pero antes de que mi madre dijera diez frases, ya había conseguido cabrearme. Exceptuando la estúpida tarjeta de *cumplenavidad* que acababa de mandarme, solo había visto a mi madre el día en que vino con su horrible marido, el perdedor, de visita a la Casa de la Noche. Pero de eso hacía ya un mes. Y la visita había sido una completa pesadilla. El perdedor, que era un patriarca de las Gentes de Fe de la Iglesia, había estado como siempre tan estrecho de miras, tan crítico y tan intolerante que, finalmente, lo habían echado del colegio y le habían dicho que no volviera más. Y, como siempre, mi madre había corrido tras él como una buena y sumisa esposa.

—¿Es que no has recibido mi tarjeta?

El frágil tono de voz de mi madre demostraba que comenzaba a desmoronarse bajo mi atenta y fija mirada.

—Sí, mamá, la recibí.

—¿Lo ves? He estado pensando en ti.

—Muy bien, mamá.

—¿Sabes?, podrías llamar a tu madre de vez en cuando —dijo ella, ligeramente llorosa.

Yo suspiré y contesté:

—Lo siento, mamá. Este semestre ha sido una locura con los exámenes finales y todo eso.

—Espero que saques buenas notas en ese colegio.

—Sí, mamá.

Mi madre me hacía sentirme triste, sola y enfadada, y todo ello al mismo tiempo.

—Bueno, bien —dijo mi madre mientras se enjugaba las lágrimas de los ojos y comenzaba a trajinar con los paquetes. Luego, forzando obviamente el tono de voz para sonar alegre, añadió—: Vamos, sentémonos. Zoey, tú ve dentro y tráenos algo para beber. Me alegro de que tu abuela me invitara. Como siempre, a nadie se le ha ocurrido traer la tarta.

Nos sentamos y mi madre comenzó a tironear del cordón del paquete de la pastelería. Mientras ella estaba ocupada, mi abuela y yo nos dirigimos una mirada cómplice. Yo sabía que mi abuela no había invitado a mi madre, y ella sabía que yo detestaba profundamente las tartas de cumpleaños. Sobre todo las tartas baratas y empalagosas que me compraba siempre mi madre.

Me quedé mirándola mientras ella abría el paquete con la boca abierta y con esa especie de horrible fascinación con la que uno contempla un accidente de tráfico. Dentro de la caja había una tarta pequeña, cuadrada, blanca y de una sola capa. Encima ponía «Feliz cumpleaños» en rojo, a juego con las cuatro flores de Pascua rojas de las esquinas. Toda la tarta estaba adornada con un borde verde.

—¡No me digas que no tiene buen aspecto! ¡Bueno, y navideño! —exclamó mamá mientras trataba de despegar la pegatina de la caja en la que se leía «Oferta a mitad de precio». De pronto se quedó helada, abrió inmensamente los ojos y añadió—: Aunque tú ahora ya no celebras la Navidad, ¿no?

Yo volví a plantarme en la cara la misma sonrisa falsa que había estado utilizando ese día.

—Celebramos la fiesta de Yule o solsticio de invierno, que fue hace dos días.

—Apuesto a que el campus está precioso ahora mismo —dijo la abuela mientras me dedicaba una sonrisa y me daba golpecitos en la mano.

—¿Y por qué iba a estar tan precioso el campus? —preguntó mamá, de nuevo con ese tono de voz frágil—. Si no celebran la Navidad, ¿para qué van a decorar los árboles de Navidad?

La abuela se me adelantó a la hora de dar una explicación.

—Linda, Yule se celebra desde mucho antes que la Navidad. Durante miles de años, la gente ha decorado los árboles —dijo la abuela con una entonación ligeramente sarcástica—. Fueron los cristianos los que adoptaron la tradición de los paganos, no al revés. De hecho, la Iglesia eligió el día veinticinco de diciembre como el día del nacimiento de Jesús para que coincidiera con la celebración de Yule. ¿No te acuerdas de que, cuando eras pequeña, todos los años untábamos las piñas de los pinos en mantequilla de cacahuete, pinchábamos manzanas, maíces y arándanos en un cordel, y decorábamos un árbol del jardín al que yo siempre llamaba «el árbol de Yule», junto con el árbol de Navidad de dentro de casa? —le preguntó la abuela con una sonrisa un tanto triste y confusa a su hija, dirigiéndose luego a mí—. Entonces, ¿habéis decorado los árboles del campus?

Yo asentí.

—Sí, están increíbles, y además los pájaros y las ardillas se están volviendo locos.

—Bueno, ¿por qué no abres los regalos, para que así podamos comernos la tarta y el café? —preguntó mi madre, haciendo como si mi abuela y yo no hubiéramos estado hablando.

—Sí, venga. Llevo un mes pensando en darte esto —comentó mi abuela con entusiasmo. Se inclinó y sacó dos regalos de debajo de la mesa. Uno era grande y estaba envuelto con un papel de colores brillantes, pero no navideños. El otro era del tamaño de un libro, e iba envuelto en papel de color crema y textura fina como el de las tiendas elegantes—. Abre este primero —dijo la abuelita mientras me tendía uno de ellos.

Yo lo desenvolví con ansiedad y dentro me encontré con toda la magia de mi infancia.

—¡Oh, abuelita! ¡Muchas gracias!

Apreté la cara contra la espléndida y floreciente planta de lavanda que mi abuelita había plantado en un tiesto de cerámica y aspiré su fragancia. El aroma de la maravillosa hierba me trajo visiones de los perezosos días de verano y de las excursiones con la abuela.

—¡Es perfecta! —añadí.

—Tuve que apresurarme a llevarla al invernadero para que floreciera a estas alturas del año para ti. ¡Ah!, y necesitarás esto —dijo la abuelita mientras me tendía una bolsita de papel—. Dentro hay una luz de crecimiento y un soporte; así estarás segura de que dispone de la luz suficiente sin tener que abrir las cortinas de tu cuarto y hacerte daño en los ojos.

Yo sonreí y contesté:

—Estás en todo.

Entonces miré a mi madre, y comprendí por su expresión que hubiera preferido estar en cualquier otro lugar. Por un momento deseé preguntarle por qué se había molestado siquiera en aparecer, pero al instante la pena me obturó la garganta, cosa que me sorprendió. Creía haber madurado lo suficiente como para superar la habilidad de mi madre para herirme. Pero, según parecía, diecisiete años no eran tantos.

—Toma, Zoeybird, tengo otra cosa para ti —dijo mi abuela mientras me tendía el segundo regalo.

Yo sabía que mi abuela había notado el tenso silencio de mi madre y que, como siempre, trataba de compensarme por lo mala madre que era su hija.

Me tragué la pena y desenvolví el regalo. Se trataba de un libro encuadernado en piel y evidentemente muy antiguo. Entonces leí el título y me quedé boquiabierta.

—¡*Drácula!* ¡Me has comprado un ejemplar antiguo de *Drácula!*

—Mira en la página del *copyright,* cariño —dijo la abuelita con los ojos brillantes de satisfacción.

Pasé la página y no pude creer lo que veían mis ojos.

—¡Oh, Dios mío! ¡Es una primera edición!

La abuela reía de pura felicidad.

—Pasa un par de páginas.

Pasé un par de páginas, y encontré la firma de Stoker garabateada bajo el título y la fecha de enero de 1899.

—¡Es una primera edición firmada por el autor! ¡Te ha tenido que costar una millonada! —exclamé yo mientras me arrojaba en brazos de mi abuela.

—De hecho, lo encontré en una tienda de libros viejos que iba a cerrar. Fue una ganga. Después de todo, solo es una primera edición de una publicación americana de Stoker.

—¡Mola una pasada, abuelita! ¡Muchísimas gracias!

—Bueno, sé cuánto te gusta esa misteriosa vieja historia, y a la luz de los nuevos acontecimientos, pensé que sería irónico y divertido que tuvieras una primera edición firmada —comentó la abuela.

—¿Sabías que Bram Stoker mantuvo una conexión con un vampiro, y que por eso fue por lo que escribió el libro? —pregunté entusiasmada, mientras pasaba cuidadosamente las páginas y contemplaba las ilustraciones, que eran realmente misteriosas.

—No, no tenía ni idea de que Stoker hubiera mantenido una relación con un vampiro —dijo la abuela.

—Yo no llamaría mantener una relación al hecho de que un vampiro te dé un mordisco y luego te tenga hechizado —dijo mi madre.

La abuela y yo nos quedamos mirándola. Yo suspiré.

—Mamá, es perfectamente posible que un humano y un vampiro mantengan una relación. En eso precisamente se basa la conexión.

Bueno, también se basa en la lujuria por la sangre y en un fuerte deseo sexual, junto con un lazo físico que puede resultar bastante desconcertante, cosa que yo sabía por mi experiencia con Heath. Pero eso no iba a contárselo a mamá.

Mi madre se estremeció como si un sentimiento de repugnancia la embargara y le recorriera toda la espina dorsal.

—Eso me suena de lo más desagradable.

—Mamá, ¿es que no te das cuenta de que ahora mismo se abren ante mí dos posibles elecciones para el futuro? La primera es convertirme en esa cosa que a ti te suena tan desagradable, y la segunda es morirme en cualquier momento en un plazo de cuatro años —dije yo. No pretendía ser tan directa, pero su actitud me estaba cabreando de verdad—. Así que dime, ¿cómo prefieres verme, como una vampira adulta, o muerta?

—Ninguna de las dos cosas, por supuesto —dijo ella.

—Linda —intervino entonces la abuela, que enseguida puso una mano sobre mi rodilla, bajo la mesa, y me la estrujó—, lo que Zoey quiere decir es que tienes que aceptarla tal y como es y como será en un futuro próximo, y que tu actitud la hiere en lo más profundo de sus sentimientos.

—¡Mi actitud! —exclamó mi madre.

Yo pensé que iba a lanzarse a soltar una de sus arengas sobre mi forma de pincharla, pero en lugar de ello respiró hondo, me miró directamente a los ojos, y dijo:

—No pretendía herir tus sentimientos, Zoey.

Por un momento mi madre pareció volver a ser la de siempre, la que era antes de casarse con John Heffer y de convertirse en la esposa sin cerebro y perfecta que va todos los domingos a la Iglesia. Yo sentí que se me encogía el corazón.

—Pero los has herido, mamá.

—Lo siento —dijo ella. Luego alargó la mano hacia mí y añadió—: ¿Te parece si empezamos con el cumpleaños otra vez?

Yo le estreché la mano, esperanzada pero con prudencia. Quizá quedara aún parte de mi antigua madre en su interior. Quiero decir que, al fin y al cabo, se había presentado sola, sin el perdedor, y eso era casi un milagro. Apreté su mano, sonreí y dije:

—Eso suena bien.

—Bueno, entonces, abre tu regalo y luego nos comeremos la tarta —dijo mamá mientras deslizaba hacia mí el paquete aún sin tocar, que yacía sobre la mesa junto a la tarta, también sin tocar.

—¡Bien!

Traté de mantener el entusiasmo en mi voz a pesar de que el regalo estaba envuelto en un papel decorado con motivos navideños. Sonreí sin cesar hasta el momento de reconocer las tapas blancas de piel y los bordes dorados de las hojas. Entonces se me cayó el estómago a los pies. Giré el libro y leí: «*La Palabra Sagrada,* edición de las Gentes de Fe» escrito en cursiva en lujosas letras de oro. También en la tapa, otro exceso de dorado atrajo mi atención. En la parte de abajo se leía: «Familia Heffer». Había un marcador de terciopelo rojo del que colgaba una borla dorada; estaba dentro del libro, en una de las primeras páginas. Con la intención de hacer tiempo, buscando algo que decir que no fuera «¡Qué regalo más horrible!», dejé que el libro se abriera por el marcador. Y entonces parpadeé boquiabierta, esperando que mis ojos me estuvieran engañando. Pero no. Realmente estaba ahí. El libro se había abierto por una página en la que había un árbol genealógico familiar. Con una escritura zurda e inclinada hacia atrás que enseguida reconocí, el perdedor de mi padrastro había escrito «Linda Heffer». Había unido el nombre de mi madre al suyo, John Heffer, y había escrito la fecha de la boda a un lado. Y debajo de los nombres de ambos, como si fuéramos hijos de los dos, había escrito los nombres de mi hermano, mi hermana y el mío.

Cierto, mi padre biológico, Paul Montgomery, nos había abandonado cuando yo no era más que una niña para desaparecer de inmediato de la faz de la tierra. Muy de vez en cuando nos mandaba un patético y exiguo cheque sin remite pero, aparte de eso, él no había formado parte de nuestras vidas durante diez años. Sí, había sido una mierda de padre. Pero era mi padre, cosa que John Heffer, que me odiaba a muerte, no era.

Alcé la vista desde el fraudulento árbol familiar hasta los ojos de mi madre. Mi voz sonó sorprendentemente tranquila y equilibrada, serena incluso a pesar de la confusión de mis sentimientos cuando dije:

—¿En qué estabas pensando cuando decidiste regalarme esto por mi cumpleaños?

Mamá pareció molesta ante la pregunta.

—Pensamos que te gustaría saber que aún formas parte de esta familia.

—Pero no lo soy. No lo soy desde mucho antes de ser marcada. Y tú lo sabes. Lo sé yo. Lo sabes tú. Lo sabe John.

—Tu padre desde luego no sabe nada de…

Yo alcé una mano para interrumpirla.

—¡No! John Heffer no es mi padre. Es tu marido, eso es todo. Es tu elección, no la mía. Y jamás ha sido otra cosa —dije yo. La herida que había estado sangrando en mi interior desde el momento en que mi madre me había abandonado se había abierto de pronto, y de ella surgía una ira que rezumaba por todo mi cuerpo—. Al comprarme un regalo se supone que escoges algo que crees que va a gustarme, mamá, no algo que tu marido quiere que yo me trague.

—No sabes de qué estás hablando, jovencita —contestó mi madre, que inmediatamente se dirigió hacia mi abuela—. Ya sé que esta actitud la ha aprendido de ti.

Mi abuela alzó una ceja y dijo:

—Gracias, Linda, creo que eso es lo más bonito que me has dicho nunca.

—¿Dónde está? —pregunté yo.

—¿Quién?

—John. ¿Dónde está? Tú no has venido aquí sola, por mí. Has venido porque él quería que tú me hicieras sentirme mal, y eso no es algo que él esté dispuesto a perderse, así que, ¿dónde está?

—No sé a qué te refieres.

Mi madre miró a su alrededor con una expresión culpable, y entonces yo comprendí que había dado en el clavo.

Me puse en pie y comencé a gritar:

—¡John! ¡Sal, sal de donde estés!

Al instante un hombre salió de detrás de una de las mesas altas situadas en el extremo opuesto de la terraza. Yo lo observé mientras se acercaba. Trataba de adivinar qué había podido ver mi madre en él. Era un tipo que no tenía nada en absoluto de espectacular: de mediana altura, pelo oscuro que comenzaba a llenarse de canas, mandíbula fina, hombros estrechos y piernas delgadas. Todo resultaba de lo más vulgar en él hasta el momento de mirarlo a los ojos: entonces lo que uno veía era una frialdad poco habitual. Yo siempre había considerado de lo más extraño que un tipo como él, tan frío y aparentemente sin alma, se pasara la vida hablando de religión.

Nada más llegar a nuestra mesa abrió la boca para hablar, pero antes de que dijera una sola palabra yo le lancé el regalo.

—Guárdatelo. No son ni mi familia, ni mis creencias —dije con los ojos fijos en los de él.

—Así que eliges el mal y la oscuridad —dijo él.

—No. Elijo a la Diosa del amor que me ha marcado como suya y que me ha dotado con dones especiales. Elijo algo distinto de lo que eliges tú. Eso es todo.

—Tal y como yo he dicho, eliges el mal —repitió él.

Él, que estaba de pie, colocó una mano sobre el hombro de mi madre como si ella necesitara de su apoyo para estar allí sentada conmigo. Mamá colocó la mano sobre la de él y comenzó a hacer ruiditos como de sorberse la nariz.

Yo ignoré el comentario de él y centré mi atención en mamá.

—Por favor, mamá, no vuelvas a hacerme esto. Si crees que puedes aceptarme, si de verdad quieres verme, entonces llámame y nos veremos. Pero fingir que quieres verme porque John te dice lo que tienes que hacer hiere mis sentimientos y no es bueno para ninguna de las dos.

—Es bueno para una esposa someterse a los dictados de su marido —dijo John.

Por un momento pensé en mencionar lo machista, condescendiente y sencillamente erróneo que sonaba eso, pero en lugar de hacerlo, preferí ahorrar saliva y contestar:

—John, vete al infierno.

—¡Y tú vuelve a él! —exclamó mi madre entre llantos.

Entonces fue mi abuela quien habló. Su voz sonó triste, pero seria.

—Linda, es una lástima que primero encontraras y luego te convirtieras por completo a un sistema de creencias para el cual todo lo que es diferente es malo.

—Lo que tu hija ha encontrado es a Dios, y no ha sido gracias a ti —soltó John.

—No. Lo que mi hija ha encontrado es a ti, y es triste, pero la verdad es que a ella jamás le ha gustado pensar por sí misma. Así que ahora tú piensas por ella, ¿verdad? Pues ahora yo te ofrezco una idea independiente, de Zoey y mía —continuó mi abuela, que se puso en pie. Mi abuela recogió la planta de lavanda y el libro de *Drácula* de la mesa y me agarró del codo para tirar de mí y que yo también me pusiera en pie—. Esto es América, y eso significa que tú no tienes derecho a pensar por los demás. Linda, yo estoy de acuerdo con Zoey. Si puedes encontrarle algún sentido a todo esto en esa cabecita tuya, y quieres vernos porque nos quieres tal y como somos, entonces llámame. Si no, no quiero volver a saber nada de ti. —La abuela hizo una pausa y sacudió la cabeza con disgusto en dirección a John antes de añadir—: Pero de ti sí que no quiero volver a saber nada bajo ninguna circunstancia.

Mientras, golpeó una vez más, llena de ira y de odio.

—¡Ah, pero sí que volveréis a oír de mí! ¡Las dos! ¡Porque está mi buena gente, la gente decente, gente temerosa de Dios que está harta de tolerar vuestra maldad y que cree que ya basta! ¡No seguiremos viviendo codo con codo con adoradores de la oscuridad por mucho tiempo! ¡Fijaos bien en lo que os digo... esperad y veréis... llegará la hora en la que os arrepentiréis...!

Por suerte, enseguida estuvimos demasiado lejos como para oírlo. Yo sentí que estaba a punto de llorar, pero entonces me di cuenta de lo que estaba musitando la buena de mi abuelita.

—¡Ese hombre es un puñetero pedazo de mierda!

—¡Abuelita!

—¡Ah, Zoeybird! ¿He llamado puñetero pedazo de mierda al marido de tu madre en voz alta?

—Sí, abuelita, lo has hecho.

La abuelita me miró con sus oscuros ojos brillantes y dijo:

—¡Bien!

4

La abuela quería compensarme por lo sucedido, así que cruzamos la plaza de Utica hasta el restaurante Stonehorse y allí decidimos pedir un trozo de tarta de cumpleaños de los de verdad. Lo cual significa que ella pidió dos copas de vino y yo pedí un enorme refresco burbujeante marrón y una porción gigante de tarta del diablo. (Sí, nos reímos mucho por la ironía del nombre.)

Pero la abuela no trató de animarme con patéticas chorradas como que mi madre no lo había hecho a propósito, que ya se convencería de su error y que debía darle un poco de tiempo… *bla, bla, bla*. Mi abuela siempre había sido demasiado práctica y guay como para eso.

—Tu madre es una mujer de carácter débil; solo es capaz de encontrar su propia identidad a través de un hombre —dijo mi abuela mientras daba un sorbo de vino—. Por desgracia, esta vez ha elegido a un hombre verdaderamente malo.

—Ella jamás cambiará, ¿verdad?

La abuela rozó mi mejilla suavemente y contestó:

—Es posible pero, la verdad, lo dudo mucho, Zoeybird.

—Me gusta que no me mientas, abuelita.

—Las mentiras no arreglan nada. Ni siquiera hacen las cosas más sencillas, al menos a la larga. Es mejor decir la verdad y arreglar los problemas cuanto antes.

Yo suspiré.

—Cariño, ¿es que tienes algún problema que arreglar? —preguntó la abuela.

—Sí, pero por desgracia no es un problema fácil.

Sonreí tímidamente y le conté a mi abuela lo de la desastrosa fiesta de cumpleaños de la escuela.

—¿Sabes?, vas a tener que arreglar el asunto ese de los dos novios. Heath y Erik no van a soportarse el uno al otro más que un tanto así —dijo mi abuela con un gesto de los dedos con el que apenas alcanzaba a medir un par de centímetros.

—Lo haré, pero es que Heath estuvo en el hospital durante casi una semana después de que lo salvara de la historia de los asesinatos en serie, y luego sus padres se lo llevaron a las islas Caimán para las vacaciones de Navidad. No lo veo desde hace un mes, así que no he tenido tiempo de arreglar el tema de Heath y Erik.

Yo arrebañaba el fondo del plato en lugar de alzar la vista hacia mi abuela. Lo de la «historia de los asesinatos en serie» era una completa gilipollez. Yo había salvado a Heath, pero el problema era que no lo había salvado de algo tan simple como un humano loco. Lo había salvado de un grupo de criaturas de las cuales probablemente mi mejor amiga, la no muerta Stevie Rae, había sido y probablemente seguía siendo la líder. Pero eso no podía decírselo a mi abuela. No podía decírselo a nadie, porque detrás de todo el misterio estaba la alta sacerdotisa de la Casa de la Noche, mi mentora, Neferet, y ella era una telépata demasiado poderosa. Neferet no parecía del todo capaz de leerme la mente, pero si se lo contaba a alguien y le leía la mente a ese alguien, entonces todos estaríamos perdidos.

Y luego hablaban del estrés.

—Quizá deberías volver a casa y arreglar las cosas —dijo la abuela. Entonces, al ver mi expresión de sobresalto, añadió—: Me refiero al asunto de los regalos de *cumplenavidad,* no al asunto de Heath y Erik.

—Ah, bien. Sí, eso haré —contesté yo. Luego hice una pausa, pensé en lo que ella acababa de decir, y añadí—: ¿Sabes? Se ha convertido en mi hogar.

—Lo sé —sonrió mi abuela—. Y me alegro por ti. Por fin estás encontrando tu lugar, Zoeybird. Estoy orgullosa de ti.

La abuela me acompañó al sitio en el que había aparcado mi Volkswagen Escarabajo antiguo, me abrazó y se despidió de mí. Yo volví a darle las gracias por los regalos. Ninguna de las dos mencionó a mi madre. Sencillamente, hay cosas sobre las que es mejor no hablar. Le dije que iba a volver a la Casa de la Noche para arreglar las cosas con mis amigos porque esa era mi intención, pero en lugar de ello conduje sin pensar hacia el centro de la ciudad. Otra vez.

Durante el mes anterior, todas las noches que podía me inventaba una pobre excusa y me escapaba de la escuela; me había pasado esas noches vagando por las calles del centro de Tulsa, cazando. Cazando... gruñí para mí misma. Esa era una palabra excelente para describir lo que había estado haciendo: buscar a mi mejor amiga, Stevie Rae, que había muerto hacía un mes y que se había convertido en una no muerta.

Sí, era tan extraño como sonaba.

Los iniciados morían. Eso lo sabíamos todos. Yo misma había sido testigo de la muerte de dos de los tres iniciados que habían fallecido poco después de ingresar en la Casa de la Noche. Bien, así que todo el mundo sabía que podíamos morir. Pero lo que no todo el mundo sabía era que los tres últimos iniciados que habían muerto habían resucitado, o habían vuelto a la vida, o... ¡demonios! Supongo que la forma más fácil de describir lo que les había ocurrido sería decir que se habían convertido en el estereotipo de un vampiro: en el monstruo no muerto, que camina y chupa sangre, al que no le queda nada de humano en absoluto. ¡Y que encima apesta!

Yo lo sabía porque había tenido la mala suerte de ver lo que al principio había creído que eran los fantasmas de los dos primeros iniciados muertos. Pero había sido entonces cuando habían comenzado a asesinar a los adolescentes humanos, y parecía como si alguien quisiera que todos los indicios apuntaran a un vampiro asesino. El asunto fue horrible, sobre todo porque yo conocía a los dos primeros chicos humanos que habían sido asesinados y porque, por un tiempo, la policía había fijado su atención precisamente en mí. Y más horrible había sido cuando el tercer adolescente humano secuestrado fue Heath.

Bueno, yo no podía permitir que lo mataran. Además, de algún modo, accidentalmente, él y yo estábamos conectados. Con la ayuda de Aphrodite aprendí a seguir el rastro de la conexión hasta llegar a Heath. La policía creyó que lo había rescatado de un asesino en serie humano.

Pero, ¿qué había descubierto yo realmente?

A mi mejor amiga no muerta y a sus desagradables secuaces. Había sacado a Heath de allí (y con eso de «allí» me refiero a los viejos túneles prohibidos del centro de la ciudad, bajo la estación abandonada de Tulsa) y me había enfrentado a Stevie Rae. O a lo que quedaba de ella.

Pero claro, uno de los problemas era que yo no creía que Stevie Rae hubiera dejado por completo de ser humana, como parecía ocurrirles a los otros asquerosos ex iniciados no muertos que habían tratado de comerse a Heath.

El segundo problema era Neferet. Stevie Rae me había dicho que era ella quien estaba detrás de sus no muertes. Yo sabía que era verdad porque nada más aparecer la policía, Neferet nos había hecho un terrible conjuro a Heath y a mí. Se suponía que ese conjuro debía hacernos olvidar todo lo ocurrido en los túneles. Y creo que funcionó con Heath. Pero conmigo solo funcionó de manera temporal. Yo utilicé el poder de los cinco elementos para romper el conjuro que pesaba sobre mí.

Y eso es, en resumen, lo que sucedió. Desde entonces he estado muy preocupada y sin saber qué hacer sobre: primero, Stevie Rae; segundo, Neferet; y tercero, Heath. Podría parecer que el hecho de no haberlos visto a ninguno de los tres durante el último mes ha sido de gran ayuda, pero no es así.

—Está bien —dije en voz alta—, es mi cumpleaños, y ha sido un cumpleaños horrible incluso para mí. Así que, Nyx, voy a pedirte solo un favor por mi cumpleaños. Quiero encontrar a Stevie Rae —rogué—. ¡Por favor! —me apresuré a añadir con la educación con la que se le debe hablar a una Diosa, según me habría recomendado Damien de haber estado allí.

En realidad yo no esperaba ningún tipo de respuesta, así que cuando las palabras *«Baja la ventanilla»* sonaron una y otra vez dentro de mi cabeza, creí que se trataba de la letra de una canción de la radio. Pero no llevaba la radio puesta, y nadie cantaba esas palabras. Además sonaban en mi cabeza, no por la radio.

Así que bajé la ventanilla del coche con un nerviosismo creciente.

Durante toda la semana había hecho más calor de lo normal. Aquel día habíamos llegado casi a los quince grados, lo cual no era habitual para el mes de diciembre. Pero estábamos en Oklahoma, así que tampoco era de extrañar. Aun así, era ya casi medianoche, y había refrescado. No es que eso me molestara. Los vampiros adultos no sienten el frío con la misma intensidad que los humanos. No, no es porque ellos estén fríos y muertos, ni porque sean pedazos de carne reanimada (*¡puaj!*, quizá eso era lo que Stevie Rae era ahora). Es porque su metabolismo es muy distinto del humano. Como iniciada, y especialmente como iniciada más avanzada que la mayoría de los chicos que llevan marcados solo un par de meses, mi resistencia al frío era ya bastante superior a la de un humano. Así que el aire fresco entrando por la ventanilla del Escarabajo no me molestaba, y por eso es por lo que era extraño que de pronto me pusiera a estornudar y sentir cierto frescor.

¡Puaj!, ¿qué era ese olor? Olía como a sótano rancio y a ensalada de huevo podrido, todo ello mezclado formando un tufillo desagradable a algo que me resultaba asquerosamente familiar.

—¡Ah, demonios!

Caí en la cuenta de qué era lo que estaba oliendo, y entonces giré el volante del Escarabajo bruscamente para cruzar los tres carriles vacíos y aparcar una pizca más al norte de la estación de autobuses abandonada del centro de la ciudad. Apenas tardé en subir la ventanilla y echar el seguro a la puerta (porque me habría muerto si me hubieran robado mi primera edición de *Drácula)*. Salí del coche y corrí a la acera. Me quedé muy quieta, olfateando el aire. Volví a percibir ese olor de inmediato. *¡Puaj!* Era demasiado desagradable como para ignorarlo. Sin dejar de olisquear, igual que si fuera un perro sabueso, comencé a seguir el rastro que me indicaba mi nariz por la acera y que me alejaba de la luz en dirección a la estación de autobuses.

La encontré en el callejón. Al principio pensé que estaba apoyada sobre una enorme bolsa repleta de basura y se me encogió el corazón. Tenía que sacarla de aquel tipo de vida; tenía que descubrir el modo de mantenerla a salvo hasta que pudiera arreglar la horrible cosa que le había sucedido. O conseguir que muriera de una vez por todas. ¡No! Aparté esa última idea de mi mente. Ya había visto morir a Stevie Rae una vez. Y no estaba dispuesta a volver a hacerlo.

Pero antes de que pudiera llegar hasta ella para estrecharla entre mis brazos (mientras contenía la respiración, naturalmente), y asegurarle que yo lo arreglaría todo, la bolsa de basura comenzó a gemir y a moverse, y entonces me di cuenta de que Stevie Rae no estaba escarbando entre la basura, sino dando un mordisco en el cuello a una vagabunda.

—¡Oh, qué asco! ¡Mierda!, ¿quieres parar?

Con una rapidez sobrehumana, Stevie Rae se giró. La vagabunda cayó al suelo, pero Stevie Rae la sujetó por una de las sucias muñecas. Con los dientes al descubierto y los ojos relucientes, ambos de un espeluznante color rojo, Stevie Rae siseó algo en dirección a mí. Pero yo estaba demasiado asqueada como para sentir miedo o salir corriendo. Además, acababa de soportar un cumpleaños verdaderamente terrible, y no estaba dispuesta a aguantar ya ni media por parte de nadie. Ni siquiera por parte de mi mejor amiga no muerta.

—Stevie Rae, soy yo. Así que ya puedes dejar de sisear de esa forma estúpida. Además, es un cliché ridículo sobre los vampiros.

Por un segundo ella se quedó callada, y a mí se me ocurrió la horrible idea de que quizá se hubiera deteriorado de algún modo durante ese mes en que no nos habíamos visto; quizá en ese momento ella fuera ya igual de bestial e intratable que los demás. Mi estómago se agarrotó dolorosamente, pero entonces nuestras miradas se encontraron y yo puse los ojos en blanco y dije:

—Y, por favor, hueles fatal. ¿Es que no hay duchas en la escalofriante tierra de los no muertos?

Stevie Rae frunció el ceño, lo cual era ya un progreso porque sus labios taparon los dientes manchados de sangre.

—Vete, Zoey.

Su tono de voz era frío e indiferente, y lo que solía ser su dulce acento *okie* sonó como el de un basurero muy bruto. Pero había dicho mi nombre, y con eso me bastaba para alentarme.

—No pienso irme a ninguna parte hasta que hablemos, así que deja que se marche esa vagabunda. Eh... Stevie Rae, probablemente tendrá piojos y quién sabe qué más... Deja que se marche y vayamos a hablar tú y yo.

—Si quieres hablar, tendrás que esperar a que termine de comer —dijo Stevie Rae que, acto seguido, ladeó la cabeza en un movimiento que me recordó al de un insecto—. Creo recordar que tú estableciste una conexión con tu pequeño juguetito humano, ¿no? Parece que a ti también te gusta la sangre. ¿Quieres unirte a mí, y dar un bocado? —preguntó Stevie Rae con una sonrisa en los labios mientras se lamía los dientes.

—¡Basta ya, es repugnante! ¡Simplemente repugnante! Y para tu información, Heath no es mi juguetito humano. Es mi novio. Es decir, uno de ellos. Le succioné la sangre por accidente, se podría decir. Iba a contártelo, pero entonces tú falleciste. Así que no, no quiero darle un mordisco a esa mujer. Ni siquiera sé dónde ha estado —añadí, mientras le lanzaba una tímida sonrisa a la pobre mujer de pelo enredado y ojos como platos—. Y no pretendo ofender, señora.

—Mejor. ¡Más para mí! —respondió Stevie Rae, que se inclinó de nuevo sobre la garganta de la mujer.

—¡Basta!

Stevie Rae me miró por encima del hombro de la mendiga y dijo:

—Como ya te he dicho, Zoey, lo mejor es que te vayas de aquí. Tú no perteneces a este lugar.

—Ni tú tampoco —dije yo.

—Esa es, simplemente, una de las cosas sobre las que te equivocas.

Nada más volverse Stevie Rae de nuevo sobre la mujer, que en ese momento se puso a llorar y a gritar «¡Por favor, oh, por favor!» una y otra vez, yo di un par de pasos adelante y alcé los brazos por encima de la cabeza.

—He dicho que la sueltes.

La respuesta de Stevie Rae consistió en sisear y abrir la boca para morder el cuello de la mendiga. Yo cerré los ojos y rápidamente me concentré.

—¡Aire, ven a mí! —ordené.

De inmediato comenzó a levantárseme el pelo con la brisa que me rodeaba. Hice círculos con una mano ante mí mientras me imaginaba un pequeño tornado. Abrí los ojos, hice un rápido movimiento con la muñeca y lancé el poder del aire hacia la llorosa vagabunda. Tal y como me había imaginado, el tornado rodeó a la mendiga y, sin tocar apenas uno solo de los rizos de la cabeza de Stevie Rae, la levantó y la sacó del callejón. La soltó solo cuando estuvo a salvo a la luz de una farola.

—Gracias, aire —murmuré yo.

Sentí como la brisa rozaba mi rostro con una caricia antes de desaparecer.

—Cada día se te da mejor.

Me volví hacia Stevie Rae. Ella me observaba con una expresión maliciosa, como si pensara que yo iba a conjurar otro tornado para succionarla a ella y relegarla definitivamente al olvido. Yo me encogí de hombros.

—He estado practicando. Se trata simplemente de un tema de concentración y de control. Tú también lo sabrías, si hubieras practicado.

Una mueca de pena cruzó el rostro de Stevie Rae tan deprisa, que yo me pregunté si verdaderamente la había visto o solo me la había imaginado.

—Ahora los elementos ya no tienen nada que ver conmigo.

—Eso es una tontería, Stevie Rae. Tú tienes afinidad con la tierra. La tenías antes de morir, o lo que sea —contesté yo. Pensé en lo extraño que era estar hablando con ella acerca del hecho de que estuviera muerta—. Ese tipo de cosas no desaparecen así como así. Además, ¿te acuerdas de lo que sucedió en los túneles? Entonces todavía tenías esa afinidad.

Stevie Rae sacudió la cabeza, y los cortos rizos rubios que no estaban sucios rebotaron, recordándome a mi antigua amiga.

—Pero ya no la tengo. La tuviera o no, murió con la parte humana de mí. Tienes que aceptarlo y seguir adelante. Yo ya lo he aceptado.

—¡Pues yo jamás lo aceptaré! Tú eres mi mejor amiga. ¡No pienso seguir adelante sin ti!

De pronto Stevie Rae emitió un sonido horrible y salvaje, y sus ojos se inyectaron en sangre.

—¿Tengo aspecto de ser tu mejor amiga?

Yo traté de no hacer caso del modo en que mi corazón latía dentro de mi pecho. Ella tenía razón. La cosa en la que ella se había convertido tenía muy poco que ver con la Stevie Rae a la que yo había conocido. Pero yo no quería creer que ella hubiera desaparecido del todo. Había visto retazos de mi mejor amiga en los túneles, y eso significaba que no podía rendirme. Sentía deseos de llorar, pero en lugar de ello traté de controlarme y me esforcé por hablar con normalidad.

—Bueno, ¡demonios, no!, no pareces Stevie Rae, pero ¿cuánto tiempo hace que no te lavas el pelo? ¿Y qué llevas puesto? —pregunté yo.

Señalé los pantalones de chándal y la camisa varias tallas grande, sobre los cuales llevaba una gabardina negra larga y llena de manchas, de esas que les gustan llevar a los chicos *friquis* góticos incluso aunque estemos a treinta y tantos grados, y concluí:

—Pero yo tampoco parecería yo si fuera vestida así —dije, suspirando y dando un par de pasos hacia ella—. ¿Por qué no vienes conmigo? Te colaré en el colegio. Será fácil; allí prácticamente no queda nadie. Neferet no está —añadí, y luego me apresuré a seguir (porque, sin duda, ninguna de las dos quería hablar de ella ni en ese momento, ni en ningún otro)—. La mayor parte de los profesores están de vacaciones de invierno, y los chicos se han ido a ver a sus familias. En la escuela ahora mismo no pasa nada de nada. No nos molestarán ni siquiera Damien, las gemelas, ni Erik, porque me he enfadado con ellos. Así que podrás tomar una larga y jabonosa ducha, ponerte ropa de verdad, y luego hablamos.

Yo la miraba a los ojos mientras hablaba, así que vi reflejado el deseo en los de Stevie Rae. Duró solo un instante, pero lo vi. Después ella apartó la mirada.

—No puedo ir contigo. Tengo que comer.

—Eso no es problema. Te conseguiré algo de comer de la cocina de los dormitorios. ¡Eh!, apuesto a que puedo conseguirte un tazón de Lucky Charms —sonreí yo—. ¿Te acuerdas? Son maravillosamente deliciosos, pero no tienen ningún valor nutricional en absoluto.

—¿Igual que los Conde Chócula?

Mi sonrisa se dibujó de oreja a oreja, llena de alivio, al ver como Stevie Rae retomaba el hilo de nuestra antigua broma acerca de cuál de nuestros cereales favoritos para el desayuno era mejor.

—Conde Chócula lleva chocolate. El cacao es una semilla. Es saludable.

Stevie Rae me miró a los ojos. Los de ella ni estaban inyectados en sangre, ni trataban ya de ocultar las lágrimas que resbalaban por sus mejillas. Yo di automáticamente un paso para abrazarla, pero ella se apartó.

—¡No! No quiero que me toques, Zoey. Ya no soy la que era. Estoy sucia y soy desagradable.

—¡Entonces ven a la escuela conmigo y lávate! —rogué yo—. Arreglaremos esto. Te lo prometo.

Stevie Rae sacudió la cabeza con tristeza y se enjugó las lágrimas de los ojos.

—No hay modo de arreglarlo. Cuando digo que estoy sucia y soy desagradable, no me refiero solo a que lo sea por fuera. Lo que ves por fuera no es ni la mitad de asqueroso que lo que soy realmente por dentro. Zoey, tengo que comer. Y no me refiero a comer cereales o sándwiches o a beber refrescos. Tengo que tomar sangre. Sangre humana. Si no lo hago... —Stevie Rae hizo una pausa y yo vi que se estremecía terriblemente de arriba abajo—. Si no lo hago el hambre me corroe, me quema por dentro, y no puedo soportarlo. Y tienes que comprender que yo quiero hacerlo. Quiero rasgar gargantas humanas y beber sangre caliente tan inundada de pavor, de ira y de dolor, que me produce mareos.

Stevie Rae hizo de nuevo una pausa, pero en esa ocasión para respirar pesadamente.

—Es imposible que realmente quieras matar a nadie, Stevie Rae.

—Te equivocas. Quiero.

—Aunque digas eso, yo sé que aún quedan partes de mi mejor amiga dentro de ti. Sé que Stevie Rae jamás se sentiría cómoda dándole un azote a un cachorrillo, y menos aún matando a alguien —dije yo. Al ver que ella abría la boca para expresar su desacuerdo conmigo, yo me apresuré a continuar—: ¿Y si te consigo sangre humana para que no tengas que matar?

Con ese horrible tono indiferente, ella contestó:

—Me gusta matar.

—Entonces, ¿también te gusta ser asquerosa, desagradable y maloliente? —solté yo.

—Ya no me importa mi aspecto.

—¿En serio?, ¿y si te digo que puedo conseguirte un par de vaqueros Roper, unas botas de *cowboy* y una bonita camisa de manga larga, de las de llevar por dentro, recién planchada? —pregunté yo. Vi un brillo en sus ojos y supe que había conseguido conmover a la antigua Stevie Rae. Mi mente se apresuró a buscar qué más decir mientras ella aún me prestaba atención—. Este es el trato: nos encontraremos mañana a medianoche. No, espera. Mañana es sábado. De ningún modo habré arreglado las cosas para mañana a medianoche, no podré escaparme. Mejor a las tres de la madrugada, en el quiosco de los jardines del museo Philbrook. —Hice una pausa por un segundo para sonreír en dirección a ella—. Te acuerdas de ese sitio, ¿verdad?

Por supuesto, yo sabía que ella se acordaba del sitio. Stevie Rae había estado allí conmigo, solo que esa noche había sido ella la que había tratado de salvarme a mí, y no al revés.

—Sí, me acuerdo —contestó ella con el mismo tono frío e indiferente.

—Bien, entonces nos encontraremos allí. Yo te llevaré la ropa y la sangre. Podrás comer, o beber, o lo que sea, y cambiarte de ropa. Y luego podremos empezar a arreglar este asunto, ¿de acuerdo?

Añadí en silencio para mí misma que también llevaría jabón y champú y que conjuraría al agua para que la pobre chica pudiera lavarse. ¡Demonios!, su olor era tan terrible como su aspecto.

—No servirá de nada.

—¿Te importaría, por favor, dejar que yo decida eso? Además, aún no te he contado todos los horrores de mi cumpleaños. La abuela y yo tuvimos una escena de pesadilla con mi madre y mi padrastro el perdedor. La abuela lo llamó pedazo de mierda.

Stevie Rae soltó una carcajada que me recordó tanto a mi antigua amiga que se me nubló la vista con las lágrimas y tuve que parpadear varias veces.

—¡Ven, por favor! —rogué yo con voz trémula de emoción—. ¡Te he echado tanto de menos!

—Iré —dijo Stevie Rae—. Pero lo lamentarás.

5

Tras ese comentario no tan positivo, Stevie Rae se giró y salió disparada como un tornado por el callejón para desaparecer en medio de la oscura suciedad. Yo me encaminé mucho más lentamente hacia el Escarabajo. Estaba triste y nerviosa, y tenía demasiadas cosas en las que pensar, así que, en lugar de ir directamente de vuelta a la escuela, pasé primero por la Casa Internacional de las Tortitas del sur de Tulsa, en la calle Setenta y Uno, abierta las veinticuatro horas, y pedí un batido de chocolate gigante y un montón de galletas con trozos de chocolate para poder reflexionar en el coche mientras comía compulsivamente.

Suponía que las cosas habían salido bien con Stevie Rae. Quiero decir que, al fin y al cabo, ella había accedido a verme al día siguiente. Y no había tratado de darme un mordisco, lo cual tampoco estaba tan mal. Por supuesto, todo aquel asunto de que ella estuviera intentando comerse a la vagabunda resultaba de lo más perturbador, y su olor y su aspecto eran realmente repulsivos. Pero bajo ese repugnante e increíble exterior de chica no muerta juro que aún podía sentir a mi Stevie Rae de siempre, mi mejor amiga. Yo iba a aferrarme muy fuerte a eso para ver si podía convencerla de que volviera a la luz. Aunque solo fuera figurativamente hablando. Porque creo que la luz de hecho la molestaba incluso más que a mí o que a un vampiro adulto. ¡Imagínate! Los asquerosos chicos muertos no muertos definitivamente no eran vampiros estereotípicos. Me preguntaba si Stevie Rae estallaría en llamas si la rozaba la luz. Mierda. Sería terrible. Sobre todo porque habíamos quedado a las tres de la madrugada, que estaba a solo unas tres horas del amanecer. Mierda otra vez.

Como si tener que preocuparme por la luz del sol y demás tonterías no fuera suficiente, además tenía que comenzar a pensar en qué iba a hacer cuando todos los *profes* (sobre todo Neferet) volvieran a la escuela, cosa que ocurriría en un futuro bastante cercano, y en cómo ocultarles que sabía que Stevie Rae no estaba muerta del todo. No. Ya me preocuparía de eso más tarde, en cuanto tuviera a Stevie Rae bien bañadita y en lugar seguro. Iría pasito de tortuga a pasito de tortuga, y esperaría a que Nyx, que evidentemente me había llevado hasta Stevie Rae, me echara una mano para solucionar las cosas.

Llegué de vuelta a la escuela casi al amanecer. El aparcamiento estaba más que medio vacío, y no me encontré a nadie mientras rodeaba lentamente el grupo de edificios que, como un castillo, componían la Casa de la Noche. Los dormitorios de las chicas estaban en el extremo opuesto del campus en relación al aparcamiento, pero a pesar de todo yo no tenía prisa. Además, tenía una cosa que hacer antes de dirigirme a los dormitorios, donde, probablemente, me toparía con más de una de mis disgustadas amigas. (¡Bah, sí que detestaba mi cumpleaños!)

Parte del edificio estaba colocado en sentido transversal en relación a la estructura principal de la Casa de la Noche y, no obstante, estaba construido con la misma extraña mezcla de ladrillo antiguo y piedra en relieve que el resto, solo que era más pequeño y más redondo. Frente a él estaba la estatua de mármol de nuestra Diosa Nyx, con los brazos en alto y las manos juntas como si sostuviera en ellas una luna llena. Yo me quedé de pie, contemplando la estatua. Las lámparas de gas antiguas que iluminaban el campus no solo no dañaban nuestra vista en proceso de cambio; proporcionaban una luz suave y cálida que resplandecía como una caricia de vida, como un soplo de aire sobre la estatua de Nyx.

Me sentí maravillada ante nuestra Diosa, dejé mi planta de lavanda y mi *Drácula* cuidadosamente en el suelo, y entonces busqué con la vista por la hierba, a los pies de la estatua, la alta vela verde de oración que debía haberse caído. La puse de pie, cerré los ojos y traté de centrarme. Me concentré en la calidez y la belleza de la llama de la lámpara de gas y en cómo una sola vela podía arrojar la suficiente luz como para cambiar toda la atmósfera de una habitación oscura.

—Invoco a la llama. Luz a mí, por favor —susurré.

Oí el chisporroteo de la mecha y sentí el golpe de calor sobre mi rostro. Al abrir los ojos, vi la vela verde, que representa al elemento tierra, ardiendo alegremente. Sonreí llena de satisfacción. No había exagerado al hablar con Stevie Rae. Había estado practicando con los elementos durante todo el mes anterior, invocándolos, y cada vez lo hacía mejor. (Y no es que mis impresionantes poderes, concedidos por la Diosa, pudieran ayudarme a aliviar los sentimientos heridos de mis amigos, pero aún así...)

Dejé cuidadosamente la vela encendida a los pies de Nyx. En lugar de agachar la cabeza ante ella, la eché hacia atrás de modo que mi rostro quedara al descubierto y yo pudiera alzarlo hacia la majestuosidad del cielo nocturno. Y entonces recé a mi Diosa, aunque admito que el modo en que lo hice sonó más bien como una conversación. Y no porque pretendiera ser irrespetuosa con Nyx. Simplemente yo soy así. Desde el día en que fui marcada y se me apareció la Diosa, me sentí muy cerca de ella; como si a ella le importara realmente lo que me ocurre en la vida. Todo lo contrario que ese Dios sin nombre que te mira desde lo alto con el ceño fruncido, dispuesto a rellenar una libreta con tus pecados para mandarte al infierno.

—Nyx, gracias por ayudarme esta noche. Estoy confusa y muy extrañada por la situación de Stevie Rae, pero sé que si tú me ayudas... que si tú nos ayudas... podremos solucionarlo. Cuídala, por favor, y ayúdame para que sepa qué hacer. Sé que tú me marcaste y me diste poderes especiales por alguna razón, y ahora empiezo a pensar que quizá esa razón tenga algo que ver con Stevie Rae. No voy a mentir: me da miedo. Pero tú ya sabías lo miedica que era cuando me elegiste.

Sonreí con la vista fija en el cielo. Durante mi primera conversación con Nyx yo le había dicho que era imposible que ella me hubiera elegido como una vampira especial cuando ni siquiera se me daba bien aparcar en paralelo. Pero eso a ella en aquel entonces no parecía haberle importado, así que yo esperaba que siguiera sin importarle.

—He querido encender esta vela por Stevie Rae para simbolizar el hecho de que yo no la olvidaré, y tampoco me apartaré de la tarea que tú quieres que realice por poco que sepa acerca de los detalles.

Se me ocurrió quedarme allí sentada un rato, con la esperanza de que me llegara otro susurro que pudiera ayudarme a manejar el encuentro del día siguiente con Stevie Rae. Por eso seguía allí sentada, ante la estatua de Nyx, mirando al cielo, cuando la voz de Erik me dió un susto de muerte.

—La muerte de Stevie Rae te ha alterado mucho, ¿verdad?

Yo me sobresalté y solté un gritito muy poco atractivo.

—¡Jobar, Erik! Me has asustado tanto que casi me hago pis encima. No vuelvas a acercarte a escondidas de esa forma.

—Bueno, lo siento. No debería haberte molestado. Ya nos veremos más tarde —dijo él, que enseguida echó a caminar.

—¡No, espera! No quiero que te vayas. Es solo que me has asustado. La próxima vez, da una patada a una hoja. O tose, o algo. ¿De acuerdo?

Él se detuvo y se giró hacia mí. Su rostro parecía tenso y vigilante, pero asintió y dijo:

—De acuerdo.

Yo me puse en pie y esbocé una sonrisa que esperaba resultara alentadora. Dejando a un lado a las amigas no muertas y a los novios humanos conectados, Erik me gustaba realmente, y desde luego no quería romper con él.

—De hecho me alegro de que estés aquí. Quería disculparme por lo ocurrido antes.

Erik hizo un gesto brusco con la mano.

—No importa, y además no hace falta que lleves ese colgante con el muñeco de nieve. Puedes devolverlo. O lo que sea. Tengo el recibo.

Me llevé la mano a la perla del colgante del muñeco de nieve. De pronto, ante la idea de perderlo, (y de perder a Erik), me di cuenta de que tenía cierto encanto. (Y de que Erik tenía algo más que cierto encanto.)

—¡No! No quiero devolverlo —exclamé. Hice una pausa para calmarme de modo que no pareciera una loca desesperada—. Bueno, está bien. Quizá estuve un poco exagerada con todo el asunto del cumpleaños y la Navidad. En realidad, debería haberos dicho lo que pienso, pero es que he pasado siempre unos cumpleaños tan penosos que supongo que ni siquiera se me ocurrió pensarlo. O, al menos, no se me había ocurrido pensarlo hasta hoy. Pero para entonces era ya demasiado tarde. No pensaba decir nada, y no os habríais enterado de no haber sido por la nota de Heath.

Entonces recordé que aún llevaba puesto el precioso brazalete de Heath, así que dejé caer el brazo y lo apreté contra el cuerpo para evitar que los adorables corazoncitos tintinearan alegremente. Y luego añadí sin convicción:

—Además, tienes razón. Stevie Rae me ha alterado de verdad.

Me tapé la boca al darme cuenta de que una vez más había vuelto a hablar de Stevie Rae como si estuviera viva o, en su caso, supongo que debería decir no muerta. Y, por supuesto, balbuceaba como la loca desesperada que trataba de no parecerlo.

Pero era como si los ojos azules de Erik pudieran ver en mi interior.

—¿Crees que las cosas te serían más fáciles si yo diera un paso atrás y te dejara a solas por un tiempo?

—¡No! —exclamé yo, sinceramente dolida ante su actitud—. No, definitivamente no me sería todo más fácil si tú te apartaras de mí.

—Pero tú en realidad no has estado aquí desde que Stevie Rae murió. Y yo comprendo perfectamente que necesites cierto espacio.

—Erik, lo cierto es que no se trata solo de Stevie Rae. Hay otros asuntos de los que también me cuesta hablar.

Él se acercó a mí y me tomó de la mano. Entrelazó los dedos con los míos.

—¿No puedes decírmelo? Se me da bien arreglar problemas. Quizá pueda ayudarte.

Yo alcé la vista y lo miré a los ojos, y deseé tan ardientemente contarle lo de Stevie Rae y lo de Neferet e incluso lo de Heath, que sentí incluso que mi cuerpo se inclinaba hacia el de él. Erik terminó de cruzar la escasa distancia que nos separaba, y yo me deslicé en sus brazos con un suspiro. ¡Él siempre olía tan bien y era tan increíblemente fuerte y duro!

Descansé la mejilla sobre su pecho.

—Estás de broma, ¿no?. Por supuesto que se te da bien arreglar problemas. Porque a ti todo se te da bien. De hecho, eres casi perfecto. Vamos, que eres casi un *friqui* de puro perfecto.

Sentí como su pecho se agitaba al echarse a reír.

—Lo dices como si fuera algo malo.

—No es malo, es.... algo intimidante —musité yo.

—¡Intimidante! —exclamó él, echándose hacia atrás para poder mirarme a la cara—. ¡Tú sí que tienes que estar de broma!

Erik volvió a echarse a reír. Yo fruncí el ceño y lo miré a los ojos.

—¿Por qué te ríes de mí?

Él me abrazó y dijo:

—Z, ¿tienes idea de lo que significa salir con la iniciada más poderosa de la historia de los vampiros?

—No, pero es que yo no salgo con chicas —contesté, a pesar de estar convencida de que no hay nada de malo en ser lesbianas.

Él me tomó de la barbilla y alzó mi rostro.

—Tú sí que das miedo, Z. Tú controlas los elementos. ¡Todos! ¡Y luego hablan de salir con chicas a las que es mejor no cabrear!

—¡Oh, por favor! ¡No seas tonto! ¡Yo jamás te atacaría!

No mencioné el hecho de que sí había atacado a otra gente. Más específicamente, a gente no muerta. Bueno, y a su ex novia, Aphrodite (que viene a ser tan odiosa y molesta como los no muertos). Pero, probablemente, era mejor no mencionar nada de eso.

—Yo simplemente digo que no necesitas sentirte intimidada por nadie. Eres increíble, Zoey. ¿O es que no lo sabías?

—Supongo que no. Las cosas han sido un poco confusas últimamente.

Erik se echó atrás una vez más y me miró a los ojos antes de decir:

—Entonces deja que yo te las aclare un poco.

Yo sentí que nadaba en sus ojos. Quizá sí pudiera contárselo todo. Erik era de quinto curso, así que estaba ya a mitad de su tercer año en la Casa de la Noche. Tenía casi diecinueve años, y además tenía un increíble talento como actor. (¡Y encima sabía cantar!) Si había un iniciado que pudiera guardar un secreto, ese era él. Pero al abrir la boca para decirle toda la verdad sobre la no muerte de Stevie Rae, un terrible sentimiento me agarrotó el estómago y me heló las palabras en la garganta. Era otra vez esa misma intuición. Un sentimiento en lo más profundo del estómago que me decía que mantuviera la boca cerrada, o que echara a correr o, a veces, simplemente, que me tomara un respiro y que reflexionara. Y en ese momento me estaba diciendo que era imposible no hacer caso a la urgente necesidad de mantener la boca cerrada, necesidad que reforzaron las palabras que pronunció Erik a continuación:

—Eh, ya sé que preferirías hablar con Neferet, pero ella no volverá al menos hasta dentro de una semana o así, así que hasta entonces yo podría hacer su papel.

Neferet era precisamente la única persona y el único vampiro con quien rotundamente yo no podía hablar. ¡Demonios!, Neferet y su capacidad psíquica de leer el pensamiento eran justo la razón por la cual yo no podía contarle a Erik ni a ninguno de mis amigos nada acerca de Stevie Rae.

—Gracias, Erik —dije automáticamente mientras me apartaba de sus brazos—, pero tengo que salir de esto por mí misma.

Él me soltó tan deprisa que yo casi me eché atrás.

—Es por él, ¿verdad?

—¿Él?

—Ese chico humano, Heath. Tu antiguo novio. Él volverá dentro de dos días, y por eso es por lo que te comportas de un modo tan raro.

—No me comporto de un modo tan raro. Al menos no en ese sentido.

—Entonces, ¿por qué no me dejas tocarte?

—¿De qué estás hablando? Te dejo tocarme. Acabo de abrazarte.

—Sí, durante dos segundos. Pero luego te has apartado como si llevaras ya una eternidad. Escucha, si he hecho algo mal tienes que decírmelo y…

—¡No has hecho nada mal!

Erik no dijo nada durante unos cuantos segundos, pero cuando al fin habló su voz pareció la de un chico mayor de diecinueve años, y desde luego sonó más que un poco triste.

—No puedo competir con una conexión. Lo sé. Y no lo intento. Simplemente pensé que entre tú y yo había algo especial. Nosotros duraremos mucho más que cualquier lazo biológico que puedas entablar con un humano. Tú y yo somos parecidos, pero tú y Heath no. Al menos ya no.

—Erik, tú no necesitas competir con Heath.

—He estado buscando información sobre la conexión. Está relacionada con el sexo.

Sentí que mi rostro se ponía colorado. Por supuesto, él tenía razón. La conexión es algo sexual porque el acto de beber sangre humana afecta al mismo receptor en el cerebro del vampiro y del humano al que afecta el orgasmo. Pero yo no quería discutir sobre eso con Erik. Así que en lugar de ello, decidí limitarme a los hechos superficiales y no entrar en profundidades.

—Se trata de la sangre, no del sexo.

Erik me miró con cara de saber que, (por desgracia), él tenía razón. Había estado investigando.

Naturalmente, yo me puse a la defensiva.

—Sigo siendo virgen, Erik, y todavía no estoy lista para cambiar eso.

—Yo no he dicho que…

—Parece que me confundes con tu última novia —lo interrumpí—. Con esa a la que vi de rodillas delante de ti, tratando de hacerte una mamada.

Está bien, no era justo por mi parte sacar a relucir el desagradable y cochino incidente entre Aphrodite y él del que yo había sido testigo accidentalmente. Yo entonces ni siquiera conocía a Erik; sin embargo, en ese momento, me pareció mucho más fácil discutir con él que hablar de la lujuriosa necesidad de sangre que sentía con Heath.

—No te confundo con Aphrodite —contestó él con los dientes apretados de rabia.

—Vale, entonces, quizá no se trate tanto de que yo me comporto de un modo raro, como de que tú quieres de mí más de lo que yo puedo darte.

—Eso no es cierto, Zoey. Tú sabes muy bien que yo no te he presionado jamás con relación al sexo. No quiero a una chica como Aphrodite. Te quiero a ti. Pero quiero poder tocarte sin que tú te apartes como si yo fuera un leproso.

¿Había estado haciendo eso? ¡Mierda! Era muy probable que sí. Respiré hondo. Discutir de ese modo con Erik era una estupidez; tenía que encontrar el modo de permitirle que se acercara a mí sin decirle nada que luego él pudiera contarle accidentalmente a Neferet porque, en caso contrario, yo iba a acabar perdiéndolo. Bajé la vista al suelo, reflexionando sobre qué podía decirle y qué no.

—No creo que seas un leproso. Creo que eres el chico más sexi de esta escuela.

Oí a Erik suspirar profundamente.

—Bueno, acabas de decir que no sales con chicas, así que eso tiene que significar que te gusta cuando te toco.

Yo alcé la vista y contesté:

—Me gustas. Sí me gusta —rectifiqué. Entonces decidí que iba a decirle la verdad. O, al menos, toda la verdad que pudiera—. Es solo que es duro dejar que te me acerques cuando tengo que enfrentarme a… bueno… a todo esto.

¡Bien, genial! Vaya forma de llamarlo. Era una estúpida. ¿Por qué seguía gustándole?

—Z, ¿con eso de «todo esto» te refieres a cómo enfrentarte a tus poderes?

—Sí.

Está bien, era una mentira, pero no del todo. Todo esto (es decir, Stevie Rae, Neferet, Heath), me había ocurrido porque tenía poderes, y por eso tenía que enfrentarme a ello, aunque estaba claro que no estaba haciendo un buen trabajo. Sentía que debía cruzar los dedos detrás de la espalda, pero tenía miedo de que Erik se diera cuenta.

Él dio un paso hacia mí.

—¿Así que «todo esto» no es que detestas cuando te toco?

—«Todo esto» no es que yo deteste que me toques. Indudablemente no. Seguro.

Yo di un paso hacia él.

Erik sonrió y de pronto sus brazos me rodearon otra vez, solo que en esa ocasión además se inclinó para besarme. Su sabor era tan maravilloso como su olor, así que el beso me supo estupendo y, en algún momento mientras nos besábamos, yo me di cuenta de que hacía mucho tiempo que Erik y yo no nos dábamos el lote. Quiero decir que yo no soy como la guarra de Aphrodite, pero tampoco soy una monja. Y desde luego no estaba mintiendo cuando le dije a Erik que me gustaba que me tocara. Deslicé las manos por sus anchos hombros y me incliné otro poco más sobre él. Encajábamos perfectamente el uno en el otro. Él es realmente alto, pero eso me gusta. Me hace sentirme pequeña, femenina y protegida, y eso también me gusta. Dejé que mis dedos juguetearan por su nuca con el cabello negro, espeso y ligeramente rizado. Mis uñas arañaron suavemente la delicada piel, sentí cómo él se estremecía y lo oí gemir.

—¡Cómo me gustas! —susurró él contra mis labios.

—Y tú a mi —susurré yo.

Me presioné contra él y profundicé en el beso. Y entonces, por puro impulso, (un impulso muy erótico), tomé su mano de mi espalda y la levanté hasta que cubrió mi pecho por un lado. Él volvió a gemir y me besó con más fuerza y más excitación. Deslizó la mano hacia abajo para meterla por debajo de mi suéter, y luego la subió hacia arriba, de modo que mi pecho quedó en su mano, desnudo excepto por el sujetador de encaje negro.

Está bien, lo admitiré. Me gustaba que él me tocara la teta. Me hacía sentirme bien. Sobre todo me hacía sentir bien el hecho de demostrarle a Erik que yo no lo rechazaba. Me moví para que él pudiera tocarme mejor, y de algún modo ese pequeño e inocente (bueno, casi inocente) movimiento provocó que nuestras bocas se deslizaran y mis dientes superiores se hincaran ligeramente en su labio inferior.

El sabor de su sangre me excitó fuertemente, y jadeé contra su boca. Era un sabor rico y cálido e indescriptiblemente salado y dulce al mismo tiempo. Sé que suena vulgar, pero no pude evitar mi respuesta instintiva ante él. Tomé el rostro de Erik con ambas manos y tiré de su labio con la boca. Lo lamí suavemente, lo cual hizo que su sangre fluyera más deprisa.

—¡Sí, adelante! Bebe —dijo Erik con un tono de voz ronco y una respiración más y más jadeante cada vez.

No necesitaba que me alentara más. Succioné su labio con la boca, saboreando la maravillosa magia de su sangre. No era como la sangre de Heath. No me producía un placer tan intenso que resultara casi doloroso, no me ponía casi fuera de control. La sangre de Erik no era una ola de apasionada excitación como la de Heath. La sangre de Erik era como una pequeña fogata: era algo cálido, equilibrado y fuerte. Llenaba mi cuerpo con una llama que calentaba un placer líquido que se extendía hasta los dedos de mis pies y me hacía desear más; más de Erik y más de su sangre.

—*¡Ejem!*

Alguien se aclaraba la garganta en voz alta para llamar nuestra atención. Erik y yo nos apartamos el uno del otro como si nos hubieran electrocutado. Vi los ojos de Erik abrirse como platos al alzar la vista y mirar por detrás de mí. Luego vi su sonrisa, una sonrisa que le hizo parecer un chico malo al que hubieran pillado con la mano en la caja de las galletas (y, según parecía, yo era la caja de las galletas).

—Lo siento, profesor Blake. Creíamos que estábamos solos.

6

¡Oh, Dios, mío! Quise morirme y convertirme en polvo y que la brisa soplara y me llevara a cualquier parte, con tal de que fuera lejos. Pero en lugar de ello me di la vuelta. Por supuesto, Loren Blake, vampiro y poeta laureado y el hombre más guapo del universo conocido, estaba ahí de pie, con una sonrisa en su clásico y hermoso rostro.

—*¡Oh, eh,* hola! —tartamudeé y, ya que no había sonado lo suficientemente estúpida, solté además—: Tú estás en Europa.

—Estaba. Acabo de volver.

—¿Y qué tal en Europa? —preguntó Erik con calma mientras ponía un brazo por encima de mis hombros con la mayor naturalidad.

Loren sonrió aún más y desvió la vista de Erik a mí.

—No tan amistosa como América.

Erik, que parecía estar pasándoselo en grande, soltó una pequeña carcajada y dijo:

—Bueno, no es cuestión de adónde vas, sino de a quién conoces.

—Evidentemente —dijo Loren, alzando una ceja perfecta.

—Hoy es el cumpleaños de Zoey. Estábamos dándonos el beso de cumpleaños y todo eso —dijo Erik—. Ya sabes que Z y yo salimos juntos, ¿no?

Yo miré primero a Erik y luego a Loren. La testosterona era prácticamente visible en el aire, volando entre los dos. Jolines, actuaban como dos verdaderos machitos. Sobre todo Erik. Juro que no me habría sorprendido lo más mínimo que me hubiera dado un golpe en la cabeza para arrastrarme luego del pelo. Y la idea no resultaba en absoluto atractiva.

—Sí, eso he oído por ahí —dijo Loren con una extraña sonrisa; una especie de sonrisa sarcástica que casi parecía una risita. Luego señaló mi labio y añadió—: Tienes un poco de sangre ahí, Zoey. Quizá quieras limpiártela. ¡Ah!, y, ¡felicidades!

Yo me puse colorada. Loren se dio la vuelta y se dirigió a la sección de la escuela en la que se encontraban los dormitorios de los profesores.

—No sé cómo podría haber resultado más violento —comenté yo después de limpiarme la sangre y de alisarme el suéter.

Erik se encogió de hombros y sonrió.

Yo le di un manotazo en todo el pecho antes de agacharme para recoger la planta y el libro.

—Y no comprendo por qué te parece tan divertido —dije mientras echaba a andar hacia el dormitorio.

Por supuesto, él me siguió.

—Solo nos estábamos besando, Z.

—Tú me estabas besando. Yo te estaba chupando la sangre —dije, sin mirarlo de frente—. Ah, y luego está el pequeño detalle de tu mano por dentro de mi camisa. No nos olvidemos de eso.

Él me quitó la planta de lavanda y me agarró de la mano.

—No, no me olvidaré de eso, Z.

A mí no me quedaba ninguna mano libre para volver a darle un manotazo, así que me conformé con mirarlo a los ojos con expresión enfadada.

—Es violento. No puedo creer que Loren nos viera.

—Solo era Blake, y ni siquiera es realmente profesor aquí.

—Es violento —repetí yo.

Deseaba calmarme y que mi voz sonara menos tensa. Pero también deseaba succionarle un poco más de sangre a Erik, solo que eso no iba a mencionarlo.

—Yo no me siento violento. Me alegro de que nos viera —dijo Erik con aires de suficiencia.

—¿Que te alegras? ¿Y desde cuándo te pone que te pillen dándote el lote?

Estupendo. Así que Erik era un tío rarito, y yo acababa de enterarme.

—No me pone que me pillen dándome el lote, pero aun así me alegra que Blake nos viera —dijo Erik. No quedaba ni rastro de jocosidad en su voz al decirlo, y su sonrisa se había convertido en una expresión muy seria—. No me gusta el modo en que te mira.

Mi estómago se retorció.

—¿A qué te refieres? ¿Cómo me mira?

—Como si tú no fueras una estudiante y él no fuera un profesor —contestó Erik. Luego hizo una pausa y añadió—. Así que entonces, ¿no te habías dado cuenta?

—Erik, creo que estás loco —contesté yo, evitando cuidadosamente responder a la pregunta—. Loren no me mira de ningún modo.

El corazón me latía como si estuviera a punto de salírseme del pecho. ¡Jolines, claro que sí, sí me había dado cuenta de cómo me miraba Loren! Lo sabía de sobra. Incluso le había hablado a Stevie Rae de ello. Pero después de todo lo sucedido últimamente, además de que Loren había estado ausente durante casi un mes, yo casi me había convencido a mí misma de que me había imaginado todo lo ocurrido entre nosotros.

—Lo llamas Loren —advirtió Erik.

—Sí, tal y como tú has dicho, realmente no es profesor.

—Yo no lo llamo Loren.

—Erik, él me ayudó a hacer ciertas investigaciones para las nuevas reglas de las Hijas Oscuras —dije yo.

Más que una exageración, eso era directamente una mentira. Yo estaba investigando. Loren estaba allí. Habíamos hablado. Él había tocado mi rostro. Sin pensar en ello, me apresuré a continuar:

—Además, me preguntó por mis tatuajes.

Y era cierto. Desnudé mi espalda bajo la luna llena de modo que él pudiera verlos... y tocarlos... y de modo que los tatuajes pudieran inspirarle para escribir poesía. Aparté mi mente también de esos pensamientos y terminé con una escueta frase:

—Así que de algún modo, sí, lo conozco.

Erik gruñó.

Yo sentí como si un puñado de hámsters corrieran afanosamente por las distintas ruedas de mi mente, pero traté de que mi voz sonara tranquila y casi como de broma al preguntar:

—Pero Erik, ¿estás celoso de Loren?

—No —dijo él, que primero me miró, luego apartó la vista y por último me miró a los ojos otra vez antes de añadir—: Sí. Bueno, quizá.

—Pues no lo estés. No hay ninguna razón para que estés celoso. No hay nada entre él y yo. Te lo prometo.

Choqué mi hombro contra el de él. En aquel momento lo decía en serio. Bastante estresante me resultaba ya decidir qué hacer con Heath y la conexión. Lo último que necesitaba era un romance secreto con alguien que estaba aun más fuera de mis límites que mi ex novio humano. (Aunque era triste pero, según parecía, era siempre eso que menos falta me hacía lo primero que siempre conseguía.)

—Hay algo en él que simplemente no me gusta —dijo Erik.

Nos detuvimos delante de los dormitorios de las chicas y, sin soltar su mano, me giré hacia él y pestañeé con inocencia.

—Así que ya lo has catado, ¿eh?

—Ni de broma —contestó Erik de mal humor. Él tiró de mí y me rodeó con un brazo—. Lamento haberme vuelto loco por lo de Blake. Sé que no hay nada entre vosotros dos. Supongo que me he puesto celoso y me he comportado como un estúpido.

—No te has comportado como un estúpido, y no me importa que te pongas celoso. O al menos que te pongas un poco celoso.

—Tú sabes que estoy loco por ti, Z —dijo él, inclinándose para lamerme la oreja—. Ojalá no fuera tan tarde.

Yo me estremecí y contesté:

—Sí, ojalá.

Pero podía ver el cielo comenzando a iluminarse por encima del hombro de Erik. Además, estaba agotada. Entre mi cumpleaños, mi madre, mi padrastro el perdedor y mi mejor amiga no muerta, realmente necesitaba un tiempo a solas para pensar y una noche entera para dormir (o, en nuestro caso, un día entero). Pero eso no impidió que me arrimara un poquito más a Erik.

Él me besó en lo alto de la cabeza y me sujetó con fuerza.

—Eh, ¿sabes ya quién va a representar a la tierra durante el próximo ritual de la Luna llena?

—No, aún no —dije yo.

Mierda. Faltaban solo dos noches para el ritual de la Luna llena, solo que yo había estado evitando por todos los medios pensar en ello. Habría sido horrible sustituir a Stevie Rae de haber estado ella verdaderamente muerta; pero sabiendo que en realidad solo estaba no muerta y que andaba por ahí, por los apestosos callejones y los sucios túneles del centro de la ciudad, poner a otra persona en su lugar resultaba sencillamente deprimente. Por no decir un completo error.

—Tú sabes que yo estoy dispuesto a hacerlo. Solo tienes que pedírmelo.

Yo ladeé la cabeza y la alcé para mirarlo. Él estaba en el Consejo de prefectos junto con las gemelas, Damien y, por supuesto, conmigo. Yo era prefecto sénior a pesar de que técnicamente era solo una iniciada, y ni siquiera era alumna de los últimos cursos. Stevie Rae también había formado parte del Consejo, por supuesto. Y no, yo aún no había decidido quién la sustituiría. De hecho, también tenía que proponer a dos estudiantes para el Consejo, y tampoco había pensado siquiera en ello. Jolín, sí que estaba estresada. Respiré hondo y dije:

—¿Querrías, por favor, representar a la tierra en el círculo de nuestro ritual de la Luna llena?

—Por supuesto, Z, pero, ¿no crees que sería buena idea si practicáramos antes el círculo de invocación? Todos tienen una afinidad con un elemento excepto tú, que tienes afinidad con los cinco, así que quizá sea mejor que nos aseguremos de que todo va a ir bien al entrar yo, que no tengo ningún don.

—Pero no es del todo cierto que tú no tienes ningún don.

—Bueno, pero yo no me estaba refiriendo a mis grandes habilidades sexuales.

—Ni yo —contesté yo tras hacer una mueca de falsa desesperación. Él tiró de mí para acercarme más, de modo que mi cuerpo se amoldó al de él.

—Entonces supongo que aún tengo mucho que enseñarte de mi talento.

Yo me eché a reír sofocadamente y él me besó. Aún podía saborear un toque de sangre en su labio, lo cual hizo que el beso me supiera aún más dulce.

—Así que ya habéis hecho las paces, ¿no? —dijo Erin.

—Más que las paces, es otra cosa lo que están haciendo, gemela —dijo Shaunee.

En esa ocasión Erik y yo no nos separamos. Simplemente suspiramos.

—¿Es que en esta escuela no existe la intimidad? —musitó Erik.

—¡Eh, que te la estabas comiendo aquí, a plena vista! —dijo Erin.

—Yo lo encuentro encantador —dijo Jack.

—Pero es porque tú eres encantador —intervino Damien, entrelazando su brazo con el de Jack mientras bajaban los escalones en dirección hacia los dormitorios.

—Gemela, voy a vomitar. ¿Tú no? —preguntó Shaunee.

—Sin duda. Voy a vomitarlo todo y voy a arrojarlo como si fuera un proyectil —contestó Erin.

—Así que todo este besuqueo os pone enfermas, ¿eh? —preguntó Erik con un brillo malicioso en los ojos.

Yo me pregunté a qué estaba jugando.

—Me dan náuseas, literalmente hablando —confirmó Erin.

—Lo mismo digo —convino Shaunee.

—Bien, entonces, no creo que os interese lo que Cole y T. J. querían que os dijera, ¿verdad?

—¿Cole Clifton? —preguntó Shaunee

—¿T. J. Hawkins? —preguntó al mismo tiempo Erin.

—Sí y sí —contestó Erik.

Yo observé a las cínicas gemelas cambiar instantáneamente de actitud.

—¡Cole es tan genial! —soltó Shaunee—. Ese pelo rubio y esos traviesos ojos azules es que me ponen de verdad.

—¡T. J.! —Erin se abanicó teatralmente mientras pronunciaba su nombre—, ese chico sí que sabe cantar. Y es alto... ¡Ah, es tan genial!

—Y todo ese teatro, ¿significa que en realidad sí estáis interesadas en el besuqueo y todo eso? —preguntó Damien, elevando una ceja con suficiencia.

—Sí, reina Damien —contestó Shaunee mientras Erin fruncía el ceño y asentía en dirección a él.

—Entonces, ¿tenías algo que decirles a las gemelas de parte de Cole y T. J.? —le pregunté yo a Erik, antes de que Damien pudiera devolvérsela a las gemelas, cosa que me hizo echar de menos otra vez a Stevie Rae, que sabía mantener la paz mejor que nadie.

—Solo que se nos había ocurrido que sería estupendo si Shaunee, Erin y tú —dijo Erik, haciendo una pausa para apretarme los hombros— vinierais al IMAX mañana por la noche con nosotros tres.

—¿Te refieres a Cole, T. J., y tú? —preguntó Shaunee.

—Sí. Ah, y Damien y Jack también están invitados —añadió Erik.

—¿Y qué vamos a ver? —preguntó Jack.

Erik hizo una pausa de nuevo para darle más efecto al asunto, y luego entonó, emocionado:

—Ahora están reponiendo *300* por Navidad.

Entonces fue Jack quien se abanicó.

—¡Nosotros desde luego vamos! —dijo Damien con una sonrisa.

—¡Nosotras también! —dijo Shaunee al tiempo que Erin asentía con tal vigor que su cabello rubio se alborotó por completo y la hizo parecer una animadora.

—¿Sabes? *300* puede ser la película perfecta. Tiene de todo: un poco para cada uno —dije yo—. Tetas de hombre para los que les gusten las tetas masculinas. Tetas de mujer para los que les gusten las tetas femeninas. Y una buena dosis de acción heróica masculina, cosa que, ¿a quién no le gusta?

—Y una sesión de media noche en el IMAX para aquellos a los que no les gusta la luz del día —añadió Erik.

—Perfección en grado sumo —aseguró Damien.

—Eso digo yo —repitieron las gemelas.

Yo simplemente me quedé ahí de pie y sonreí. Me encantaban mis amigos. Todos y cada uno de ellos. Echaba de menos a Stevie Rae continuamente, pero por primera vez en aquel mes me sentía de nuevo yo misma, e incluso me sentía contenta y feliz.

—Entonces, ¿es una cita en firme? —preguntó Erik.

Todo el mundo coincidió con sus alegres síes.

—Será mejor volver a nuestros dormitorios. No quiero que nos pillen en el terreno sagrado del dormitorio de las chicas después del toque de queda —bromeó Erik.

—Sí, será mejor —confirmó Damien.

—¡Eh, Zoey, feliz cumpleaños! —exclamó Jack.

¡Jolín, sí que era un chico encantador!

—¡Gracias, guapo! —contesté yo. Luego miré al resto de mis amigos y añadí—: Lamento haber sido tan burra antes. De verdad que me gustan los regalos.

—¿Y significa eso que te los vas a poner? —preguntó Shaunee, mirándome fijamente con sus ojos de color chocolate.

—Sí, ¿vas a ponerte esas botas tan chulas que nos han costado doscientos noventa y cinco dólares con cincuenta y dos centavos? —preguntó Erin.

Yo tragué. Shaunee y Erin eran de familias con dinero. Yo, por el contrario, no estaba acostumbrada a tener unas botas tan caras. De hecho, al enterarme de cuánto les habían costado, comenzaron a gustarme.

—Sí, voy a ponerme esas botas tan chulas —dije, imitando a Erin.

—Pues la bufanda de cachemira tampoco ha sido barata que digamos —comentó Damien con arrogancia—. ¿Te he dicho ya que es de cachemira? Un uno por ciento.

—Lo has dicho más veces de las que podríamos contarlas —musitó Erin.

—Me encanta la cachemira —aseguré yo.

Jack frunció el ceño y miró para abajo.

—Mi globo de cristal no era caro.

—Pero es muy bonito, y además lleva el muñeco de nieve, así que pega perfectamente con el precioso colgante, que no me pienso quitar —me apresuré a decir yo, interrumpiéndolo y sonriendo en dirección a Erik.

—¿Ni siquiera en verano? —preguntó Erik.

—Ni siquiera en verano.

—Gracias, Z —susurró Erik, besándome suavemente.

—Comienzo a sentir cierto malestar en el estómago otra vez —dijo Shaunee.

—Sí, yo también noto que se me está subiendo la bilis —convino Erin.

Erik me abrazó una vez más antes de echar a correr detrás de Jack y Damien, que ya se retiraba. Por encima del hombro, sin embargo, gritó:

—Entonces, ¿les digo a Cole y a T. J. que todo eso de los besos no os va?

—¡Diles eso, y te matamos! —contestó Shaunee con dulzura.

—¡Considérate muerto! —aseguró Erin con la misma dulzura.

Yo me eché a reír, haciéndome eco de la risa de Erik, que se desvanecía al alejarse. Recogí mi planta de lavanda, abracé mi *Drácula* contra el pecho y entré en el dormitorio con mis amigas. Y entonces comencé a pensar que quizá pudiera encontrar una solución para el asunto de Stevie Rae para, de ese modo, volver a estar todos juntos.

Lástima que la idea resultara ser tan ingenua como imposible.

7

La noche del sábado (que en realidad es para nosotros como la mañana del sábado) es por lo general un momento dedicado a vaguear. Las chicas merodean por las habitaciones en pijama, medio dormidas y con el pelo revuelto y sin peinar, comiendo tazones de cereales o palomitas frías y viendo reposiciones de series en las distintas pantallas gigantes de los salones de los dormitorios de las chicas. Así que no era de extrañar que Shaunee y Erin me lanzaran miraditas somnolientas y confusas cuando agarré una barrita de cereales y una lata de refresco burbujeante marrón (no *light, puaj*) y me planté entre sus ojos vidriosos y la pantalla de televisión.

—¿Qué? —preguntó Erin.

—Z, ¿por qué estás tan despierta? —preguntó a su vez Shaunee.

—Sí, no es bueno estar tan espabilada tan pronto —comentó Erin.

—Exacto, gemela. Cada persona tiene una capacidad limitada de estar espabilada. Si la gastas a primera hora, entonces se te acabará y te pondrás de mal humor —explicó Shaunee.

—No estoy espabilada. Estoy ocupada —dije yo. Por suerte eso las detuvo en seco y pararon su sermón—. Voy a la biblioteca a investigar sobre el ritual.

No era mentira. Ellas debieron suponer que estaba hablando del ritual de la Luna llena, cuando en realidad yo estaba hablando del ritual con el que quería que la pobre muerta no muerta Stevie Rae pasara a ser no muerta a secas.

—Mientras investigo, quiero que vosotras vayáis a buscar a Damien y a Erik y les digáis que nos encontraremos debajo del árbol de siempre a las... —continué yo, que hice una pausa para mirar el reloj y añadir—: Ahora mismo son las cinco y media. Supongo que habré terminado hacia las siete y algo. ¿Y si quedamos a las siete y cuarto?

—Bien —dijeron las gemelas.

—Pero ¿cómo es que quedamos tan pronto? —preguntó Erin.

—Ah, lo siento. Erik va a representar a la tierra mañana —expliqué yo. Me tragué el nudo que, de pronto, apareció en mi garganta. Las gemelas parecieron repentinamente tan tristes como yo. Era evidente que ninguna de nosotras había superado lo de Stevie Rae. Ni siquiera ellas, que creían que estaba muerta—. Erik pensó que sería una buena idea practicar un círculo de invocación antes del verdadero ritual. Ya sabéis, por lo de que todos tenemos afinidad con algún elemento y él no. A mí también me pareció que era una buena idea.

—Sí... suena bien... —musitaron las gemelas.

—Stevie Rae no habría querido que el ritual fuera un desastre solo porque la echáramos de menos —añadí yo—. Ella habría dicho: «Más vale que lo hagáis bien, y no os pongáis en ridículo» —dije imitando su acento, lo que hizo sonreír a las gemelas.

—Estaremos allí, Z —aseguró Shaunee.

—Bien, y después de eso iremos a ver *300* —añadí yo.

Eso las hizo sonreír de verdad.

—Ah, y ¿podríais aseguraros vosotras de llevar todas las velas de los elementos hasta allí, por favor?

—Lo haremos, Z —dijo Erin.

—Gracias, chicas.

—¡Eh... Z! —gritó Shaunee cuando casi había llegado a la puerta.

Yo me detuve y me volví.

—Bonitas botas —dijo Erin.

Sonreí y levanté un pie. Llevaba vaqueros, pero eran de esos que se enrollan y se suben hasta por debajo de las rodillas, lo cual significaba que todo el mundo podía ver los resplandecientes árboles de Navidad que adornaban los laterales de las botas. También llevaba la bufanda de Damien con el muñeco de nieve, que verdaderamente era un sueño de cachemira de lo suave que era. Un par de chicas sentadas en un sofá cerca de la puerta soltaron exclamaciones, como dando a entender que a ellas también les parecía que las botas eran preciosas, y yo vi el gesto de las gemelas, como diciendo: «¿Lo ves?».

—Gracias, me las han regalado las gemelas por mi cumpleaños —le dije yo a las chicas, con una voz lo suficientemente alta como para que Shaunee y Erin me oyeran.

Las gemelas me lanzaron besos y yo me marché.

Mastiqué mi barrita de cereales y mientras me dirigía al centro multimedia, en el edificio principal de la escuela. Era extraño, pero no estaba nerviosa por el ritual de la Luna llena. Por supuesto que echaría de menos a Stevie Rae y que me costaría asumir que no fuera ella la que representara a la tierra, pero a pesar de todo seguiría rodeada de mis amigos. Seguiríamos siendo nosotros, aunque faltara uno.

La escuela estaba aún más desierta aquel día que durante todo el mes anterior, lo cual no era de extrañar. Era el día de Navidad, y aunque los iniciados debían mantenerse en contacto con los vampiros adultos, todos teníamos permiso para ausentarnos del campus ese día. (Hay cierto tipo de feromona que segregan los vampiros adultos y que controla en cierta medida el cambio físico que tiene lugar en los iniciados; es ese cambio el que nos permite completar la metamorfosis hacia vampiro adulto si no a todos, sí al menos a buena parte de nosotros. El resto muere.) Así que muchos chicos se habían marchado para pasar la Navidad con sus familias humanas.

Tal y como esperaba, la biblioteca estaba vacía. Pero no necesitaba preocuparme por el hecho de que pudiera estar cerrada a cal y canto y con la alarma puesta como en cualquier colegio típico. Los vampiros, con sus poderes psíquicos y físicos, no necesitan cerraduras para obligarnos a hacer las cosas bien. De hecho, yo no estaba del todo segura de qué hacían los vampiros cuando un iniciado cometía la típica tontería de adolescente. Según los rumores, desvanecían al truhán (je, je, «truhán» era una de las palabras favoritas de Damien) durante un período de tiempo variable. Lo cual significa que el chico podía ponerse realmente enfermo y, por ejemplo, ahogarse en los humores de su propio cuerpo, desintegrándose hasta morir.

De un modo u otro, era mejor no cabrear a los vampiros. Y por supuesto, yo había convertido a la alta sacerdotisa de nuestra escuela en enemiga mía. Sí, a veces ser yo era estupendo: por ejemplo, cuando Erik me besaba o cuando me dedicaba a andar por ahí con mis amigos;

la mayor parte del tiempo, sin embargo, ser yo resultaba estresante y angustioso.

Rebusqué por entre los viejos y rancios libros de la sección de metafísica de la biblioteca (que, como puedes imaginarte, en esta biblioteca en particular ocupaba mucho espacio). Fue una búsqueda especialmente lenta, porque yo había decidido no utilizar el buscador del catálogo del ordenador. No me convenía dejar una pista electrónica de lo que andaba buscando que gritara a los cuatro vientos: ¡Zoey Redbird está buscando información acerca de iniciados que mueren y son reanimados como monstruos chupasangre por una alta sacerdotisa que es mala, que los controla y que tiene un plan maestro aún desconocido! No. Hasta yo sabía que esa no era una buena idea.

Llevaba allí más de una hora y me sentía bastante frustrada por la lentitud de mi paso de tortuga. Deseaba ardientemente poder pedirle ayuda a Damien. El chico no solo era listo y leía rápido, sino que además era muy bueno investigando. Estrechaba contra mi pecho un libro titulado *Rituales para curar el cuerpo y el espíritu,* y trataba de sacar de un estante superior un viejo ejemplar encuadernado en piel titulado *Combatiendo el mal con hechizos y rituales,* cuando un fuerte brazo lo alcanzó por mí y lo sacó con toda facilidad por encima de mi cabeza. Yo me giré y me tropecé directamente con Loren Blake.

—Así que *Combatiendo el mal,* ¿eh? Interesante elección como material de lectura.

Su cercanía no contribuía a relajar mucho mis nervios.

—Ya me conoces —dije yo. No era cierto, él en realidad no me conocía—. Me gusta estar preparada para lo que pueda suceder.

Él arrugó el ceño en una expresión de confusión.

—¿Es que esperas el ataque del mal?

—¡No! —negué yo demasiado deprisa. Luego me eché a reír, alegre y descuidadamente, pero estoy segura de que resultó de lo más falso—. Bueno, hace un par de meses nadie esperaba que Aphrodite perdiera el control sobre un puñado de espíritus de vampiros chupasangre, pero así fue. Así que he pensado que, bueno, ya sabes, que más vale prevenir que curar.

Me sentía como una estúpida.

—Sí, supongo que tienes razón. Pero no te preparas para nada en concreto, ¿no?

Me pregunté por qué mostraba tanto interés con esa mirada penetrante.

—No —contesté con naturalidad—. Solo intento hacer un buen trabajo como líder de las Hijas Oscuras.

Él desvió la vista hacia los libros de rituales que yo sujetaba.

—Sabes que esos rituales son solo para vampiros adultos, ¿verdad? Por desgracia, solo hay una razón para que los iniciados se pongan enfermos. Sus cuerpos rechazan el cambio y tienen que morir —explicó él. Y luego añadió con una voz más amable—: No te sentirás enferma, ¿verdad?

—¡Oh, *jopé,* no! —exclamé precipitadamente—. Estoy bien. Es solo que... bueno... —Por un momento vacilé, buscando una excusa. Entonces tuve una inspiración repentina y solté—: Me siento un poco violenta por tener que admitirlo, pero se me había ocurrido estudiar algo más para cuando sea alta sacerdotisa.

Loren sonrió.

—¿Y por qué iba a resultarte violento admitirlo? Jamás te habría imaginado como una de esas mujeres para las cuales ser una persona instruida, una persona bien educada y culta, es motivo para sentirse violenta.

Sentí que mis mejillas comenzaban a sonrojarse; él me había llamado «mujer», lo cual era sin duda mucho mejor que si me hubiera llamado simplemente iniciada o chica. Él siempre me hacía sentirme más mayor, más mujer.

—¡Oh, no!, no es por eso. Es violento porque suponer que de hecho voy a ser una alta sacerdotisa algún día suena un poco vanidoso.

—Pues yo creo que suponerlo es simplemente una cuestión de sentido común y de confianza en uno mismo, confianza que en este caso está plenamente justificada —contestó él con una sonrisa tan cálida que juro que aún puedo sentir el calor contra la piel—. Siempre me he sentido atraído hacia las mujeres que confían en sí mismas.

¡Jolines, se me retorcían los dedos de los pies!

—No tienes ni idea de lo especial que eres, ¿verdad, Zoey? Eres única. No eres como el resto de los iniciados. Eres una diosa entre aquellas que se creen semidiosas —continuó él. Cuando su mano me acarició la mejilla, deteniéndose en los tatuajes que rodeaban mis ojos, creí que iba a derretirme sobre los estantes de libros—. *Pues juré que eras blanca y te creí brillante, tú, negra cual infierno o cual noche sin luna.*

—¿De dónde es eso?

Su contacto hacía temblar todo mi cuerpo y me mareaba, pero a pesar de todo pude reconocer la cadencia en su increíble voz y darme cuenta de que estaba recitando poesía.

—Shakespeare —murmuró él mientras rozaba suavemente la línea de tatuajes que decoraban mi pómulo—. Es de uno de los sonetos que escribió para la dama oscura, que fue su verdadero amor. Por supuesto, nosotros sabemos que él fue un vampiro. Pero creemos que el verdadero amor de su vida fue una joven que había sido marcada y que murió como iniciada sin completar el cambio.

—Creía que se suponía que los vampiros adultos no deben tener relaciones con iniciados.

Estábamos tan cerca que no hacía falta que yo hablara más que en susurros para que él me oyera.

—Se supone que no debemos. Es de lo más inapropiado. Pero a veces surge una atracción entre dos personas que trasciende los límites establecidos entre vampiro e iniciado, igual que el de la edad o la propiedad. ¿Tú crees en ese tipo de atracción, Zoey?

¡Estaba hablando de nosotros! Nos mirábamos a los ojos el uno al otro, y yo me sentía perdida en los de él. Sus tatuajes eran un llamativo dibujo de intrincadas líneas cortantes que daban la impresión de ser rayos, y pegaban a la perfección con su cabello y sus ojos negros. Era tan guapo y al mismo tiempo tan mayor comparado conmigo que por un lado me hacía sentirme terriblemente atraída hacia él y, por el otro, mortalmente asustada por el hecho de estar jugando con algo que estaba por completo fuera de mi control al tratarse de una experiencia del todo extraña para mí. Pero la atracción estaba ahí, y él tenía razón; sin duda trascendía los límites establecidos entre vampiro e iniciado. Tanto que Erik había notado la forma en que Loren me miraba.

Erik... Repentinamente, la culpa me embargó. Él se moriría de haber podido ver lo que había entre Loren y yo. Un mal pensamiento serpenteó entonces por mi mente: *Erik no está aquí para verme.* Respiré hondo, trémula, y me oí a mí misma decir:

—Sí. Creo en ese tipo de atracción. ¿Y tú?

—Ahora sí.

Él sonrió con tristeza. Esa sonrisa le hizo parecer de pronto muy joven y muy guapo, y tan vulnerable que mis sentimientos de culpabilidad hacia Erik se evaporaron. Quería tomar a Loren en mis brazos y decirle que todo iría bien. Estaba haciendo acopio de valor para acercarme otro poco más a él cuando sus palabras me sorprendieron tanto que me olvidé de su sonrisa de niñito perdido.

—Volví ayer porque sabía que era tu cumpleaños.

Yo parpadeé perpleja.

—¿Lo sabías?

Él asintió sin dejar de acariciar mi mejilla con el dedo.

—Llevaba tiempo buscándote cuando por fin me encontré contigo y con Erik —añadió él con una voz cada vez más profunda y severa—. No me gustó ver como tenía las manos por todo tu cuerpo.

Yo vacilé, sin saber muy bien cómo responder. Me sentía terriblemente violenta por el hecho de que él me hubiera visto dándome el lote con Erik. Aun así, aunque fuera violento que nos hubiera pillado, en realidad tampoco estábamos haciendo nada malo. Después de todo Erik era mi novio, y lo que hiciéramos él y yo no era asunto de Loren. Pero al mirarlo a los ojos comprendí que quizá yo sí quería que fuera asunto de Loren.

Como si pudiera leerme la mente, él apartó la mano de mi rostro y desvió la vista.

—Lo sé. No tengo ningún derecho a estar enfadado por el hecho de que estuvieras con Erik. Ni siquiera es asunto mío.

Lentamente yo alcé la mano hasta su mentón y giré su rostro de modo que nuestras miradas se encontraran.

—¿Quieres que sea asunto tuyo?

—Más de lo que puedas imaginar —dijo él. Entonces dejó caer el libro que aún sujetaba y tomó mi rostro con ambas manos, de modo que sus dedos pulgares quedaran junto a mis labios y el resto de sus dedos, extendidos, sujetaran mi cabello—: Creo que ahora me toca a mí darte el beso de cumpleaños.

Él reclamó mi boca y al mismo tiempo sentí como si reclamara mi cuerpo y mi alma. Cierto, Erik besaba bien. Y llevaba besando a Heath desde que yo estaba en tercero y él en cuarto, así que los besos de Heath los conocía de sobra y no estaban nada mal. Pero Loren era un hombre. Y cuando él besaba, no había en sus besos ni rastro de la inoportuna vacilación a la que estaba acostumbrada. Sus labios y su lengua expresaban a las claras que sabía exactamente lo que quería y que sabía también cómo conseguirlo. Y además me ocurrió una cosa extraña y mágica. Al devolverle el beso, dejé de ser una cría. Me convertí en una mujer madura y poderosa, una mujer que también sabía lo que quería y cómo conseguirlo.

Cuando el beso terminó, los dos nos separamos jadeando. Loren siguió reteniendo mi rostro con ambas manos, pero se apartó lo justo para que pudiéramos mirarnos a los ojos otra vez.

—No debería haber hecho eso —dijo él.

—Lo sé —contesté yo.

Eso no me impidió, no obstante, seguir mirándolo directamente a los ojos. Yo seguía sujetando aquellos estúpidos libros de hechizos con una mano, pero mantenía la otra sobre el pecho de él. Lentamente extendí los dedos de modo que se deslizaran por dentro del escote abierto de la camisa para tocar su piel desnuda. Él se estremeció y yo sentí el escalofrío en lo más profundo de mi interior.

—Esto va a ser complicado —dijo él.

—Lo sé —repetí yo.

—Pero no quiero parar.

—Ni yo —dije yo.

—Nadie puede saber nada acerca de nosotros. Al menos por ahora.

—De acuerdo —asentí yo, que no estaba muy segura de qué era lo que no se podía saber acerca de nosotros, pero a pesar de todo la idea de escabullirme por ahí con él, tal y como sugería, me producía un extraño nudo en la boca del estómago.

Él volvió a besarme. Esa vez sus labios se mostraron dulces y cálidos y muy, muy delicados, y yo sentí que el nudo de mi estómago se disolvía.

—Casi me olvido —susurró él contra mis labios—. Tengo algo para ti —añadió. Luego me dio un beso rápido y comenzó a rebuscar en el bolsillo de su pantalón negro. Sonrió y sacó una cajita de joyería. Me la tendió, diciendo—: Feliz cumpleaños, Zoey.

Mi corazón saltaba ridículamente, retumbando en el pecho, mientras abría la cajita. Me quedé boquiabierta.

—¡Oh, Dios mío! ¡Son increíbles!

Se trataba de unos pequeños pendientes de tuerca con un diamante cada uno, que relucían como si dentro hubiese un precioso sueño atrapado. No eran grandes, ni llamativos, sino pequeños y delicados y a la vez tan límpidos y relucientes que casi me hacían daño en los ojos. Por un instante vi la dulce sonrisa de Erik al darme el colgante del muñeco de nieve, y luego oí la voz de mi abuela en mi conciencia, diciéndome que de ninguna manera podía aceptar un regalo tan caro de un hombre. Pero entonces la voz de Loren ahogó la imagen de Erik junto con la advertencia de mi abuela.

—Nada más verlos me recordaron a ti. Son igual de perfectos, de exquisitos y de apasionados.

—¡Oh, Loren! ¡Jamás había tenido nada tan precioso! —exclamé yo mientras me inclinaba sobre él y alzaba el rostro hacia arriba.

Él se inclinó hacia mí, me rodeó con los brazos y me besó hasta que creí que me iba a estallar la cabeza.

—Adelante, póntelos —susurró Loren mientras yo aún trataba de recobrar el aliento después del beso.

No me había puesto ningunos pendientes al levantarme, así que no tardé ni un segundo en ponerme aquellos.

—Hay un viejo espejo ovalado en un rincón de la sala de lectura. Ven a mirarte.

Devolvimos los libros al estante y Loren me tomó de la mano para guiarme hacia el extraño rincón de la sala multimedia sobre el que había un mullido sofá y dos cómodas butacas a juego. En medio, sobre la pared, había un enorme espejo ovalado, evidentemente antiguo, con un marco dorado. Loren se quedó de pie, detrás de mí, con las manos sobre mis hombros de modo que ambos nos reflejábamos en el espejo. Yo me retiré el pelo por detrás de las orejas y giré la cabeza a un lado y a otro para que la luz de los farolillos de gas se reflejara sobre las distintas facetas de los diamantes y brillaran.

—Son preciosos —dije yo.

Loren me apretó los hombros y tiró de mí hacia atrás, hacia él.

—Sí, como tú —dijo él.

Entonces, sosteniendo aún mi mirada en el espejo, se inclinó y comenzó a lamerme uno de los adornados lóbulos de la oreja, al tiempo que susurraba:

—Creo que ya has estudiado bastante por hoy. Ven conmigo a mi habitación.

Vi mis párpados volverse pesados mientras él me besaba el cuello, siguiendo los trazos de los tatuajes hasta llegar al hombro. Entonces me di cuenta de qué era lo que realmente me estaba pidiendo, y el susto me recorrió todo el cuerpo. ¡Quería que fuera a su habitación con él para acostarnos! ¡Y yo no quería hacer eso! Bueno, está bien, quizá sí quería. En teoría, claro está. Pero, ¿perder de verdad mi virginidad con aquel excitante y experto hombre... en ese mismo instante? ¿Aquel mismo día? Tragué saliva y di un paso atrás torpemente, para salir de sus brazos.

—No... no puedo.

Mientras mi mente se agitaba, buscando algo que decir que no sonara ni estúpido ni excesivamente juvenil, el reloj de péndulo de detrás del sofá comenzó a dar las siete y yo sentí una ola de alivio.

—No puedo porque he hecho planes con Shaunee y Erin y el resto del Consejo de prefectos a las siete y cuarto. Tenemos que practicar el ritual de mañana por la noche.

Loren sonrió.

—Eres una líder de las Hijas Oscuras muy diligente, ¿verdad? Entonces tendrá que ser en otro momento.

Él se acercó a mí, y yo pensé que iba a volver a besarme. Pero en lugar de ello tocó mi rostro y acarició brevemente mis tatuajes. Su contacto me produjo escalofríos y me dejó sin aliento.

—Si cambias de opinión, estaré en el *loft* del poeta. ¿Sabes dónde está?

Yo asentí, porque aún me costaba articular palabra. Todo el mundo sabía que el poeta laureado residente tenía para sí toda la tercera planta del edificio que constituía el cuartel general de los profesores. En más de una ocasión había oído a las gemelas fantasear con la idea de meterse en una caja de regalos gigante y hacerse entregar en el *loft* del amor (como ellas lo llamaban).

—Bien, pues deberías saber que estaré pensando en ti a pesar de que tú decidas no venir a terminar con mi sufrimiento.

Él se había dado la vuelta y se alejaba cuando yo por fin pude articular palabra:

—Pero es que es verdad que no puedo ir, así que, ¿cuándo volveré a verte?

Él me miró por encima del hombro, esbozando aquella sonrisa seductora y astuta, y contestó:

—No te preocupes, mi pequeña alta sacerdotisa, yo te encontraré a ti.

Nada más marcharse Loren, yo me dejé caer pesadamente sobre el sofá. Sentía como si mis piernas fueran de gelatina y mi corazón latía con tanta fuerza que me dolía. Me llevé una mano temblorosa a uno de los pendientes de diamante. Estaba frío, al contrario que el muñeco de nieve de perlas, que yacía acusador sobre mi escote, y que el brazalete de plata de mi muñeca. Tanto el brazalete como el muñeco estaban calientes. Me llevé las manos a la cara y dije tristemente:

—Creo que me estoy convirtiendo en una guarra.

8

Todo el mundo estaba allí cuando llegué corriendo. Hasta *Nala* estaba allí. Juro que me miró con unos ojos que parecían decir que sabía lo que había estado haciendo en la biblioteca. Luego soltó un «miau» de cascarrabias en mi dirección, estornudó y se marchó. ¡Dios, cuánto me alegro de que no pueda hablar!

De pronto los brazos de Erik me rodearon. Me besó rápidamente y me abrazó mientras me susurraba al oído:

—Llevo todo el día esperando para verte.

—¿Sí? Pues estaba en la biblioteca.

Me di cuenta de que mi tono de voz había sonado demasiado brusco y odioso (es decir, culpable). Él se apartó de mí y me sonrió, ligeramente confuso.

—Sí, eso es lo que nos dijeron las gemelas.

Yo lo miré a los ojos, sintiéndome literalmente como una mierda. ¿Cómo podía siquiera arriesgarme a perderlo? Jamás hubiera debido permitir que Loren me besara. Estaba mal. Yo sabía que estaba mal y…

—¡Eh, Z!, bonita bufanda —dijo Damien, tirando de un extremo con el muñeco de nieve e interrumpiendo mi discurso mental cargado de culpabilidad.

—Gracias, me la ha regalado mi amiguito —dije yo, tratando de hacer una pobre broma que sabía que sonaría extraña.

—Con ese comentario a lo que se refiere es a que es su amigo especial —dijo Shaunee haciendo una mueca.

—Sí, pero por favor, no pongas nervioso a Jack —dijo Erin—. Damien no va a cambiar de equipo.

—¿Y no deberías decirme a mí también que no me ponga nervioso? —preguntó entonces Erik, divertido.

—No, cariño —contestó Erin.

—Si Z te abandonara por la reina Damien, nosotras estaríamos aquí para consolarte y ayudarte a sobrellevar la pena —dijo Shaunee.

Entonces las gemelas comenzaron de improviso a frotarse la una contra la otra, y todo para hacer reír a Erik. A pesar de lo culpable que me sentía, consiguieron hacerme reír a mí también. Yo le tapé los ojos a Erik para que no viera el espectáculo.

Damien frunció el ceño en dirección a las gemelas y se aclaró la garganta antes de decir:

—Vosotras dos sois incorregibles.

—Gemela, por favor, que se me ha olvidado, ¿qué significa incorregible? —preguntó Shaunee.

—Creo que significa que somos más excitantes y más sexis que toda una manada de «corregibles» —dijo Erin sin dejar de chocarse y restregarse contra la otra.

—Vosotras lo que sois es dos idiotas, lo que significa que no tenéis en absoluto sentido común —dijo Damien que, a pesar de todo, no podía parar de reír. Sobre todo cuando Jack se unió al grupo y comenzó a restregarse él también—. De todos modos estuve a punto de ir a la biblioteca, pero entonces Jack y yo nos pusimos a ver *Will y Grace,* y acabamos haciendo un maratón y perdí por completo la noción del tiempo —continuó Damien—. Pero la próxima vez que quieras hacer una investigación, dímelo; estaré encantado de ayudarte.

—Es un ratón de biblioteca —comentó Jack, dándole un empujón en el hombro en broma.

Damien se ruborizó. Las gemelas se rieron sofocadamente. Erik se echó a reír. Pero yo deseé vomitar.

—Ah, tranquilo. Solo fui a… bueno, a mirar unas cosas —dije yo.

—¿Más «cosas»? —sonrió Erik, bajando la vista y mirándome a los ojos.

Detestaba que él fuera tan comprensivo y me apoyara tanto. De haber sabido él que las cosas que había estado yo investigando eran darme el lote con Loren Blake… ¡Oh, Dios! ¡No! Él nunca, jamás debía descubrirlo.

Y sí, me daba cuenta de lo frívolo y guarro que era que instantes antes yo estuviera comiéndome los morros de Loren, toda excitada y temblando de la cabeza a los pies por él, y en ese momento prácticamente sufriera sofocos por la culpa.

Era evidente que necesitaba terapia.

—Entonces, ¿habéis traído las velas? —pregunté a las gemelas, decidiendo de una vez por todas que ya pensaría más tarde en el lío de Loren.

—Por supuesto —dijo Erin.

—Por favor. ¡Pero si estaba chupado! —exclamó Shaunee—. Incluso las hemos colocado en sus respectivos lugares.

Shaunee señaló detrás del grupo hacia una zona plana del césped bajo la copa de un enorme roble. Vi las cuatro velas representando los cuatro elementos en sus respectivos lugares, con la quinta vela, que representaba el espíritu, en medio del círculo.

—Yo he traído las cerillas —dijo Jack con entusiasmo.

—Muy bien. De acuerdo. Entonces adelante —dije yo.

Los cinco comenzamos a dirigirnos a nuestras respectivas velas. Damien me sorprendió porque se quedó un poco rezagado y me susurró:

—Si quieres que Jack se marche, solo tienes que decírmelo y yo se lo diré a él.

—No —negué yo automáticamente. Inmediatamente mi mente alcanzó el paso de mis rápidos labios y añadí—: No, Damien. Es correcto que se quede. Él es parte de nosotros. Pertenece al grupo.

Damien me sonrió agradecido y le indicó a Jack que me diera las cerillas. Él corrió hacia mí, hacia el centro del círculo.

—Iba a traer un encendedor, pero entonces lo pensé mejor y no me pareció bien —me explicó Jack muy serio—. Creo que es mejor utilizar madera real. Ya sabes: madera de verdad. Un encendedor es demasiado frío y moderno para un ritual tan antiguo. Por eso he traído esto —dijo, sacando con orgullo una caja larga y cilíndrica. Cuando yo me quedé mirándolo como una… bueno, como una idiota, él tiró de la tapa y me tendió la parte de abajo, diciendo—: ¿Lo ves? Son cerillas de chimenea, largas y muy chulas. Las he sacado del santuario de la zona de los cuartos de los chicos. Ya sabes, junto a la chimenea.

Yo tomé la caja de cerillas. Eran largas y finas y de un bonito color violeta con la punta roja.

—Son perfectas —dije, contenta de poder hacer feliz a alguien—. Acuérdate de llevarlas mañana al ritual. Las usaré en lugar del mechero de siempre.

—¡Estupendo! —exclamó entusiasmado Jack que, tras lanzarle a Damien una sonrisa satisfecha, salió corriendo del círculo, se sentó cómodamente a la sombra del árbol y apoyó la espalda contra el tronco.

—Bien, chicos, ¿estáis listos?

Mis tres amigos y mi novio (por suerte solo estaba uno de mis novios) replicaron que sí a coro.

—Vamos a repasar lo básico y a saltarnos lo más complicado. Vosotros, chicos, estaréis fuera del círculo en vuestros lugares respectivos con el resto de las Hijas e Hijos Oscuros. Entonces Jack nos dará la entrada con la música y entraré yo, igual que hice el mes pasado.

—¿Va a recitar el profesor Blake otro poema? —preguntó Damien.

—¡Oh, Dios, eso espero! —exclamó Shaunee.

—Ese vampiro es tan guapo que con él la poesía casi resulta interesante —dijo Erin.

—¡No! —solté yo. Entonces, al ver que todos me miraban con extrañeza (supongo que todos me miraron con extrañeza, porque las gemelas y Damien lo hicieron, pero yo evité mirar a Erik para comprobarlo), continué con un tono más normal—: Quiero decir que no creo que él recite nada. Pero no he hablado con él, así que tampoco lo sé. Bueno, entro yo y me muevo al ritmo de la música, con o sin poesía, hasta que llego a mi lugar en el centro —me apresuré a continuar con total naturalidad—. Invoco el círculo, le pido la bendición a Nyx para todos nosotros específicamente para este comienzo de año, ofrezco el vino a mi alrededor, cierro el círculo, y nos vamos todos a comer —terminé. Acto seguido dirigí la vista hacia Damien y añadí—: Tú te encargarás de la comida, ¿verdad?

—Sí, la chef ha vuelto de las vacaciones de invierno, y entre los dos decidimos el menú ayer. Vamos a poner chile preparado de mil maneras distintas. Y —añadió Damien con una voz que parecía decir que se creía terriblemente travieso— también habrá cerveza de importación.

—Eso suena bien —dije yo con una sonrisa apreciativa.

Sí, sonaba excéntrico y vagamente ilegal que jóvenes menores de edad fueran a beber cerveza en un acontecimiento escolar que, básicamente, estaba autorizado. Lo cierto era que, debido al cambio que estaba teniendo lugar en el interior de nuestros cuerpos, el alcohol, sencillamente, ya no nos afectaba o, al menos, no nos afectaba lo suficiente como para que nos comportáramos como los típicos adolescentes (en otras palabras: no nos emborracharíamos ni lo utilizaríamos como excusa para acostarnos los unos con los otros).

—Eh, Z, ¿y no tenías que anunciar en el ritual a quiénes quieres proponer para el Consejo de prefectos el año que viene? —preguntó Erik.

—Tienes razón, se me había olvidado —dije yo. Suspiré—. Bueno, sí, antes de cerrar el círculo, anunciaré a qué dos chicos nombro.

—¿Y quiénes son? —preguntó Damien.

—Eh... *mm*... tengo varios candidatos, pero aún no lo he decidido. Tomaré la decisión final esta noche —mentí. De hecho, ni siquiera tenía ningún nombre. No había querido pensar en ello porque uno de esos dos chicos tenía que ocupar el lugar de Stevie Rae en el Consejo. Entonces me acordé de que, en realidad, se suponía que debía permitir que mi Consejo me ayudara a elegir a esos dos nuevos chicos—. Eh, chicos, creo que deberíamos reunirnos mañana antes del ritual para repasar los nombres.

—Venga, Z, no te estreses —dijo Erik—. Tú simplemente elige a esos dos chicos. A nosotros nos parecerá bien.

Yo sentí un enorme alivio.

—¿Seguro?

Todos mis amigos entonaron un «por supuesto» o un «a mí me parece bien» a coro. Estaba claro que todos tenían plena confianza en mí. *¡Argh!*

—Está bien, de acuerdo. Bien, entonces, ¿conocemos todos el orden del ritual?

Ellos asintieron.

—Bien. Entonces practicaremos la invocación del círculo.

Como siempre, no importaba qué ocurriera en mi vida o si eso que ocurría era importante o no era más que una tontería. A la hora de invocar el círculo y de llamar a los cinco elementos con los cuales yo mantenía un lazo especial o afinidad, la emoción y el placer que me procuraba mi don, por suerte, ensombrecía todo lo demás. Mientras me acercaba a Damien, sentí que mi estrés se desvanecía al tiempo que mi espíritu se ensalzaba. Saqué una larga y delgada cerilla y la restregué contra el rascador circular del fondo de la caja en forma de cilindro. Se encendió mientras yo decía:

—Llamo al aire a nuestro círculo. Nosotros lo respiramos con nuestro primer aliento, así que por eso lo correcto es llamarlo en primer lugar. ¡Ven a nosotros, aire!

Toqué con la cerilla la mecha de la vela amarilla que sostenía Damien y la encendí. Y la vela permaneció encendida, a pesar de la alocada ráfaga de viento que sopló alrededor de Damien y de mí como si él y yo fuéramos el centro de un mini tornado domesticado pero juguetón.

Damien y yo nos sonreímos el uno al otro.

—No creo que pueda acostumbrarme a lo increíble que es esto jamás —dijo él en voz baja.

—Ni yo tampoco —contesté yo, soplando la alocada cerilla.

Entonces me moví en el sentido de las agujas del reloj o *deosil* alrededor del círculo, hacia Shaunee y su vela roja. Podía oír a Shaunee canturreando algo entre dientes, algo que pude reconocer mientras sacaba otra cerilla; se trataba de la vieja canción de Jim Morrison *Light My Fire.* Sonreí.

—El fuego nos calienta con su llama apasionada. ¡Llamo al fuego a nuestro círculo!

Como siempre, apenas tuve que tocar la mecha para encender la vela de Shaunee. Ardió instantáneamente, lanzando luz y calor contra la piel de las dos.

—No podría tener más calor si estuviera ardiendo —dijo Shaunee.

—Bueno, Nyx sin duda ha acertado al concederte este elemento —dije yo.

Entonces me acerqué a Erin, que prácticamente vibraba de nerviosismo. La cerilla seguía encendida, así que simplemente sonreí en dirección a ella y dije:

—El agua es el elemento más equilibrado y perfecto con relación a la llama, exactamente igual que Erin es la gemela perfecta para Shaunee. ¡Llamo al agua a nuestro círculo!

Toqué la mecha de la vela azul con la cerilla y de inmediato me sentí envuelta entre los olores y los sonidos del mar. Juro que podía notar las cálidas olas tropicales contra mis piernas, refrescando el ardor que acababa de recalentarme.

—Me encanta el agua —dijo Erin, feliz.

Entonces yo respiré hondo, tratando de hacer acopio de energía y de asegurarme de que sonreía con calma antes de girarme y caminar hacia Erik, que estaba de pie en la cabecera del círculo, sujetando la vela verde que representaba el cuarto elemento, la tierra.

—¿Estás listo?

Erik estaba un poco pálido, pero asintió y su voz sonó alta y confiada cuando contestó:

—Sí, estoy listo.

Yo alcé la cerilla aún encendida y grité:

—*¡Ay!* ¡Mierda!

Me sentí como una completa estúpida, en lugar de como una alta sacerdotisa en prácticas y como la única iniciada que había sido bendecida con la afinidad con los cinco elementos juntos. Dejé caer la cerilla que había dejado arder durante demasiado tiempo, hasta quemarme los dedos. Alcé la vista tímidamente hacia Erik y después al resto del círculo y me disculpé.

—Lo siento, chicos.

Ellos se encogieron de hombros con naturalidad ante mi torpeza. Yo me estaba volviendo hacia Erik y metiendo la mano en la caja de cerillas cilíndrica para sacar otra cuando, por fin, mi mente registró lo que antes no había visto.

No había un hilo luminoso de unión entre Damien, Shaunee y Erin. Sus velas estaban encendidas. Sus elementos se habían manifestado. Pero la conexión que habíamos sentido desde que los cinco juntos habíamos convocado nuestro primer círculo, que era tan poderosa y que resultaba visible en forma de un precioso hilo de luz, se había perdido. Sin saber qué hacer, lancé una plegaria silenciosa a Nyx. *¡Por* *favor, Diosa, muéstrame qué debo hacer para reestablecer nuestro círculo sin Stevie Rae!* Entonces encendí la cerilla y sonreí alentadoramente en dirección a Erik.

—La tierra nos sostiene y nos nutre. ¡Como cuarto elemento yo llamo a la tierra a nuestro círculo!

Acerqué la cerilla a la mecha de la vela verde. La reacción de Erik fue instantánea. Gritó de dolor al tiempo que la vela verde salía volando de su mano y del círculo en dirección a las espesas sombras de detrás del árbol. Erik se restregaba la mano y musitaba algo acerca de cuánto le escocía, y al mismo tiempo de la oscuridad salía alguien que, muy enfadado, no dejaba de maldecir.

—¡Maldita sea! *¡Ay!* ¡Mierda! ¿Qué demonios...?

Era Aphrodite quien salía de entre las sombras con la vela verde apagada, restregándose una marca roja en la frente que comenzaba a hinchársele.

—¡Ah, genial! Debería habérmelo imaginado, ¡joder! Me dijo que viniera aquí fuera, en medio de... —comenzó a decir Aphrodite, haciendo una pausa para mirar a su alrededor, al árbol, al césped, y arrugar la nariz— en medio la naturaleza, y ¿qué me encuentro, aparte de insectos y sucia tierra? A la panda de lerdos, tirándome mierda.

—¡Ojalá se nos hubiera ocurrido! —dijo Erin.

—¡Aphrodite, eres una bruja odiosa del demonio! —dijo Shaunee con la misma amabilidad.

—¡Imbéciles, ni me habléis!

Yo no hice ningún caso a la discusión, sino que pregunté:

—¿Quién te dijo que vinieras aquí?

—Nyx —contestó Aphrodite, mirándome a los ojos.

—¡Por favor!

—¡Vale, lo que tú digas!

—¡Eso es muy poco probable!

Damien y las gemelas se pusieron a gritar todos al mismo tiempo. Yo noté que Erik se quedaba sospechosamente en silencio. Alcé la mano.

—¡Ya basta!

Todos se callaron.

—¿Por qué te pidió Nyx que vinieras aquí? —le pregunté a Aphrodite.

Con los ojos aún fijos en mí, Aphrodite se me acercó antes de contestar. Y apenas miró a Erik, que se interponía en su camino.

—Aparta, que das pena, ex novio —dijo Aphrodite. Me sorprendió que Erik de hecho se apartara sin oponer resistencia ni abrir la boca. Aphrodite se colocó en el lugar de la tierra, delante de mí, y añadió—: Invoca a la tierra y lo verás.

Antes de que nadie pudiera protestar, yo seguí mi instinto. Sabía por lo que este me decía lo que iba a pasar.

—La tierra nos sustenta y nos nutre. ¡Como cuarto elemento, yo llamo a la tierra al círculo! —repetí.

Entonces toqué con una cerilla recién encendida la vela verde. Se encendió instantáneamente, rodeándo a Aphrodite y a mi de los olores y los sonidos de la exuberante pradera en plena floración a mitad del verano.

Entonces Aphrodite dijo en voz baja:

—Nyx ha decidido que necesito más mierda en mi asquerosa vida, así que ahora me ha concedido la afinidad con la tierra. ¿No te parece irónico?

9

—¡Ah, no, de ninguna maldita manera! —gritó Shaunee.

—Eso mismo digo yo, gemela. ¡De ninguna jodida manera! —añadió Erin.

—No puedo creer que esto sea lo correcto —dijo Damien.

—Pues créelo —dije yo, mirando aún a Aphrodite, con la espalda hacia el círculo. Antes de que mis amigos pudieran seguir gritando, yo añadí—: Y si no, mirad el círculo.

A mí ni siquiera me había hecho falta mirarlo. Sabía perfectamente qué vería en cuanto me girara, y las bocas abiertas de mis amigos me confirmaron que no me equivocaba. Aun así me volví lentamente, y me quedé maravillada una vez más ante la belleza del poderoso hilo de luz que nos concedía la Diosa, hilo de unión de los cuatro elementos.

—Aphrodite nos está diciendo la verdad. Nyx la ha mandado aquí. Le ha concedido la afinidad con la tierra —dije yo.

Mis amigos se quedaron atónitos y en silencio, simplemente mirando, mientras yo me dirigía al centro y recogía la vela de color púrpura.

—El espíritu es lo que nos hace únicos, lo que nos da coraje y fuerza; es lo que sigue vivo cuando nuestros cuerpos dejan de existir. ¡Ven a mí, espíritu!

Me sentí envuelta en los cuatro elementos al entrar el espíritu en mí, llenándome con su paz y su felicidad. Caminé por el círculo, observando las miradas confusas y enfadadas de mis amigos, tratando de ayudarles a comprender algo que ni yo misma acababa de entender pero que, a pesar de todo, sabía que era la voluntad de Nyx.

—Yo no pretendo comprender a Nyx. La Diosa tiene caminos misteriosos, y a veces nos pide cosas realmente difíciles. Esta es una de esas cosas. Nos guste o no, Nyx ha dejado claro que Aphrodite debe tomar el lugar de Stevie Rae en nuestro círculo —dije yo. Entonces miré a Aphrodite—. Tampoco creo que Aphrodite esté precisamente encantada de ocupar esa posición.

—Es evidente —musitó Aphrodite.

—Pero nosotros todavía tenemos elección. Nyx no fuerza nuestras voluntades. Nosotros tenemos que ponernos de acuerdo en permitir que Aphrodite entre en nuestro círculo, o... —vacilé, porque no sabía cómo terminar.

Habíamos intentado invocar el círculo con Erik pero, según parecía, a Erik no le estaba permitido representar a la tierra. Quizá simplemente a la Diosa no le complaciera que Erik estuviera en el círculo, pero me costaba creerlo. Erik no solo era un buen chico y miembro del Consejo, sino que además mi instinto me decía que no era ese el problema. El problema era que Nyx quería que fuera Aphrodite, en concreto, quien ocupara ese puesto. Yo suspiré y continué:

—O supongo que podríamos intentarlo una y otra vez con un puñado de chicos diferentes, a ver si Nyx le permite a alguno representar a la tierra —dije, mirando a Erik a los ojos. Los de él estaban nublados—. Pero yo no creo que Erik sea el problema.

Él me sonrió, pero fue simplemente un movimiento de la boca; su sonrisa no le llegó ni a los ojos, ni al resto de la cara.

—Creo que tenemos que hacer lo que Nyx quiere que hagamos. Aunque no nos guste —dijo Damien.

—¿Shaunee? —pregunté yo al tiempo que me giraba hacia ella—. ¿Qué votas tú?

Shaunee y Erin se miraron, y juro, por extraño que parezca, que casi vi las palabras cruzar el aire entre ellas.

—Dejaremos que la bruja se una al círculo —dijo Shaunee.

—Pero solo porque Nyx lo quiere así —recalcó Erin.

—Sí, pero queremos que conste que no comprendemos en absoluto qué pretende Nyx —añadió Shaunee mientras Erin asentía en señal de estar de acuerdo.

—¿Y tienen que seguir llamándome «bruja»? —preguntó Aphrodite.

—¿Sigues respirando? —preguntó entonces Shaunee.

—Porque si sigues respirando, entonces sigues siendo una bruja —afirmó Erin.

—Que es exactamente como te llamamos.

—No —negué yo firmemente. Las gemelas volvieron la vista hacia mí—. No hace falta que ella os guste. Ni siquiera hace falta que os guste la decisión de Nyx de que ella esté aquí. Pero si aceptamos a Aphrodite, entonces la aceptamos de verdad. Y eso significa que dejamos de llamarla por todos esos nombres —dije yo. Las gemelas respiraron hondo, obviamente dispuestas a discutir conmigo. Así que yo me apresuré a añadir—: Mirad dentro de vosotras mismas, chicas. Sobre todo en este instante, en el que acabáis de manifestar vuestro elemento. ¿Qué os dice vuestra conciencia?

Entonces contuve el aliento y esperé.

Las gemelas hicieron una pausa.

—Está bien, de acuerdo —accedió Erin de mala gana.

—Comprendo lo que dices. Solo que, simplemente, no nos gusta —dijo Shaunee.

—¿Y ella? Porque nosotras dejamos de llamarla «bruja» y todo eso pero ¿va a dejar ella de comportarse como una bruja? —preguntó Erin.

—En eso Erin tiene razón —dijo Damien.

Yo miré a Aphrodite. Por su expresión parecía aburrida, pero yo notaba que no dejaba de tomar grandes bocanadas de aire, como si jamás tuviera suficiente aire de la pradera y de la tierra que la rodeaba. De vez en cuando además estiraba los dedos a su alrededor, hacia abajo, como si quisiera acariciar la fragante y alta hierba. Era evidente que lo que acababa de ocurrir la conmovía más de lo que estaba dispuesta a admitir.

—Aphrodite va a hacer exactamente lo mismo que acabáis de hacer vosotras dos. Examinar su conciencia y hacer lo correcto, lo que ella le dicte.

Aphrodite miró con gesto burlón a su alrededor, como si estuviera buscando algo que pudiera estar escondido en la oscuridad de la noche. Luego se encogió de hombros.

—¡Vaya! Parece que no tengo conciencia.

—¡Basta! —grité yo, y la energía que había invocado con el círculo azotó el espacio entre Aphrodite y yo, enroscándose peligrosamente alrededor de su cuerpo. El poder realzó mi voz, haciendo que los ojos de Aphrodite se abrieran como platos de sorpresa y de miedo—. ¡Aquí no! ¡No en este círculo! ¡Aquí no mentirás ni fingirás! ¡Decídete! Tú también tienes elección. Sé que has hecho caso omiso de Nyx antes.

Puedes elegir volver a hacerlo. Pero si eliges quedarte y hacer la voluntad de la Diosa, no la harás con mentiras y odio.

Pensé que rompería el círculo y se marcharía. Casi deseé que lo hiciera. Para mí casi era más fácil no tener a nadie que representara a la tierra. Podía sencillamente encender yo misma la vela verde y dejarla en el suelo. O lo que fuera. Pero Aphrodite me sorprendió, y aquella sería solamente la primera de muchas otras sorpresas que Nyx tenía preparadas para mí.

—Bien. Me quedaré.

—Bien —dije yo. Miré a mi alrededor, a mis amigos—. ¿Bien?

—Sí, bien —refunfuñaron todos.

—Vale, así que ya tenemos nuestro círculo —dije yo.

Antes de que pudiera ocurrir ninguna cosa extraña más, yo me moví en contra del sentido de las agujas del reloj para despedirme de cada uno de los elementos. El hilo de plata del poder desapareció. Atrás quedaron las fragancias del océano, de las flores silvestres y de la cálida brisa. Nadie dijo nada, y un incómodo silencio fue creciendo hasta que, finalmente, yo comencé a sentir lástima por Aphrodite. Pero, por supuesto, ella abrió la boca y, como siempre, acabó con toda la compasión que nadie hubiera podido experimentar.

—Tranquilos. Ya me voy, así que podéis volver a vuestra reunión de Dragones y Mazmorras, o lo que sea —soltó Aphrodite, junto con una carcajada.

—¡Eh, nosotros no jugamos a Dragones y Mazmorras! —exclamó Jack.

—Vamos, aún tenemos tiempo de ir a la Casa Internacional de las Tortitas a tomar algo antes de que empiece la película —dijo Damien.

Todo el grupo ignoró a Aphrodite, y se marchó. Estaban todos ya a unos cuantos pasos, e iban charlando acerca de cuánto molaban los espartanos y de como esa vez iban a llevar la cuenta de cuántos vampiros había entre los actores cuando, de pronto, Erik se dio cuenta de que yo me había quedado atrás.

—¿Zoey? —gritó Erik.

El grupo se detuvo y se giró hacia mí. Evidentemente, todos se sorprendieron al verme de pie, en el mismo sitio, con Aphrodite.

—¿Es que no vas a venir? —siguió preguntando Erik con una voz forzadamente neutra.

Yo noté, sin embargo, que su mandíbula estaba tensa con una mezcla quizá de desagrado y preocupación.

—Id vosotros delante, chicos. Nos veremos en el cine. Tengo que hablar con Aphrodite.

Esperaba que Aphrodite hiciera algún comentario gilipollas, pero no lo hizo. La miré de soslayo, y vi que ella escrutaba la oscuridad y no nos prestaba ninguna atención ni a mí, ni a mis amigos.

—¡Pero Z!, te vas a perder las galletas con trozos de chocolate —dijo Jack.

—No importa —contesté con una sonrisa—. Anoche estuve comiendo de esas. Como fue mi cumpleaños y todo eso…

—Tienen que hablar, así que vamos —dijo Erik.

No me gustó su tono de voz. Sonó casi como si no le importara. Pero antes de que pudiera añadir nada más, él se marchó. Mierda. Definitivamente, iba a tener que arreglar algunas cosas con él.

—A Erik le gusta que las cosas se hagan a su manera. Y también le gusta que su novia lo ponga a él por delante de cualquier otra cosa. Supongo que lo estás descubriendo —dijo Aphrodite.

—No voy a hablar acerca de Erik contigo. Solo quiero oír lo que te ha dicho Nyx sobre su voluntad.

—¿Y tú no deberías conocer su voluntad, *bla, bla, bla,* lo que sea? ¿Es que no eres tú la elegida?

—Aphrodite, ahora mismo tengo un verdadero dolor de cabeza. Me encantaría irme con mis amigos a comer galletas con trozos de chocolate. Y luego quiero irme con mi novio a ver *300.* Así que ya estoy harta de ese teatro tuyo de «soy una hija de puta» que te traes todo el tiempo. Te propongo un trato. Tú solo tienes que contestar a la pregunta, y así las dos nos marchamos a hacer lo que queramos.

Yo me estaba restregando la frente, y lo último que me esperaba era la bomba que me soltó.

—Dices en serio eso de que solo tengo que contestarte a la pregunta para poder irte a la cita con la criatura esa en la que se ha convertido Stevie Rae, ¿verdad?

Sentí que desaparecía todo el color de mi rostro.

—¿De qué diablos estás hablando, Aphrodite?

—Vamos a pasear —dijo ella, que inmediatamente echó a caminar a lo largo del enorme muro de piedra que limita la propiedad de la escuela.

—Aphrodite, no —negué yo al tiempo que la agarraba del brazo—. Dime lo que sabes.

—Escucha, me cuesta mantenerme en pie tan poco tiempo después de haber tenido una visión, y la que he tenido, la que me ha traído aquí, no ha sido una de mis visiones normales.

Aphrodite se soltó de mí y se restregó la frente como si a ella también le doliera la cabeza. Por primera vez noté que le temblaban las manos; de hecho, todo su cuerpo temblaba y estaba más pálida de lo normal.

—Está bien, vamos a pasear.

Ella se quedó callada durante un rato, y yo tuve que luchar conmigo misma para no agarrarla y sacudirla y obligarla a contarme cómo sabía lo de Stevie Rae. Cuando por fin comenzó a hablar no me miró, y parecía más bien hablarle a la noche que a mí.

—Mis visiones han estado cambiando. Todo comenzó con aquella visión en la que asesinaban a esos chicos humanos. Yo antes veía cosas y, en esas visiones, solía ser una simple observadora. Observaba lo que ocurría, pero jamás me afectaba. Todas las cosas, las personas, todo estaba claro, todo era fácil de entender. Pero con esos chicos fue diferente. Yo dejé de estar aparte, como si dijéramos. Me convertí en uno más. Sentía que me asesinaban a mí también —explicó Aphrodite. Hizo una pausa y se estremeció—. Además ya no veía las cosas tan claras. Todo pasó a ser un revoltijo de miedo, de pánico; una locura de emociones. Comencé a ver imágenes de cosas que podía identificar o comprender, como cuando te dije que tenías que sacar a Heath de esos túneles o en caso contrario él moriría. Pero la mayor parte del tiempo estoy aterrada y confusa, y después me siento fatal —continuó Aphrodite, que me miró como si acabara de acordarse de que yo estaba con ella—. Así fue con la visión de tu abuela al ahogarse. De hecho, yo era tu abuela, y fue una suerte que pudiera ver algunas imágenes del puente y supiera por dónde había caído el coche al agua.

—Recuerdo que no pudiste decirme mucho —asentí yo—. Entonces creí que lo hacías porque no querías decírmelo, no porque no pudieras.

—Sí, lo sé —contestó Aphrodite con una sonrisa sarcástica—. Pero tampoco es que me importara entonces lo que tú pensaras.

—Bueno, sigue con lo de Stevie Rae.

¡Por Dios!, sí que era antipática la chica.

—No he tenido ninguna visión en un mes. Mejor, porque mis padres insisten en que vaya a verlos por las vacaciones de invierno. A menudo.

Su mueca dejó claro que volver a casa de sus padres no era precisamente de su agrado, cosa que yo ya sabía. Durante la última visita de los padres a la escuela, yo había observado más o menos accidentalmente la escena del reencuentro de Aphrodite con sus padres: había sido la peor pesadilla que uno pueda imaginar. El padre de Aphrodite era el alcalde de Tulsa. Su madre bien podría ser Satán. Básicamente, a su lado mis padres parecían los Brady (sí, soy tonta y veo las reposiciones de Nickelodeon).

—Pues yo tuve una escenita de cumpleaños ayer con mis padres, que ¡vamos!

—Tu padrastro es un loco de esos de las Gentes de Fe, ¿no?

—Exacto. Mi abuela lo llama pedazo de mierda.

Eso la hizo reír. Quiero decir reír de verdad. Yo la observé, y me quedé alucinada al ver como su rostro se transformaba y pasaba de frío y simplemente mono, a cálido y bello.

—Si. Detesto a mis padres —dije yo.

—¿Y quién no?

—Stevie Rae no. O al menos antes no los detestaba…

Mi voz se desvaneció, y tuve que luchar contra el urgente y violento deseo de romper a llorar allí mismo.

—Así que esa parte de la visión ya se ha hecho realidad. Stevie Rae se ha convertido en un monstruo.

—¡Ella no es un monstruo! Simplemente es distinta a como era antes.

Aphrodite alzó una ceja rubia perfecta.

—Se diría que es un progreso, de no haber visto en qué se ha convertido ahora.

—Tú simplemente dime lo que has visto.

—He visto como asesinaban a vampiros. Era horrible.

Aphrodite tuvo que hacer una pausa para tragar, como si estuviera haciendo un enorme esfuerzo para no vomitar.

—¿Los asesinaba Stevie Rae? —pregunté yo a gritos.

—No. Eso fue en otra visión.

—Está bien. No comprendo nada.

—Intenta tener esas malditas visiones, o al menos las nuevas visiones que tengo ahora, y verás. Es todo una pura confusión. Y dolor. Y miedo. Son completamente horrorosas.

—Pero entonces, ¿Stevie Rae no estaba en la visión en la que asesinaban a los vampiros?

Aphrodite sacudió la cabeza y contestó:

—No, pero sentí como si las dos visiones fueran juntas. —Aphrodite hizo una pausa para suspirar y continuó—: Vi a Stevie Rae. Estaba horrible. Realmente sucia y delgada, con los ojos relucientes y de un extraño color rojo. Y no podrías creer lo que llevaba puesto. Quiero decir, no es que antes fuera la reina de la moda, pero aún así…

—Sí, sí, ya lo pillo. Así que la has visto no muerta.

—Eso es lo que es, ¿verdad? Se ha convertido en una especie de horrible cliché de vampiro, en el monstruo que los humanos han creído siempre que somos nosotros, durante siglos.

—No todos los humanos, solo algunos. Tenemos que superar toda esa mierda de actitud acerca de los humanos. Tú también eras humana —dije yo.

—Lo que sea. Pero también estaba enamorada de Sean William Scott, ¡y ya ves! —dijo Aphrodite, echándose atrás la melena—. De todos modos vi a Stevie Rae cuando moría. Otra vez. Pero esta vez de verdad. Y supe que si finalmente la visión se convertía en realidad, de algún modo eso significaría que todas las muertes de los vampiros que vi ocurrirían de verdad. Así que tenemos que encontrar el modo de salvar a Stevie Rae, porque a Nyx no le hace ninguna gracia que maten a todos esos vampiros.

—¿Cómo muere Stevie Rae?

—La mata Neferet. La arroja directamente a la luz del sol, y se quema.

10

—Mierda. Entonces no puede salir a la luz del sol de ninguna manera —dije yo.

—¿De verdad no sabías eso? —preguntó Aphrodite.

—Stevie Rae no ha sido precisamente una persona de fácil conversación desde que... bueno, desde que murió.

—Pero ¿la has visto y has hablado con ella?

Yo me callé y me puse en pie delante de Aphrodite de modo que ella tuviera que mirarme a los ojos.

—Escucha, no puedes hablar con nadie acerca de Stevie Rae.

—¡No!, ¿en serio? Pues fíjate: se me había ocurrido poner un anuncio en el periódico de la escuela.

—¡Hablo en serio, Aphrodite!

—¡No me trates como si fuera una estúpida! Si alguien se enterara de lo de Stevie Rae, aparte de nosotras, entonces Neferet lo sabría. Sería inevitable, ya que ella puede leerle el pensamiento a prácticamente todo el mundo. Bueno, excepto a nosotras, claro.

—¿A ti tampoco puede leerte el pensamiento?

La sonrisa que esbozó Aphrodite estaba tan llena de satisfacción, que resultaba ligeramente odiosa.

—Jamás ha sido capaz. ¿Cómo crees, sino, que me he salido con la mía en tantas cosas durante tanto tiempo?

—Encantador.

Recordé perfectamente lo puta que había sido Aphrodite como líder de las Hijas Oscuras. De hecho, desde el momento de conocerla, ella había sido una egoísta, una mala persona y además me había resultado decididamente odiosa. Sí, sus visiones me habían ayudado a salvar a mi abuela y a Heath, pero ella me había dejado bien claro que le daba igual salvarlos que no, y que solo me había ayudado porque obtenía algo a cambio. Así que fruncí el ceño y pregunté:

—Bien, pues ahora vas a tener que molestarte en explicarme por qué me cuentas todo esto. ¿Qué sacas tú a cambio?

Aphrodite abrió inmensamente los ojos en un gesto burlón, haciéndose la inocente, y con un acento ridículo de belleza sureña, contestó:

—Pero, ¡cómo!, ¿qué quieres decir? ¡Yo te ayudo porque tú y tus amigos habéis sido siempre tan amables conmigo...!

—¡Corta el rollo, Aphrodite!

La expresión de su rostro y su voz volvieron entonces a la normalidad.

—Digamos simplemente que tengo mucho que compensar.

—¿A quién? ¿A Stevie Rae?

—A Nyx —contestó Aphrodite mientras apartaba la vista de mí—. Tú probablemente no lo comprendas, porque eres muy poderosa y tienes dones de Nyx que para ti son nuevos; vamos, que eres doña Perfecta. Pero cuando lleves un tiempo con esos dones en tu poder, quizá descubras que no siempre es tan fácil hacer lo correcto. Hay otras cosas, otras personas que se interponen en tu camino. Cometerás errores —se mofó Aphrodite—. Bueno, puede que tú no. Pero yo sí los cometí. Puede que en realidad me importe una mierda tu Stevie Rae o cualquiera de esta escuela, pero Nyx sí que me importa —continuó con voz trémula—. Sé lo que es vivir creyendo que la Diosa te ha dado la espalda, y no quiero volver a sentirlo nunca más.

Yo alargué la mano y toqué su brazo.

—Pero Nyx jamás te ha dado la espalda. Eso fueron solo mentiras que contó Neferet para que nadie creyera en tus visiones. Tú sabes que Neferet está detrás de eso en lo que se ha convertido Stevie Rae, ¿verdad?

—Lo sé desde la visión en la que vi a Heath morir —contestó Aphrodite con una sonrisa forzada—. Menos mal que no puede leernos la mente. No sé qué sería capaz de hacerle a un iniciado cualquiera, sin ningún poder, si algún día llegara a enterarse de lo horrible que es.

—Pues ella sabe que yo sí sé lo horrible que es.

—¡Debes estar de broma!

—No, y además sabe que voy tras ella —añadí yo.

Entonces vacilé, pero luego pensé que al diablo. Resultaba extraño que al final fuera Aphrodite (también conocida como la bruja del infierno) la única persona de todo el planeta con la que yo podía hablar libremente.

—Neferet trató de borrarme el recuerdo de la noche en la que salvé a Heath de esos chicos no muertos. Y durante un tiempo funcionó, pero yo enseguida me di cuenta de que algo andaba mal. Utilicé el poder de los elementos para curarme la memoria y, bueno, le di a entender a Neferet que recordaba lo ocurrido.

—¿Se lo diste a entender?

—Bueno —respondí yo, moviéndome nerviosamente—, ella me amenazó. Me dijo que nadie me creería si decía algo de ella. Y, vaya, me cabreé. Así que le dije que me daba igual si ningún iniciado ni vampiro me creía, porque Nyx sí que me creía.

—Apuesto a que eso le jodió —sonrió Aphrodite.

—Sí, desde luego que sí —confirmé yo. De hecho, solo de pensar en cuánto había fastidiado a Neferet, yo misma me ponía enferma—. Y justo en ese momento, se marchó de vacaciones de invierno. No he vuelto a verla desde entonces.

—Pero pronto volverá.

—Lo sé.

—¿Estás asustada? —preguntó Aphrodite.

—Aterrada —contesté yo.

—No te culpo. Bueno, pues esto es lo que yo sé por mis visiones. Tenemos que llevar a Stevie Rae a algún lugar seguro, y separada del resto de esas cosas. Y hay que hacerlo ya. Antes de que vuelva Neferet. Hay cierto tipo de conexión entre ellas dos. Yo no lo comprendo, pero está ahí, aunque sé que está mal —explicó Aphrodite, al tiempo que hacía un gesto como si estuviera saboreando algo desagradable—. De hecho, todo el asunto ese de los monstruos muertos no muertos está mal. Y luego hablan de criaturas desagradables.

—Stevie Rae es distinta del resto.

Aphrodite me lanzó una miradita como diciendo que, desde luego, ella no estaba de acuerdo.

—Piénsalo —dije yo—. ¿Por qué iba Nyx a concederle a una iniciada un don tan poderoso como la afinidad con la tierra para después dejarla morir? ¿Y más tarde no morir? —pregunté yo. Hice una pausa. Luchaba buscando el modo de hacerme comprender—. Creo que la conexión con la tierra es la razón por la cual Stevie Rae conserva una parte de su humanidad, y creo en serio que si consigo... si conseguimos ayudarla, ella encontrará el resto. O quizá encontremos nosotras el modo de curarla, de devolverla a su estado de iniciada o de vampira adulta. Y quizá, si se arregla lo de Stevie Rae, entonces eso signifique que hay una posibilidad también para los demás.

—¿Y tienes alguna idea de cómo vas ayudarla?

—No. Ni idea —dije yo. Luego sonreí—. Pero ahora tengo a una poderosa iniciada con visiones y afinidad con la tierra para ayudarme.

—¡Genial! Ahora me siento mucho mejor.

No quise admitirlo ante Aphrodite, pero lo cierto era que poder hablar con ella acerca de Stevie Rae, además de contar con su ayuda para tratar de averiguar qué hacer, me hacía sentirme mucho mejor. Infinitamente mejor.

—De todos modos —iba diciendo Aphrodite—, ¿cómo vamos a encontrar a Stevie Rae? Y no esperes que te acompañe a reptar por esos sucios túneles para ir a buscarla —continuó, haciendo una mueca de asco con los labios.

—De hecho, he quedado con ella en el quiosco de Philbrook esta noche a eso de las tres.

—¿Y crees que va a aparecer?

—La he sobornado. Le dije que le llevaría ropa *country*, así que creo que sí —contesté sin dejar de morderme el labio.

Aphrodite sacudió la cabeza.

—Así que se muere y se no muere, ¿y todavía le gusta la ropa hortera?

—Eso parece.

—¡Eso sí que es triste!

—Sí —suspiré yo.

Yo quería a Stevie Rae, pero hasta yo tenía que admitir que se vestía como una paleta.

—Bien, y ¿adónde piensas llevarla después de darle la ropa?

No me pareció oportuno mencionar que pretendía llevarla directamente a la bañera.

—No lo sé. No he tenido tiempo de pensar mucho más que en darle la ropa y la... eh... sangre.

—¡Sangre!

—La necesita. Sangre humana. O se vuelve loca.

—¿Y no está ya bastante loca?

—¡No! Simplemente tiene problemas.

—¿Problemas?

—Bueno, muchos problemas —afirmé yo rotundamente.

—Vale. Lo que tú digas. Pero tienes que decidir adónde vas a llevarla. No puede quedarse con el resto de las cosas esas. Eso no le conviene —dijo Aphrodite.

—Iba a tratar de convencerla para volver aquí, a la escuela. Me imaginé que, al estar todos los vampiros fuera, podría esconderla fácilmente.

—No puedes traerla aquí —dijo Aphrodite, que de pronto se puso pálida—. Es aquí donde la he visto morir. En el sueño. Por segunda vez.

—¡Mierda! Entonces no sé qué demonios voy a hacer —admití yo.

—Supongo que podrías llevarla a mi antigua casa —dijo Aphrodite.

—¡Sí, estupendo! ¡Tus padres son tan comprensivos! Me parece una idea genial, Aphrodite.

Ella hizo un gesto de exasperación y añadió:

—Mis padres no están. Se han marchado esta mañana temprano para pasar tres semanas esquiando en Breckenridge. Además, no se quedaría dentro de la casa. Mis padres viven en una de esas mansiones que antes eran de un rico magnate del petróleo, justo al final de la calle del museo Philbrook. Tiene un apartamento sobre el garaje que en su día solía ser para los sirvientes. Ya no se usa, excepto cuando viene mi abuela de visita, pero mi madre acaba de meterla en una de esas residencias de lujo, de alta seguridad, así que por eso no hay que preocuparse. Todo debería de funcionar, ya sabes; la electricidad, el agua, y todo eso.

—¿Y crees que allí estará bien?

—Estará a salvo, no como aquí —contestó Aphrodite mientras se encogía de hombros.

—Está bien, entonces la llevaré allí.

—¿Y a ella le parecerá bien?

—Sí —mentí yo—. Le diré que la nevera está llena de sangre —añadí con un suspiro—. Aunque no sé de dónde voy a sacar un solo vaso de sangre, y menos aun una nevera llena.

—De la cocina.

—¿De tu casa? —pregunté yo, completamente confusa.

—¡No, Jesús! De la de aquí. Aquí tienen sangre. En una nevera grande, de acero inoxidable, en la cocina. Para los vampiros. Llegan cargamentos de sangre fresca procedente de donantes humanos continuamente. Todos los mayores lo saben. A veces se usa en los rituales.

—Eso servirá, sobre todo porque ahora mismo apenas hay nadie por aquí. Seguro que puedo entrar en la cocina y llevarme algo de sangre sin que me pillen —dije yo. Inmediatamente fruncí el ceño—. Por favor, dime que no la tienen en una tartera o algo así.

Cierto, aunque me gustaba la sangre de verdad, la idea de bebérmela seguía repugnándome. Lo sé, necesitaba terapia. Otra vez.

—Está en bolsas, como en los hospitales. No hay razón para ponerse nerviosa.

A esas alturas habíamos girado ya automáticamente hacia la derecha, y volvíamos hacia los dormitorios.

—Tienes que venir conmigo —dije yo de pronto.

—¿A la cocina?

—No, me refiero a ver a Stevie Rae. Tienes que llevarnos a tu casa y enseñarnos cómo entrar en el apartamento y todo eso.

—No va a querer verme —dijo Aphrodite.

—Ya lo sé, pero tendrá que superarlo. Ella sabe que tu visión salvó a mi abuela. Cuando le diga que tu nueva visión va a salvarla a ella, simplemente tendrá que creerlo —afirmé. Me alegraba que mi voz sonara tan confiada, porque desde luego yo no me sentía para nada segura—. Aunque puede que al principio sea mejor que te escondas y que esperes hasta que yo haya hablado con ella antes de que te vea.

—Escucha, estoy tratando de hacer lo correcto, pero no voy a ocultarme de una chica a la que solía usar de nevera.

—¡No la llames así! —solté yo—. ¿Alguna vez se te ha ocurrido pensar que puede que tus problemas y la razón por la que te han ocurrido tantas cosas terribles no fueran Neferet y toda la mierda en la que está metida, sino en gran parte tu cochina actitud de mierda?

Aphrodite alzó las cejas y ladeó la cabeza, gesto que la hizo parecer un pájaro rubio.

—Sí, ya lo he pensado, pero yo no soy como tú. No soy tan positiva ni tan santurrona. Dime una cosa: tú crees que la gente es básicamente buena, ¿verdad?

La pregunta me sorprendió, pero me encogí de hombros y contesté:

—Sí, eso creo.

—Pues yo no. Yo creo que la mayor parte de la gente, y me da igual que sean vampiros o humanos, son mierda. Hacen teatro. Fingen que son buena gente, pero están a solo un paso de mostrar su verdadera gilipollez.

—Esa es una forma muy deprimente de vivir la vida —comenté yo.

—Tú la llamas deprimente, yo la llamo realista.

—Pero entonces, ¿cómo puedes confiar nunca en nadie?

Aphrodite apartó la vista de mí antes de contestar:

—No confío en nadie. Así resulta todo mucho más fácil. Ya lo descubrirás —dijo, volviendo de nuevo la vista hacia mí. Yo no fui capaz de leer la extraña expresión de sus ojos—. El poder cambia a la gente.

—Yo no voy a cambiar.

Iba a decir algo más, pero entonces pensé en que hacía pocos meses, si alguien me hubiera dicho que iba a darme el lote con un hombre hecho y derecho mientras tenía no uno, sino dos novios distintos, yo le habría dicho que de ninguna manera. Así que, ¿no significaba eso que había cambiado?

Aphrodite sonrió como si pudiera leerme la mente.

—No estaba hablando de ti. Hablaba de la gente que hay a nuestro alrededor.

—¡Ah! —exclamé yo—. Aphrodite, no pretendo ser desagradable ni nada de eso, pero creo que sé elegir a mis amigos mejor que tú.

—Ya veremos. Y hablando de amigos, ¿no deberías estar dirigiéndote al cine ahora mismo para encontrarte con ellos?

Yo suspiré antes de contestar:

—Sí, pero me es imposible ir. Tengo que conseguir la sangre para Stevie Rae, la ropa, y también quiero parar en el Wal-Mart para comprar uno de esos teléfonos de usar y tirar. Se me ha ocurrido que sería una buena idea dárselo para que así pueda llamarme.

—Bien. ¿Por qué no me recoges fuera de la puerta trampa que hay en el muro este hacia las dos y media? Eso nos dará tiempo de sobra para llegar a Philbrook antes que Stevie Rae.

—Suena perfecto. Solo necesito subir a mi habitación, recoger la ropa de Stevie Rae y mi bolso, y salir de aquí.

—Bien, pero yo iré a los dormitorios primero.

—¿Cómo? —pregunté yo.

Aphrodite me lanzó una mirada como preguntándome si era boba.

—No queremos que la gente te vea conmigo. Pensarán que somos amigas o algo ridículamente parecido.

—Aphrodite, no me importa lo que piense la gente.

Ella giró los ojos en sus órbitas y contestó:

—Pero a mí sí.

Entonces echó a correr hacia los dormitorios, por delante de mí.

—¡Eh! —la llamé yo. Ella giró la cabeza por encima del hombro—. ¡Gracias por ayudarme!

Aphrodite frunció el ceño y contestó:

—No importa. Pero no vayas diciéndolo por ahí. Lo digo en serio. ¡No digas nada! *¡Shhhh!*

Sacudió la cabeza y se apresuró a entrar.

11

Encontré el guardapelo en forma de corazón mientras revolvía por el cajón buscando la ropa para Stevie Rae. Yo estaba con ella la noche en que murió y, cuando volví a nuestro dormitorio, la patrulla de limpieza vampírica (o como quiera que llamen a eso), ya había estado allí y se había llevado todas las cosas de Stevie Rae. Me cabreé. Me cabreé mucho. E insistí en que devolvieran algunas de sus cosas a mi habitación, porque yo quería guardarlas para recordarla. Así que Anastasia, la profesora que nos enseña hechizos y rituales (y que es realmente una profesora muy amable y está casada con Dragon Lankford, el profesor de esgrima), me llevó a un espeluznante sótano, donde yo metí algunos de los trastos de Stevie Rae en una bolsa que luego guardé en lo que solía ser su tocador. Recuerdo que Anastasia fue muy amable conmigo, pero también recuerdo claramente que no aprobaba que guardara cosas de Stevie Rae.

Cuando un iniciado muere, los vampiros esperan que nos olvidemos de él y sigamos adelante. Y punto.

Bueno, pues yo creo que eso sencillamente está mal. Yo no iba a olvidar a mi mejor amiga, incluso aunque hubiera descubierto que en realidad solo estaba no muerta.

De todos modos, cuando fui a coger sus vaqueros algo se cayó del bolsillo. Era una especie de sobre arrugado en el que ponía «Zoey» por fuera con la enrevesada letra de Stevie Rae. Al abrirlo, mi corazón dio un vuelco. Dentro había una tarjeta de cumpleaños; una de esas tarjetas tontas con una foto de un gato (que se parecía mucho a *Nala,* por cierto), con un gorrito puntiagudo, típico de cumpleaños, y cara de malas pulgas. Al abrirla, ponía: «Feliz cumpleaños. O lo que sea. Como si me importara. Solo soy un gato». Stevie Rae había dibujado un corazón enorme y dentro había escrito «Te queremos. Stevie Rae y *Nala*». Al fondo del sobre había una cadena de plata. La saqué y vi que se trataba de un colgante con un delicado corazón de plata de esos que se abren; un guardapelo. Me temblaban los dedos al abrir aquel corazón. De él cayó una foto doblada unas cuantas veces. La alisé cuidadosamente y, sorbiéndome un poco los mocos, reconocí un recorte de una foto que yo había tomado de nosotras dos (sujetando la cámara con el brazo estirado, juntando las caras de las dos y apretando el botón). Me sequé los ojos, doblé la foto, volví a guardarla en el corazoncito y me lo colgué del cuello. La cadena era tan corta que el corazón me caía justo en el hueco de la garganta.

De algún modo, encontrar el colgante me hizo sentirme más fuerte. Y además llevarme sangre de la cocina fue más fácil de lo que había imaginado. En lugar de llevarme mi bolso de siempre (el pequeño de diseño, que había comprado en una tienda de la plaza de Utica el año anterior, y que es de piel sintética rosa, o sea, una monada), cogí la bolsa gigante (la que solía utilizar como cartera cuando iba al instituto South Intermediate High School, de Broken Arrow, antes de ser marcada y de que mi vida estallara). Bueno, el caso es que la bolsa es lo suficientemente grande como para llevar dentro a un chico gordo (si es bajito, claro). Así que resultó sencillo meter los horribles vaqueros Roper de Stevie Rae, una camisa, sus botas negras de *cowboy (¡puaj!)* y algo de ropa interior, y todavía quedaba sitio para cinco bolsas de sangre. Sí, eran horribles y daban asco. Pero sí, me daban ganas de pincharle una pajita a una de ellas y succionar como si fuera un zumo. Sí, soy asquerosa.

La cafetería estaba cerrada, igual que la cocina, y completamente vacía. Pero como en todo el resto de la escuela, nadie había echado ninguna llave. Entré y salí de la cocina con facilidad, sujetando con mucho cuidado mi bolso repleto de sangre mientras trataba de poner una cara perfectamente natural y en absoluto culpable. (Y no se me da bien robar.)

Me preocupaba encontrarme con Loren (al que de verdad, de verdad estaba tratando de olvidar, aunque no tanto como para quitarme sus pendientes de diamantes, pero bueno), pero la única persona a la que vi fue a un chico de tercero, llamado Ian Bowser. Es un chico esmirriado y torpe, pero también es divertido en cierto sentido. Vamos juntos a clase de teatro, y él está absolutamente enamorado de nuestra profesora, la profesora Nolan, lo cual resulta de lo más gracioso. De hecho, era a la profesora Nolan a quien él andaba buscando cuando literalmente tropezó conmigo al salir yo de la cafetería.

—¡Ah, Zoey, lo siento! ¡Lo siento! —se disculpó Ian, llevándose nerviosamente el puño al corazón para hacer el respetuoso saludo de los vampiros—. No... no pretendía tropezarme contigo.

—No importa —dije yo.

Detesto que los chicos se pongan así de nerviosos y asustados cuando están a mi alrededor; es como si pensaran que yo puedo convertirlos en algo repugnante. ¡Por favor! ¡Esto es la Casa de la Noche, no Hogwarts! (Sí, he leído los libros de Potter y me encantan las películas. Sí, esa es otra prueba más de lo *friqui* que soy.)

—No habrás visto a la profesora Nolan, ¿verdad?

—No. No sabía que hubiera vuelto de sus vacaciones de invierno —dije yo.

—Sí, volvió ayer. Teníamos una cita para vernos hace una media hora —dijo él con una sonrisa mientras se iba poniendo todo colorado—. Tengo muchas ganas de llegar a la final del concurso de monólogos de Shakespeare el año que viene, por eso le pedí que fuera mi tutora.

—¡Ah!, eso es estupendo.

Pobre chico. Jamás llegaría a la final como no dejara de temblarle la voz.

—Si la ves, dile que la estoy buscando, ¿quieres?

—Claro —dije yo.

Ian se marchó. Yo agarré mi bolsa y me dirigí directamente al aparcamiento y desde allí al Wal-Mart.

Comprar el teléfono (y una pastilla de jabón, un cepillo de dientes y un CD de Kenny Chesney) fue fácil. Lo que ya no fue tan fácil fue hablar por el móvil con Erik.

—¿Zoey?, ¿dónde estás?

—Sigo en la escuela —dije yo.

Lo cual no era una mentira exactamente. En ese momento estaba saliendo de la carretera justo delante del muro este de la escuela, precisamente ante la puerta trampa «secreta» de la parte trasera de la escuela. Y digo «secreta» porque miles y miles de iniciados y probablemente de vampiros la conocían. Era una tradición tácita de la escuela que los iniciados se escaparan del campus por ella para realizar algún ritual o para hacer alguna travesura de vez en cuando.

—¿Todavía estás en la escuela? —repitió él en un tono que delataba su enfado—. ¡Pero la película está a punto de terminar!

—Lo sé. Lo siento.

—¿Estás bien? Tú sabes que no debes hacer ningún caso de la mierda que te cuente Aphrodite.

—Sí, lo sé. Pero no me ha contado nada de ti —contesté yo. O, al menos, no me había contado gran cosa acerca de él—. Es solo que ahora mismo estoy muy estresada y necesito pensar en ciertas cosas.

—Otra vez «cosas» —dijo él, que no parecía nada feliz.

—Lo siento de verdad, Erik.

—Sí, claro. No importa. Te veré mañana o cuando sea. Adiós.

Erik colgó.

—¡Mierda! —dije yo, a pesar de estar cortada la comunicación.

Los golpes en la ventanilla del copiloto me sobresaltaron; solté un grito. Aparté el móvil y me incliné para abrirle el seguro de la puerta a Aphrodite.

—Apuesto a que se ha cabreado —dijo ella.

—¿Es que tienes el extraño don de oírlo todo?

—*¡Nah!,* solo el extraño don de adivinar. Además, conozco a nuestro chico. Esta noche lo has dejado plantado. Está cabreado.

—Está bien. Primero, Erik no es nuestro chico. Es mi chico. Segundo, yo no lo he dejado plantado. Y tercero, no voy a hablar acerca de Erik contigo, señorita Mamada.

En lugar de insultarme y escupirme como yo esperaba, Aphrodite se echó a reír.

—Está bien. Lo que tú digas. Pero no critiques algo que ni siquiera conoces, señorita Santurrona.

—Está bien, vale —contesté yo—. Cambiando de tema. Se me ha ocurrido una idea acerca de cómo manejar el asunto de Stevie Rae. Yo tampoco creo que debas esconderte, así que enséñame cómo se va a casa de tus padres. Te dejaré allí y entonces iré a por ella.

—¿Quieres que me vaya antes de que vuelvas con ella?

Yo ya había pensado en esa posibilidad. Resultaba tentador, pero lo cierto era que cada vez tenía más la sensación de que Aphrodite y yo íbamos a tener que trabajar juntas para arreglar lo de Stevie Rae. Así que mi mejor amiga no muerta iba a tener que acostumbrarse a ver a menudo a Aphrodite. Además, yo ya tenía que esconderme bastante. No podía esconderme además de la chica por cuya razón tenía que esconderme de todos los demás. Si es que eso tenía algún sentido.

—No. Stevie Rae tendrá que aprender a tratar contigo —dije yo. Al llegar a la señal de *stop* me detuve, miré a Aphrodite y añadí alegremente—: O puede que ella nos haga un favor a todos y te coma.

—¡Es tan agradable que sepas siempre verle el lado positivo a todo! —contestó Aphrodite, sarcástica—. Está bien, ahora tuerce a la derecha. Luego, cuando llegues a Peoria, tuerces a la izquierda y bajas un par de manzanas hasta que veas ese enorme signo que indica hacia el museo Philbrook.

Hice exactamente lo que ella me indicó. No charlamos de banalidades, pero tampoco nos sentimos incómodas la una con la otra. De hecho era extraño lo fácil que me resultaba estar con Aphrodite. Quiero decir que no es que ella hubiera dejado de ser una puta, pero en cierto sentido a mí me gustaba. O quizá aquello fuera solo otro síntoma más de que yo debía considerar seriamente la posibilidad de hacer terapia, así que me pregunté en abstracto si el Prozac, el Lexapro o algún otro encantador antidepresivo funcionaría con un iniciado.

Al llegar a la señal en la que se indicaba la dirección del Philbrook, giré a la izquierda y Aphrodite dijo:

—Bien, ya casi estamos. Es la quinta casa de la derecha. No tomes la primera calle, sino la segunda, que va por detrás de la casa hasta el apartamento del garaje.

Una vez delante de la casa, lo único que pude hacer fue sacudir la cabeza y preguntar:

—¿Aquí es donde vives?

—Vivía.

—¡Pero si es una jo… mansión!

Y me refería a una de las elegantes. Tenía el aspecto de una de esas mansiones en las que yo había imaginado que vivían los ricos en Italia.

—Era una jodida prisión. Y lo sigue siendo.

Yo iba a decir algo casi profundo acerca del hecho de que por fin, después de ser marcada, ella era libre. Se había emancipado legalmente a pesar de ser menor de edad y podía de hecho decirles a sus padres que se fueran al infierno (más o menos como había hecho yo). Pero su siguiente comentario de sabelotodo me hizo olvidar las bonitas palabras que pensaba dirigirle.

—Y resulta realmente molesto que seas tan pura como para no poder jurar. Decir joder no te va a matar. Ni siquiera significa que vayas a dejar de ser virginal.

—Sí juro. Digo «infierno» y «mierda» e incluso «maldito». Muchas veces.

¿Y por qué sentía de pronto la necesidad de defenderme por preferir no decir tacos tan a menudo?

—Lo que tú digas —dijo ella, riéndose claramente de mí.

—Y no hay nada de malo en ser virgen. Es mejor que ser una guarra.

Aphrodite seguía riéndose.

—Tienes mucho que aprender, Z —dijo ella, al tiempo que señalaba un edificio que parecía una versión en miniatura de la mansión—. Da la vuelta por ahí. Hay una entrada trasera al apartamento, y nadie verá el coche desde la calle.

Entré por detrás de un garaje de lo más elegante, aparqué y salimos de mi Escarabajo. Aphrodite usó su juego de llaves y abrió la puerta, que daba a unas escaleras. Yo la seguí hacia el apartamento.

—¡Jolines!, sí que debían vivir bien los sirvientes aquí —musité, mirando a mi alrededor en la oscuridad.

Brillantes suelos de madera, sillones de piel y una cocina brillante. No había un montón de chismes baratos de decoración llenándolo todo, sino unas cuantas velas y algunos floreros con aspecto de ser caros. Desde donde estaba podía ver que el dormitorio y el baño estaban en el extremo opuesto del apartamento, y asomé la cabeza y vi que había una enorme cama con un suave edredón y almohadones. Supuse que el cuarto de baño sería más bonito que el de la casa de mis padres.

—¿Crees que funcionará? —preguntó Aphrodite.

Yo me acerqué a una de las ventanas.

—Cortinas gruesas, eso está bien.

—Y contraventanas. ¿Ves? Podemos cerrarlas desde dentro —dijo Aphrodite mientras me hacía una demostración.

Yo asentí en dirección a la pantalla plana de televisión.

—¿Hay televisión por cable?

—Por supuesto —dijo ella—. Y además hay un montón de DVD por ahí.

—Perfecto —dije yo. Entonces me dirigí hacia la cocina—. Dejaré todas las bolsitas de sangre aquí menos una, y luego iré a buscar a Stevie Rae.

—Bien. Yo mientras veré la reposición de *Real World* —dijo Aphrodite.

—Bien —repetí yo.

Pero en lugar de marcharme, me aclaré la garganta, incómoda.

Aphrodite alzó la vista de la televisión.

—¿Qué?

—Stevie Rae ya no es la que era.

—¿En serio? No se me habría ocurrido ni pensarlo, si no me lo hubieras dicho. Quiero decir que la mayor parte de la gente que se muere y luego vuelve a la vida como un monstruo chupasangre tiene un aspecto idéntico al de siempre, y sigue actuando del mismo modo.

—Hablo en serio.

—Zoey, vi a Stevie Rae y a algunas de las otras criaturas en mis visiones. Son repugnantes. Y punto. Fin.

—Es peor cuando las ves en persona.

—No me sorprende —dijo ella.

—No quiero que le digas nada a propósito de eso a Stevie Rae —dije yo.

—¿Quieres decir acerca de que está muerta y todo eso? ¿O de que es repugnante?

—De ninguna de las dos cosas. No quiero que se asuste. Pero tampoco quiero que salte sobre ti y te corte el cuello. Quiero decir que probablemente la pararías, pero no estoy cien por cien segura. Y además de que sería muy desagradable y difícil de explicar, realmente me molesta pensar en qué sería de este bonito apartamento con tanta sangre desparramada por ahí.

—Qué considerado por tu parte.

—Eh, Aphrodite, ¿por qué no intentas algo nuevo, para variar? Trata de ser amable —propuse yo.

—¿Y si no digo nada?

—Eso también funcionaría —contesté yo mientras me dirigía a la puerta—. Intentaré traerla cuanto antes.

—¡Eh! —me llamó Aphrodite—, ¿de verdad crees que puede cortarme el cuello?

—Absolutamente —contesté yo.

Cerré la puerta.

12

Sabía que Stevie Rae había llegado al quiosco antes que yo. No podía verla, pero sí olerla. *¡Puaj!* En serio, *¡Puaj!* Esperaba que un baño y un poco de champú pudieran acabar con ese hedor, pero en cierto modo lo dudaba. Después de todo, ella estaba... bueno, muerta.

—Stevie Rae, sé que estás en alguna parte —grité lo más bajo que pude.

Cierto, los vampiros tienen la habilidad de moverse silenciosamente y de crear una especie de burbuja de invisibilidad a su alrededor. Los iniciados también la tienen. Solo que simplemente no está tan desarrollada. Pero siendo como soy una iniciada extrañamente dotada, puedo moverme por ahí bastante bien sin ser vista por nadie, como por ejemplo un guardia de seguridad del museo, que pudiera estar mirando por la ventana a las tres de la madrugada. Sentía la suficiente confianza en mi habilidad para no ser vista en la penumbra de los bellos jardines del museo, pero no tenía tanta confianza como para creer que pudiera extender esa habilidad y cubrir a Stevie Rae. En otras palabras; necesitaba encontrarla y sacarla de allí cuanto antes.

—Sal de donde estés. Tengo tu ropa, un poco de sangre, y el último CD de Kenny Chesney.

Añadí eso último directamente a modo de soborno. Stevie Rae siempre había estado ridículamente enamorada de Kenny Chesney. No, yo tampoco lo comprendo.

—¡La sangre! —siseó una voz desde los arbustos al pie del quiosco; una voz que podría haber sido la de Stevie Rae de haber estado ella realmente muy constipada y de haber perdido por completo la cabeza.

Yo rodeé el quiosco, asomando la cabeza por el espeso pero bien recortado follaje.

—¿Stevie Rae?

Con los ojos relucientes y de un horrible color rojizo dorado, Stevie Rae salió tambaleándose de los arbustos hacia mí.

—¡Dame la sangre!

¡Oh, Dios mío!, parecía una loca de remate. A toda prisa saqué la bolsa de sangre de mi bolso y se la tendí.

—Espera un segundo, tengo unas tijeras por alguna parte…

Con un gruñido realmente desagradable, Stevie Rae rasgó y abrió el pico de la bolsa con los dientes (más bien con los colmillos) y se bebió toda la sangre de un trago. Apretó la bolsa para vaciarla bien y finalmente la arrojó al suelo. Jadeaba como si hubiera corrido en una carrera cuando finalmente alzó la vista hacia mí.

—No *essh* bonito, ¿eh?

Yo sonreí y traté de ocultar lo horrorizada que estaba lo mejor que pude.

—Bueno, mi abuela siempre dice que una gramática y una educación correctas le hacen a uno más atractivo, así que la próxima vez podrías dar las gracias en lugar de sisear.

—¡Necesito más sangre!

—Tengo cuatro paquetes más. Están en la nevera del lugar donde te vas a quedar. ¿Quieres cambiarte de ropa aquí, o prefieres esperar a llegar allí y tomar una ducha? Está aquí al lado, al final de esta misma calle.

—¿De qué estás hablando? ¡Tú simplemente dame la ropa y la sangre!

Ya no tenía los ojos de un rojo tan reluciente, pero a pesar de todo su aspecto era horrible y parecía una loca. Estaba incluso más pálida y más delgada que la noche anterior. Yo respiré hondo.

—Esto tiene que parar, Stevie Rae.

—Esto es lo que soy ahora. Y no va a parar. Porque yo no voy a cambiar —afirmó ella. Luego señaló el tatuaje del perfil de la luna creciente de su frente—. Ya jamás se coloreará, porque yo siempre estaré muerta.

Yo me quedé mirando el perfil de esa luna creciente. ¿Se estaba desvaneciendo? Sin lugar a dudas me pareció que estaba menos marcada o, al menos, menos destacada, lo cual no podía ser bueno. Y eso me espabiló.

—Tú no estás muerta.

Eso fue todo lo que se me ocurrió decir.

—Me siento muerta.

—Está bien, vale, pareces como muerta. Y sé que yo, cuando llevo unas pintas de mierda, me siento también como una mierda. Quizá sea por eso por lo que te sientes tan mal —expliqué yo. Metí la mano en mi bolsa y saqué las botas de *cowboy*—. Mira lo que te he traído.

—Ningunas botas pueden arreglar los problemas del mundo.

Ese era un tema sobre el que solían discutir Stevie Rae y las gemelas, y por eso la voz de Stevie Rae tenía cierta nota de exasperación.

—No es eso lo que decían las gemelas.

—¿Y qué dirían las gemelas si me vieran ahora?

El tono familiar de su voz al hacer esa pregunta al menos sí acabó con la frialdad y la indiferencia de su voz.

Yo la miré a los ojos. Los de Stevie Rae seguían rojos.

—Dirían que necesitas un baño y que deberías cambiar de actitud, pero también estarían increíblemente contentas de verte viva.

—No estoy viva. Eso es lo que estoy tratando de hacerte comprender.

—Stevie Rae, no voy a comprenderlo nunca porque te veo andar y hablar. No creo que estés muerta en absoluto… creo que estás cambiada. No cambiada como yo, transformándote en lo que reconocemos como un vampiro adulto. A ti te está ocurriendo un tipo diferente de cambio, y creo que es un cambio más difícil que el que me está ocurriendo a mí. Por eso es por lo que estás atravesando todo esto. ¿Quieres, por favor, darme una oportunidad para que te ayude? ¿No podrías intentar pensar que puede que todo salga bien?

—No sé cómo puedes estar tan segura de eso —dijo ella.

Yo le respondí desde lo más profundo de mi alma, y en el momento de pronunciar las palabras supe que eran las correctas.

—Estoy segura de que estarás bien porque estoy segura de que Nyx sigue amándote, y ella ha permitido que ocurra esto por alguna razón.

La esperanza que cruzó por los ojos rojos de Stevie Rae resultó casi dolorosa de ver.

—¿De verdad no crees que Nyx me haya abandonado?

—Nyx no te ha abandonado, y yo tampoco.

Hice caso omiso de la peste y la abracé con fuerza. Ella no me devolvió el abrazo, pero tampoco se apartó de mí ni me pegó un mordisco en el cuello, así que supongo que íbamos progresando.

—Vamos. El sitio que te he encontrado para quedarte está al final de la calle.

Eché a caminar creyendo que me seguiría, cosa que hizo tras solo unos segundos de vacilación. Acortamos por los jardines y salimos por Rockford, la calle a la que da la entrada principal del museo. La mansión de Aphrodite (bueno, en realidad se trata de la mansión de los locos de sus padres) ocupaba el número veintisiete de esa misma calle. Caminé por el centro de la calle en medio de la oscuridad, sintiéndome un poco como si estuviera en un sueño y concentrándome en rodearnos a las dos de silencio e invisibilidad. Stevie Rae me seguía un par de pasos por detrás. Todo parecía muy oscuro y anormalmente silencioso. Yo alcé la vista por encima de las invernales ramas de los enormes árboles que se alineaban a lo largo de la calle. Hubiera debido ver una luna casi llena, pero las nubes se habían extendido por el cielo, oscureciendo un vago brillo blanco en el lugar en que hubiera debido de estar el astro. Hacía frío, y yo me alegraba de que mi metabolismo hubiera cambiado y me protegiera del azote del viento. Me pregunté si los cambios del tiempo le afectaban a Stevie Rae, y estaba a punto de preguntárselo cuando de repente ella habló.

—Esto no va a gustarle a Neferet.

—¿Esto?

—Que esté contigo en lugar de con los otros —dijo Stevie Rae, que parecía verdaderamente nerviosa y que se frotaba una mano contra la otra.

—Tranquila, Neferet no sabrá que estás conmigo. O al menos no lo sabrá hasta que nosotras no estemos listas para que ella lo sepa —dije yo.

—Lo sabrá en cuanto vuelva y vea que no estoy con los demás.

—No, solo sabrá que tú no estás. Pero podría haberte pasado cualquier cosa —dije yo. Entonces se me ocurrió una idea tan increíble, que me detuve de repente como si me hubiera topado con un árbol—. ¡Stevie Rae! ¡Ya no tienes que estar cerca de vampiros adultos para estar bien!

—¿Eh?

—¡Eso demuestra que has cambiado! ¡No estás tosiendo ni muriéndote!

—Zoey, eso ya me ha pasado, ya estoy muerta.

—¡No, no, no! No me refiero a eso —dije yo. La agarré del brazo e hice caso omiso del hecho de que ella se soltara y diera un paso atrás de inmediato—. Puedes existir sin vampiros. Solo otro vampiro adulto puede hacer eso. Así que es justo como yo he dicho. Tú has cambiado, solo que se trata de otro cambio distinto.

—¿Y eso es bueno?

—¡Sí!

Yo no estaba tan segura como aparentaba, pero estaba decidida a mantener una actitud positiva delante de Stevie Rae. Además, ella no tenía demasiado buen aspecto. Quiero decir que tenía peor aspecto de lo normal en ella.

—¿Qué te pasa?

—¡Necesito sangre! —exclamó Stevie Rae, limpiándose la cara con una mano trémula—. Esa bolsita no es suficiente. Ayer no me dejaste comer, así que no he comido nada desde anteayer. Es... es horrible cuando no como —explicó. Stevie Rae ladeó extrañamente la cabeza como si estuviera escuchando voces en el viento—. Puedo oír la sangre susurrar por sus venas.

—¿Las venas de quién? —pregunté yo, tan intrigada como asqueada.

Ella hizo un gesto con el brazo a su alrededor; un gesto salvaje y elegante al mismo tiempo.

—De los humanos que duermen a nuestro alrededor —contestó. Su voz se había convertido en un ronco murmullo. Algo en su tono me hacía desear acercarme a ella, a pesar de que sus ojos rojos volvían a brillar y de que olía tan mal que sentía deseos de taparme la nariz—. Uno de ellos está despierto —añadió al tiempo que señalaba la mansión de la derecha, delante de la cual estábamos paradas—. Es una chica... una adolescente... está sola en la habitación...

La voz de Stevie Rae era como una atractiva canción. Mi corazón había comenzado a latir agitadamente dentro del pecho.

—¿Cómo sabes todo eso? —pregunté yo en un susurro.

Ella desvió sus ardientes ojos hacia mí y respondió:

—Yo sé muchas cosas. Sé que sientes deseo por la sangre. Lo huelo. No hay ninguna razón por la que no puedas ceder a ese deseo. Podemos entrar en la casa. Podemos ir a la habitación donde está esa chica y tomarla juntas. La compartiré contigo, Zoey.

Por un momento me sentí perdida en la obsesión que veía en los ojos de Stevie Rae y en mi propia necesidad. No había probado la sangre humana desde que Heath me había dado a saborear un poco hacía un mes. Todo mi cuerpo mantenía el recuerdo de aquel exquisito trago como un tentador secreto. Hechizada por completo, escuché como Stevie Rae tejía una tela de araña de oscuridad que me enredaba en sus bellas y pegajosas profundidades.

—Puedo enseñarte cómo entrar en la casa. Yo ahora no puedo entrar en la casa de otra persona a menos que me invite, pero una vez dentro… —explicó Stevie Rae, que acto seguido se echó a reír.

Fue una risa que me sacó de mi ensimismamiento. Stevie Rae solía tener la risa más encantadora del mundo. Era una risa feliz, joven, inocente y enamorada de la vida. En cambio lo que salió de su boca en ese momento fue algo malévolo, un eco retorcido de aquella antigua alegría.

—El apartamento está dos casas más allá. Hay sangre en la nevera —dije yo.

De inmediato me di la vuelta y eché a caminar calle abajo con rapidez.

—No está ni caliente, ni fresca —objetó ella de mal humor, a pesar de que de nuevo me seguía.

—Está lo suficientemente fresca, y hay un microondas. Puedes calentarla.

Ella no volvió a decir nada más, así que llegamos a la mansión en unos pocos minutos. Yo la guié hasta el apartamento del garaje, abrí la puerta exterior y entré. Había subido la mitad del tramo de las escaleras cuando me di cuenta de que Stevie Rae no me seguía. Corrí escaleras abajo y la vi de pie, fuera, en medio de la oscuridad. Lo único que resultaba visible de ella eran los ojos rojos.

—Tienes que invitarme a entrar —dijo.

—Ah, lo siento —contesté yo. No me había enterado bien de lo que ella me había dicho por el camino, así que me sorprendió aquella nueva demostración de cuánto había cambiado Stevie Rae—. Eh, pasa —añadí deprisa.

Stevie Rae dio un paso adelante y atravesó la barrera invisible. Soltó un grito doloroso, que finalmente se convirtió en un gruñido. Sus ojos brillaron al mirarme.

—Creo que tu plan no va a funcionar. No puedo entrar ahí.

—Creía que habías dicho que solo necesitabas que te invitaran.

—Sí, pero tiene que ser alguien que viva en la casa. Tú no vives aquí.

Aphrodite se asomó por encima de mí, y su fría y educada voz (preocupadamente parecida a la de su madre) gritó:

—¡Yo vivo aquí! ¡Entra!

Por fin Stevie Rae traspasó el umbral sin ningún problema. Comenzó a subir las escaleras, y casi había llegado arriba cuando debió de caer en la cuenta de que era la voz de Aphrodite. Vi su rostro cambiar de inexpresivo a peligroso mientras entrecerraba los ojos.

—¡Me has traído a su casa! —me gritó Stevie Rae, hablándome a mí mientras la miraba a ella.

—Sí, y la razón es muy sencilla de explicar —dije yo.

Pensé en agarrarla por si acaso salía disparada, pero luego recordé lo extrañamente fuerte que se había vuelto, así que en lugar de ello me concentré en mí misma y me pregunté si mi afinidad con el viento podría ayudarme a cerrar la puerta de golpe antes de que Stevie Rae escapara.

—¿Cómo vas a explicarlo? ¡Tú sabes que yo odio a Aphrodite! —exclamó ella que, por fin, me miró a mí—. Yo me muero, ¿y ahora te haces amiga de ella?

Yo abrí la boca para asegurarle a Stevie Rae que Aphrodite y yo no éramos exactamente coleguitas, pero entonces la arrogante voz de Aphrodite me interrumpió.

—¡Vuelve a la tierra! Zoey y yo no somos amigas. Tu pandilla de lerdos sigue intacta. La única razón por la que estoy implicada en esto es porque Nyx tiene un extraño sentido del humor. ¡Así que entra o lárgate al infierno, como quieras! ¡Como si a mí me importara...!

La voz de Aphrodite se desvaneció al darse la vuelta bruscamente para entrar en el apartamento.

—¿Confías en mí? —le pregunté a Stevie Rae.

Ella me miró a los ojos durante lo que me pareció un rato larguísimo antes de contestar:

—Sí.

—Entonces entra —añadí, terminando de subir las escaleras.

Stevie Rae me siguió de mala gana.

Aphrodite estaba tirada en el sofá, fingiendo que veía la cadena de televisión MTV. Al entrar nosotras arrugó la nariz y dijo:

—¿Qué es ese olor tan desagradable? Parece como si alguien se hubiera muerto y... Bueno, no importa. El baño está allí —añadió, mientras señalaba hacia el fondo del apartamento.

Yo le tendí mi bolsa a Stevie Rae, diciendo:

—¡Vamos allá! Hablaremos cuando salgas.

—La sangre primero —dijo Stevie Rae.

—Ve para allá y yo te llevaré una bolsa.

Stevie Rae estaba observando a Aphrodite, que veía la televisión.

—Llévame *dossss* —siseó.

—Bien, te llevaré dos.

Sin decir una sola palabra más, Stevie Rae salió del salón. Yo observé su forma de andar extraña y salvaje.

—¡Vaya! Repugnante, asquerosa y totalmente desagradable —susurró Aphrodite—. Podrías haberme avisado, ¿no?

—Lo intenté. Pero tú creías que lo sabías todo, ¿no te acuerdas? —contesté yo, susurrando a mi vez. Luego me apresuré a ir a la cocina a por las bolsas de sangre—. Y también dijiste que serías amable.

Llamé a la puerta del baño. Stevie Rae no contestó, así que abrí despacio y asomé la cabeza. Ella tenía los vaqueros, la camiseta y las botas en las manos, y estaba de pie, en medio del precioso baño, contemplando la ropa. Estaba en parte de espaldas a mí, así que yo no podía estar del todo segura, pero en aquel momento pensé que quizá estuviera llorando.

—Te he traído la sangre —dije en voz baja.

Stevie Rae se sacudió, se pasó una mano por la cara y después dejó las botas y la ropa sobre la encimera de mármol, junto al lavabo. Entonces alargó la mano hacia las bolsas. Se las di junto con un par de tijeras que había cogido en la cocina.

—¿Necesitas ayuda para encontrar algo?

Stevie Rae volvió a sacudir la cabeza. Entonces, sin mirarme, preguntó:

—¿Estás ahí esperando porque sientes curiosidad por saber qué aspecto tengo desnuda o porque quieres echar un trago de sangre?

—Ninguna de las dos cosas —contesté yo con voz perfectamente normal. Me negaba a enfadarme con ella cuando era evidente que solo trataba de provocarme—. Estaré en el salón. Puedes tirar tu ropa vieja fuera; yo me encargaré de deshacerme de ella —añadí, cerrando la puerta del baño con firmeza.

Aphrodite sacudía la cabeza sin dejar de mirarme en cuanto entré en el salón.

—¿De verdad crees que puedes arreglar eso?

—¡Baja la voz! —susurré yo. Entonces me dejé caer pesadamente en el extremo opuesto del sofá—. Y no, no creo que yo sola pueda arreglarla. Creo que Nyx, tú y yo juntas podemos arreglarla.

—Huele tan mal como la pinta que tiene —comentó Aphrodite con un escalofrío.

—Soy tan consciente de ello como ella misma.

—Yo solo digo: *¡puaj!*

—Di lo que quieras, pero no se lo digas a ella.

—Entonces, para que conste, quiero decir que no me siento segura con esa chica —dijo Aphrodite, alzando la mano como si estuviera haciendo un juramento—. Tengo tres palabras a propósito de ella: «bomba de relojería». Creo que aterraría incluso a tu panda de lerdos.

—De verdad que me encantaría que dejaras de llamarlos así —dije yo. Dios, sí que estaba harta.

—Pero si es que no se os ocurren más que planes *friquis* —dijo ella.

—¿Cómo?

No tenía ni idea de qué estaba hablando.

—Había fines de semana en los que tú y tu pandilla os quedabais a hacer maratones para ver las sagas de *La guerra de las galaxias* o *El señor de los anillos* enteros.

—Bueno, ¿y qué?

Aphrodite giró los ojos en sus órbitas con teatralidad.

—Que no te des cuanta de lo rarito que es eso es otra prueba de que tengo razón. Sin duda sois una panda de lerdos.

Oí que la puerta del baño se abría y se cerraba en cuestión de segundos, así que no me molesté en contestarle a Aphrodite que sí, que en realidad sí sabía lo rarito que sonaba, pero que esos fines de semana eran muy divertidos. Sobre todo cuando uno lo hace con todos sus amigos y además come palomitas y se pasa toda la película hablando de lo atractivos que son Anakin y Aragorn. (A mí me gusta también un poco Legolas, pero las gemelas dicen que es gai. Damien, por supuesto, también lo adora.) Agarré la bolsa de la basura de debajo del fregadero de la cocina, y metí dentro la maloliente ropa de Stevie Rae. Luego la arrojé por las escaleras del apartamento.

—¡Repugnante! —exclamó de nuevo Aphrodite.

Yo volví a dejarme caer en el sofá sin hacerle caso y me quedé viendo la tele, aunque en realidad tampoco le prestaba ninguna atención.

—¿Es que no piensas hablar de eso? —preguntó Aphrodite, dirigiendo la barbilla en dirección al baño.

—Stevie Rae es «ella», no es una cosa.

—Pues huele a cosa.

—Y no, no vamos a hablar de ella hasta que ella no venga aquí con nosotras —afirmé, tajante.

13

Me negué a hablar con Aphrodite acerca de Stevie Rae y me quedé viendo la televisión, pero después de un rato comprendí que no podía quedarme quieta, así que me puse en pie y fui de una ventana a otra, cerrando las contraventanas y las cortinas. Eso no me llevó mucho tiempo, de modo que enseguida me dirigí a la cocina y comencé a rebuscar por los armarios. Me había dado cuenta de que en la nevera solo había un *pack* de seis botellas de Perrier, un par de botellas de vino blanco y unos cuantos trozos de queso caro, importado, de ese que huele a pie. Había algunos paquetes envueltos en papel de carnicería y pescadería, supuestamente con carne y pescado, y además en el congelador había cubitos de hielo, pero eso era todo. También en los armarios de cocina había un puñado de cosas, pero eran las típicas cosas que compra la gente rica. Imagínate: latas importadas de pescado con cabeza y todo, ostras ahumadas *(¡puaj!),* otra carne extraña, una cosa en vinagre, y unas cajas largas de una cosa que se llamaba galletas de agua. No había ni una sola lata de refresco decente.

—Vamos a tener que ir al supermercado —dije yo.

—Si consigues dejar a Apestosa encerrada en el dormitorio, lo único que tienes que hacer es conectarte en línea con la cuenta de mis padres en Petty's Foods. Haz *clic* en lo que quieras. Te lo traerán a casa y se lo cargarán a mis padres en su cuenta.

—¿Y no se asustarán cuando vean la factura?

—No se darán ni cuenta —aseguró Aphrodite—. Lo paga el banco directamente. No será ningún problema.

—¿En serio? —insistí yo. Estaba atónita ante la idea de que la gente pudiera vivir así—. Vosotros sí que sois ricos.

—Sí, bueno —contestó Aphrodite, encogiéndose de hombros.

Stevie Rae se aclaró la garganta, y Aphrodite y yo nos sobresaltamos. Verla me encogió realmente el corazón. Tenía el pelo corto rubio seco, y le colgaba a los lados del rostro con los rizos de siempre. Seguía teniendo los ojos rojos y la cara excesivamente delgada y pálida, pero la llevaba limpia. La ropa le estaba grande, pero volvía a ser la Stevie Rae de siempre.

—¡Eh! —dije yo en voz baja—, ¿te encuentras mejor?

Ella parecía incómoda, pero asintió.

—Hueles mejor —dijo Aphrodite.

Yo giré la vista y me quedé mirándola.

—¿Por qué me miras? Solo pretendía ser amable.

Suspiré y le lancé una mirada que pretendía decir: «Pues no lo consigues».

—Está bien, ¿y si nos ponemos a preparar un plan?

Yo había hecho la pregunta solo en un sentido retórico, pero Aphrodite se la tomó en serio y contestó directamente.

—¿Y qué es exactamente lo que quieres planear? Quiero decir que ya sé que Stevie Rae tiene un problema muy particular, pero no estoy muy segura de qué pretendes hacer al respecto. Está muerta. O no muerta muerta —se corrigió Aphrodite mientras dirigía la vista hacia Stevie Rae—. De acuerdo, no es mi intención ofender, pero...

—No me ofendes. Es la verdad —la interrumpió Stevie Rae—. Pero no finjas que te preocupan mis sentimientos, cuando tampoco te importaban mientras estaba viva.

—Solo pretendía ser amable —soltó Aphrodite, cuyo comentario sonó precisamente a la inversa.

—Pues inténtalo con más ahínco —dije yo—. Siéntate, Stevie Rae.

Stevie Rae se sentó en el sillón de piel junto al sofá. Yo procuré no hacer caso de mi dolor de cabeza y me senté en el sofá.

—Bien, esto es lo que yo sé —comencé yo a decir, enumerando con los dedos—: primero, Stevie Rae ya no necesita seguir viviendo cerca de vampiros adultos, así que eso significa que ya ha completado cierto cambio —Aphrodite abrió la boca para interrumpirme, pero yo me apresuré a continuar—; segundo, necesita sangre incluso más a menudo que un vampiro adulto. ¿Alguna de las dos sabe si los vampiros adultos se vuelven locos si no beben sangre con regularidad? —pregunté, mirando alternativamente a la una y a la otra.

—En la clase de sociología vampírica avanzada hemos aprendido que los adultos necesitan beber sangre con regularidad para mantenerse sanos. En cuerpo y alma —contestó Aphrodite mientras se encogía de hombros—. La *profe* que nos da la clase es Neferet, y jamás ha dicho nada de que los vampiros se vuelvan locos si no beben sangre, pero puede que sea una de esas cosas que no nos cuentan hasta que no hemos completado el cambio.

—Yo no sabía nada de eso hasta mi muerte —dijo Stevie Rae.

—¿Puede ser sangre de cualquier mamífero, o tiene que ser de un humano?

—De un humano.

Yo le había hecho la pregunta a Stevie Rae, pero me contestaron a la vez ella y Aphrodite.

—Bien, vale, entonces, además de tener que beber sangre y no necesitar estar con vampiros adultos, Stevie Rae no puede entrar en la casa de nadie a menos que la inviten.

—A menos que me invite alguien que viva allí —añadió Stevie Rae—. Aunque eso no es un gran problema.

—¿Qué quieres decir?

Stevie Rae desvió la mirada teñida de rojo hacia mí y dijo:

—Yo puedo conseguir que los humanos hagan cosas que no quieren hacer.

Yo me esforcé, y conseguí no sentir un escalofrío.

—Eso no es nada del otro mundo. Muchos vampiros adultos tienen personalidades tan fuertes que pueden resultar muy persuasivos para los humanos. Esa es una de las razones por las que los humanos nos tienen tanto miedo. Tú deberías saberlo, Zoey.

—¿Eh?

Aphrodite alzó una ceja y se explicó:

—Tú tienes una conexión con tu novio humano. ¿Cuánto trabajo te costó persuadirlo de que te dejara chupársela? —preguntó, sonriendo maliciosamente—. La sangre, quiero decir.

Yo ignoré su estúpida pregunta.

—Está bien, Stevie Rae, entonces también tienes eso en común con los vampiros adultos. Pero a los vampiros no les hace falta que nadie los invite a su casa, ¿verdad?

—No, yo jamás había oído decir algo así —comentó Aphrodite.

—Eso es porque yo no tengo alma —dijo Stevie Rae con una voz por completo indiferente, sin ninguna emoción.

—Sí tienes alma —la contradije yo automáticamente.

—Te equivocas. Al morir Neferet consiguió devolverme mi cuerpo, pero no me devolvió mi humanidad. Mi alma sigue muerta.

Yo no podía soportar la idea de que lo que estaba diciendo pudiera ser verdad así que abrí la boca para discutir con ella, pero Aphrodite se me adelantó.

—Eso tiene sentido. Puede ser la razón por la que no puedes entrar en casa de nadie sin que te inviten. Y también probablemente es la razón por la cual estallarías si te diera la luz del sol. Sin alma, no puede aguantar la luz.

—¿Y cómo sabes tú eso? —preguntó Stevie Rae.

—Soy la chica de las visiones, ¿no te acuerdas?

—Creía que Nyx te había abandonado y se había llevado tu capacidad para tener visiones —dijo Stevie Rae con crueldad.

—Eso es lo que Neferet quiere que crea la gente, porque Aphrodite tuvo visiones acerca de ella… y de ti —dije yo, señalándola—. Pero Nyx no os ha abandonado ni a ella, ni a ti.

—Entonces, ¿por qué estás ayudando a Zoey? —le preguntó súbitamente Stevie Rae a Aphrodite—. Y no me cuentes la mierda esa de que Nyx tiene un extraño sentido del humor. ¿Cuál es la verdadera razón?

Con un gesto de desprecio, Aphrodite contestó:

—Por qué esté ayudándola es solo asunto mío.

Stevie Rae se puso en pie y cruzó el salón tan deprisa que sus movimientos me resultaron completamente borrosos. Antes de que pudiera parpadear tenía las manos sobre la garganta de Aphrodite y presionaba su cara contra la de ella.

—Te equivocas. Ahora también es asunto mío, porque estoy aquí. ¿Recuerdas que tú me invitaste?

—Stevie Rae, suéltala —dije yo con calma.

Mi pulso, sin embargo, latía frenéticamente. Stevie Rae tenía un aspecto realmente peligroso, y parecía bastante enajenada.

—Jamás me gustó, Zoey. Tú lo sabes. Te he dicho un millón de veces que esta chica no es buena y que debes mantenerte alejada de ella. No veo por qué razón no debería romperle el cuello.

Yo comenzaba a preocuparme por lo irritados que se le veían los ojos y lo colorada que se le estaba poniendo la cara a Aphrodite. Ella luchaba contra Stevie Rae, pero era como si una niña pequeña estuviera tratando de soltarse de un enorme adulto bruto y cruel. *Ayúdame a llegar a Stevie Rae.* Le envié una plegaria silenciosa a la Diosa mientras comenzaba a centrarme para invocar a los elementos y que vinieran en mi ayuda. Entonces oí ciertas palabras susurradas en mi oído, y rápidamente las repetí.

—No debes romperle el cuello porque no eres un monstruo.

Stevie Rae no soltó a Aphrodite, pero sí giró la cabeza hacia mí para mirarme.

—¿Cómo sabes tú eso?

Yo entonces ya no vacilé a la hora de responder:

—Porque creo en nuestra Diosa, y porque creo en esa parte de ti que aún es mi mejor amiga.

Stevie Rae soltó a Aphrodite, que comenzó a toser y a restregarse el cuello.

—Dile que lo sientes —le ordené a Stevie Rae. Sus ojos rojos me atravesaron, pero yo alcé la barbilla y no aparté la vista de ella—. Dile a Aphrodite que lo sientes —repetí.

—No lo siento —dijo Stevie Rae mientras volvía (a un paso normal) a su asiento.

—Nyx le ha otorgado la afinidad con la tierra —solté yo repentinamente. Stevie Rae giró el cuerpo hacia mí como si yo la hubiera abofeteado—. Así que si la atacas a ella, es como si atacaras a Nyx.

—¡Nyx permite que ella ocupe mi lugar!

—No. Nyx permite que ella te ayude. Yo no puedo sacarte sola de este atolladero, Stevie Rae. No puedo contárselo a ninguno de nuestros amigos porque, si lo hiciera, sería solo cuestión de tiempo que Neferet se enterara de todo lo que ellos supieran, y aunque yo no sé mucho, sí se con toda certeza que Neferet se ha hecho mala.

Así que, básicamente, somos nosotras contra una poderosa alta sacerdotisa. Aphrodite es la única iniciada, además de mí, a la cual Neferet no le puede leer el pensamiento. Necesitamos su ayuda.

Stevie Rae miró a Aphrodite y frunció el ceño. Aphrodite seguía restregándose el cuello y jadeando.

—Sigo queriendo saber por qué ella se molesta en ayudarnos. Jamás le hemos gustado. Ninguno de nosotros. Es una mentirosa y una manipuladora y una puta total.

—Expiación —consiguió decir Aphrodite entre jadeos.

—¿Cómo? —preguntó Stevie Rae.

Aphrodite la miró de mal humor. Aún tenía la voz ronca, pero estaba recuperando el aliento y había pasado de estar aterrada a estar solo cabreada.

—¿Qué ocurre?, ¿es que no comprendes el significado de esa palabra? E-x-p-i-a-c-i-ó-n —deletreó Aphrodite—. Significa que tengo que pagar por algo que he hecho. Por muchas cosas, de hecho. Así que tengo que hacer lo que no hice antes, que es seguir la voluntad de Nyx —explicó Aphrodite. Se aclaró la garganta, hizo una mueca de dolor y continuó—: Y sí, a mí me gusta tan poco como a ti. Y, a propósito, sigues oliendo mal y tu ropa *country* es ridícula.

—Aphrodite ha respondido a tu pregunta —le dije yo a Stevie Rae—. Podría haber sido más amable, pero al fin y al cabo acabas de tratar de matarla. Y ahora, discúlpate con ella.

Me quedé mirando a Stevie Rae fijamente y con dureza mientras llamaba al espíritu en silencio para pedirle que me diera fuerzas. Vi a Stevie Rae flaquear, y finalmente apartó los ojos.

—Lo siento —musitó.

—No puedo oírla —dijo Aphrodite.

—¡Y yo no puedo seguir tratando con vosotras dos si os portáis como dos niñas pequeñas! —solté yo—. Stevie Rae, discúlpate como una persona normal, no como una niña mimada.

—Lo siento —dijo Stevie Rae en dirección a Aphrodite, aunque con el ceño fruncido.

—Está bien, escuchad —dije yo—. Necesitamos un cierto compromiso entre las tres. Yo no puedo estar temiendo que en cuanto me de la vuelta vosotras dos intentéis mataros.

—Ella a mí no puede matarme —dijo Stevie Rae con una sonrisa retorcida muy poco atractiva.

—¿Porque ya estás muerta, o porque eres tan apestosa que yo jamás estaría dispuesta a acercarme a tu culo lo suficiente como para estrangularte? —preguntó Aphrodite con esa dulce voz suya que me ponía enferma.

—¡A esto es a lo que me refería! —grité yo—. ¡Basta! Si no nos llevamos bien las tres, ¿cómo demonios vamos a enfrentarnos a Neferet y arreglar lo que le pasa a Stevie Rae?

—¿Tenemos que enfrentarnos a Neferet? —preguntó Aphrodite.

—¿Por qué tenemos que enfrentarnos a ella? —preguntó a su vez Stevie Rae.

—¡Porque ella es el jodido mal! —grité yo.

—¡Has dicho «jodido»! —exclamó Stevie Rae.

—Sí, y no te ha caído un rayo ni te has derretido, ni ninguna jodida cosa de esas —comentó Aphrodite alegremente.

—Eso no ha sonado nada bien viniendo de ti, Z —insistió Stevie Rae.

No pude evitar sonreír en dirección a Stevie Rae. De pronto se parecía tanto a mi amiga de siempre que sentí una inmensa ola de esperanza. Ella aún seguía ahí dentro. Solo tenía que encontrar el modo de llegar hasta ella, de ponerme en contacto y…

—¡Eso es! —exclamé de pronto, incorporándome en el sofá, muy nerviosa.

—¿Decir tacos es la solución? ¡No lo creo, Z! No es propio de ti —afirmó Stevie Rae.

—Creo que tienes razón cuando dices que has perdido tu alma, Stevie Rae. O, al menos, has perdido parte de ella —dije yo.

—Lo dices como si fuera algo bueno y, la verdad, en eso no puedo estar de acuerdo —comentó Aphrodite.

—Detesto darle la razón a ella, pero sí, ¿por qué iba a ser bueno que hubiera perdido mi alma? —preguntó Stevie Rae.

—¡Porque así es como te arreglaremos! —exclamé yo. Las dos se quedaron mirándome con caras de no entender, como si fueran tontas. Yo hice una mueca impaciente y me expliqué—: Lo único que tenemos que hacer es descubrir el modo de devolverte tu alma de una sola pieza, y así estarás enterita otra vez. Puede que no vuelvas a ser la de antes, claro. Es evidente que has completado un cambio que no es exactamente el normal.

—Es evidente —musitó Aphrodite.

—Pero con tu alma curada, te será devuelta tu humanidad; tu ser. Y eso es lo más importante. Todo lo demás —añadí, haciendo un gesto abstracto hacia ella—; ya sabes, lo de los ojos extraños, la historia de beber sangre o si no te vuelves loca; a todo eso ya te enfrentarás cuando vuelvas a ser tú otra vez.

—Todo eso es más de la mierda esa de «lo importante es lo que hay en el interior y no en el exterior», ¿no? —preguntó Aphrodite.

—Sí pero, Aphrodite, estás acabando con mi paciencia con tu actitud negativa —dije yo.

—Es que creo que a tu panda le falta una pesimista —contestó ella, haciendo una especie de puchero.

—Tú no formas parte de la panda —dijo Stevie Rae.

—Ni tú ahora tampoco, apestosa —le contestó Aphrodite.

—¡Bruja asquerosa! ¡No te atrevas jamás a...!

—¡Basta!

Estiré los brazos, uno en dirección a cada una de ellas, mientras me concentraba en el hecho de que las dos necesitaban una buena zurra. El viento me obedeció, y las dos cayeron contra los respaldos de sus asientos, rodeadas por un pequeño pero concentrado temporal.

—Bien, basta ya —añadí a toda prisa. El viento amainó—. Ah, lo siento. He perdido los estribos.

Aphrodite comenzó inmediatamente a peinarse con los dedos. Tenía todo el pelo enredado.

—Yo creía que habías perdido el maldito juicio —gruñó de mal humor.

Personalmente, yo también pensé que quizá ella tuviera razón, pero no se lo dije. Miré el reloj y me quedé de piedra al ver que eran las siete de la madrugada. No era de extrañar que estuviera exhausta.

—Escuchadme las dos. Estamos cansadas. Las tres. Durmamos un poco. Nos encontraremos aquí después del ritual de la Luna llena. Yo trataré de investigar a ver si encuentro algo sobre almas rotas o perdidas y cómo arreglarlas.

Al menos tendría un tema concreto sobre el que centrarme; no tendría que vagar sin rumbo fijo por la biblioteca. Bueno, eso cuando no me daba el lote con Loren. ¡Ah, jolines, había logrado olvidarme de él!

—Ese me parece un buen plan. Yo estoy deseando salir de aquí —dijo Aphrodite mientras se ponía en pie—. Mis padres van a estar fuera tres semanas, así que no tienes que preocuparte por el hecho de que puedan venir a casa. Hay jardineros que vienen dos veces por semana, pero eso es durante el día y... ¡ah, sí, lo olvidaba! Estallarías en llamas si salieras fuera de día, así que no hay peligro de que te vean. El servicio de limpieza también viene una vez por semana cuando mis padres están fuera para mantener la casa en perfecto estado, pero a este apartamento solo vienen cuando está de visita mi abuela, así que tampoco será un problema.

—¡Vaya, sí que es rica la chica! —comentó Stevie Rae en mi dirección.

—Eso parece —dije yo.

—¿Tienes tele por cable? —le preguntó Stevie Rae a Aphrodite.

—Por supuesto.

—¡Genial! —dijo Stevie Rae, a la que vi más contenta que nunca desde el momento de su muerte.

—Bien, pues nos vamos —dije yo mientras me dirigía hacia la puerta, donde me esperaba ya Aphrodite—. ¡Ah!, Stevie Rae, te he comprado uno de esos teléfonos desechables. Está en la bolsa. Si necesitas cualquier cosa, llámame al móvil. Procuraré llevarlo siempre encima, encendido.

Hice una pausa. Me sentía extrañamente insegura ante la idea de abandonarla.

—Vamos, vete. Ya nos veremos —dijo Stevie Rae—. No te preocupes por mí. Al fin y al cabo, ya estoy muerta. ¿Qué más puede ir mal?

—Razón no le falta —comentó Aphrodite.

—Bueno, está bien. Hasta luego —me despedí yo.

No quise repetir yo también la frase de que no le faltaba razón. Me parecía que era como buscarse problemas. Quiero decir que ella estaba no muerta, y eso era ya bastante terrible. Pero había otras muchas cosas que también podían ir mal. La idea me produjo un escalofrío en la espina dorsal pero, desgraciadamente, yo no hice caso y seguí adentrándome torpemente en mi futuro. Lástima que no tuviera ni la menor idea del horror contra el que me dirigía a ciegas.

14

—Déjame junto a la puerta secreta del muro. Sigo pensando que no es bueno que la gente nos vea juntas —dijo Aphrodite.

Yo giré a la derecha en la calle Peoria y me dirigí de vuelta a la escuela.

—Me sorprende que te importe tanto lo que piense la gente.

—No me importa. Me importa lo que pueda descubrir Neferet. Si llega a creer que somos amigas o incluso simplemente que ya no somos enemigas, se imaginará que compartimos información acerca de ella.

—Y eso sería muy malo —terminé yo la frase.

—Sin duda —dijo Aphrodite.

—Pero ella va a vernos juntas de vez en cuando, porque tú vas a invocar a la tierra en mis círculos.

—No, no pienso hacerlo —se negó Aphrodite, mirándome perpleja.

—Por supuesto que sí.

—No, no voy a hacerlo.

—Aphrodite, Nyx te ha concedido afinidad con la tierra. Perteneces al círculo. A menos que quieras ignorar la voluntad de Nyx —dije yo, sin añadir las palabras «otra vez» que, no obstante, parecieron vibrar en el aire entre ella y yo.

—Ya he dicho que haré la voluntad de Nyx —dijo ella mientras apretaba los dientes.

—Lo cual significa que esta noche formarás parte del ritual de la Luna llena —añadí yo.

—Eso va a ser un poco difícil, ahora que ya no formo parte de las Hijas Oscuras.

Mierda. Lo había olvidado.

—Bueno, entonces tendrás que volver a unirte a las Hijas Oscuras —dije yo. Ella abrió la boca para decir algo, pero yo elevé la voz—. Lo cual significa que tendrás que jurar mantener las nuevas reglas.

—Mierda —musitó ella.

—Ya estás otra vez con esa actitud —dije yo—. Bien, ¿lo vas a jurar?

Pude oír como se mordía el labio. Esperé sin decir nada; simplemente seguí conduciendo. Aquel asunto era algo que Aphrodite iba a tener que decidir sola. Ella decía que quería expiar sus guarradas y hacer la voluntad de la Diosa. Pero querer hacer algo y hacerlo realmente no eran exactamente lo mismo. Aphrodite había sido una egoísta y una mala persona durante mucho tiempo. A veces yo veía una chispa de cambio en ella, pero la mayor parte del tiempo solo veía lo que las gemelas llamaban «la bruja del infierno».

—Sí, lo que tú digas.

—¿Cómo?

—He dicho que sí, que juraré tu mierda de nuevas leyes.

—Aphrodite, parte del juramento consiste en que no creas que las leyes sean una mierda.

—No, no hay nada en el juramento que diga que no pueda pensar que son una mierda. Solo tengo que decir que seré auténtica por el aire, fiel por el fuego, sabia por el agua, comprensiva por la tierra y sincera por el espíritu. Así que lo que digo auténticamente es que creo que tus nuevas reglas son una mierda.

—Si eso es lo que crees, entonces, ¿por qué las memorizas?

—Para conocer al enemigo —citó ella.

—¿Y quién dijo eso?

Aphrodite se encogió de hombros y contestó:

—Alguien, hace mucho tiempo.

Yo pensé que era una tontería, pero no dije nada (sobre todo porque ella se habría reído de mí por decir tontería, en vez de la palabra que empieza por «m» y que yo a veces sí digo).

—Bien, ya estamos —dije, parando a un lado de la calle.

Por suerte, las nubes que se habían ido amontonando durante las últimas horas de la noche se habían multiplicado, y la mañana era oscura y sombría. Lo único que tenía que hacer Aphrodite era atravesar el trozo de césped que separaba la calzada del muro que rodeaba la escuela, atravesar la puerta trampa y luego seguir un trozo por el camino hasta los dormitorios. Como dirían las gemelas, estaba chupado. Yo alcé la vista al cielo y pensé en la posibilidad de pedirle al viento que trajera más nubes de modo que el día se tornara más oscuro aun, pero un simple vistazo a la hosca expresión de Aphrodite bastó para decidirme en contra. Podía enfrentarse a esa escasa luz del día.

—Bueno, entonces irás al ritual de esta noche, ¿no? —solté mientras me preguntaba por qué le estaba costando tanto bajarse del coche.

—Sí, eso creo.

Parecía distraída. Lo que fuera. A veces la chica era verdaderamente rarita.

—Bueno, hasta luego —dije yo.

—Sí, hasta luego —musitó ella, abriendo la puerta y (por fin) saliendo del coche. Pero antes de volver a cerrar, sin embargo, se inclinó y añadió—: Tengo un mal presentimiento. ¿Lo sientes tú también?

Yo lo pensé.

—No, yo no. Yo estoy como inquieta y nerviosa, pero eso puede ser porque mi mejor amiga está muerta... quiero decir no muerta —contesté. Entonces la miré más de cerca—. ¿Estás teniendo una visión?

—No lo sé. Nunca sé cuándo me va a venir una. A veces, sin embargo, tengo presentimientos acerca de cosas sobre las que luego no tengo ninguna visión.

Aphrodite estaba realmente pálida e incluso un tanto sudorosa (lo cual, sin duda, no era en absoluto normal en ella).

—Quizá sea mejor que subas otra vez al coche. De todas maneras, probablemente, no habrá nadie despierto que pueda vernos llegar juntas.

Aphrodite era realmente un coñazo, pero yo había visto como las visiones la dejaban indefensa y la ponían enferma, y no me gustaba la idea de dejarla sola fuera, a la luz del día.

Ella sacudió la cabeza con un movimiento que me recordó al de un gato sacudiéndose de la lluvia, y contestó:

—No, se me pasará. Serán imaginaciones mías. Nos vemos esta noche.

La observé correr hacia el muro de ladrillo y piedra que rodeaba los terrenos de la escuela. Viejos y enormes robles recorrían el perímetro paralelamente al muro, arrojando sombras sobre él de modo que, de pronto, cobró un aspecto siniestro. ¡Jolines!, ¿quién se estaba imaginando cosas en ese momento? Yo tenía la mano sobre la palanca de cambios y estaba cambiando a primera para arrancar cuando Aphrodite soltó un grito.

A veces no pienso. Mi cuerpo toma el control y simplemente actúa. Aquella fue una de esas veces. Salí del coche y corrí hacia Aphrodite sin pensar en ello siquiera. Al llegar hasta donde estaba ella, me di cuenta de dos cosas al mismo tiempo. Una era que había algo que olía de maravilla, con un aroma que me resultaba familiar, y a la vez no. Fuera lo que fuera, aquella fragancia parecía haberse aferrado a ese lugar como una deliciosa niebla y yo, de inmediato, la inhalé lo más profundamente que pude. Lo segundo que vi fue que Aphrodite estaba doblada hacia delante, vomitando y gritando al mismo tiempo, cosa que no es muy agradable de observar. Yo estaba demasiado ocupada mirándola como para adivinar qué estaba pasando, y demasiado distraída por el agradable olor como para notarlo. Al principio.

—¡Zoey! —gritó Aphrodite, aún con arcadas—. ¡Busca ayuda! ¡Deprisa!

—¿Qué es… una visión? ¿Qué ocurre? —pregunté mientras la agarraba de los hombros y trataba de enderezarla.

Pero ella no dejaba de vomitar.

—¡No! ¡Detrás de mí! ¡Contra el muro…! —gritó ella entre arcada y arcada. No tenía nada más que vomitar, sin embargo—. ¡Es tan horrible!

Yo no quería, pero automáticamente alcé los ojos y los volví hacia el muro en sombras de la escuela.

Era la cosa más horrible que hubiera visto nunca. Al principio, mi mente ni siquiera supo adivinar lo que era. Más tarde pensé que eso debía ser algún tipo de mecanismo de defensa instantáneo. Por desgracia, no duró mucho. Parpadeé y miré fijamente hacia el bulto que adivinaba en la oscuridad. Había algo que parecía liso y mojado y…

Entonces comprendí lo que era la dulce y seductora fragancia. Luché contra mis trémulas rodillas y mi revuelto estómago junto a Aphrodite. Olía la sangre. No era sangre humana corriente, que ya es bastante deliciosa. Lo que estaba oliendo era el letal correr de la sangre de un vampiro adulto.

Su cuerpo estaba grotescamente clavado a una cruz de madera que a su vez descansaba contra el muro. Pero no solo le habían clavado las muñecas y los tobillos; también le habían clavado una gruesa estaca en el corazón. Tenía una especie de papel sobre este, sujeto por la grotesca estaca. Yo veía que había algo escrito, pero era incapaz de enfocar las letras con los ojos para leerlo.

También le habían cortado la cabeza. La cabeza de la profesora Nolan. Supe que era ella porque habían colocado la cabeza sobre una estaca junto al cuerpo. Su largo pelo negro se levantaba con la brisa, dándole un aspecto obscenamente gracioso. Tenía la boca abierta en una terrible mueca, pero sus ojos estaban cerrados.

Yo agarré a Aphrodite del codo y tiré de ella para ponerla en pie.

—¡Vamos! ¡Tenemos que buscar ayuda!

Nos apoyamos la una en la otra y, a trompicones, nos dirigimos al coche. No sé cómo conseguí arrancar el Escarabajo y salir de aquella curva.

—Creo… creo… creo que voy a volver a vomitar —dijo Aphrodite sin dejar de castañetear los dientes con tanta fuerza que apenas podía hablar.

—No, no vas a volver a vomitar —afirmé yo. No podía creer que mi voz sonara tan serena—. Respira. Céntrate. Saca fuerza de la tierra —le dije. Me di cuenta de que, automáticamente, yo estaba haciendo lo que le decía a ella que hiciera. Solo que yo sacaba fuerza de los cinco elementos—. Estás bien —añadí, mientras canalizaba la energía del viento, el fuego, el agua, la tierra y el espíritu, para no ceder a la histeria y al miedo—. Estamos bien.

—Estamos bien… estamos bien… —siguió repitiendo Aphrodite.

Ella se estremecía de tal modo que alargué la mano hacia el asiento de atrás y le ofrecí mi sudadera con capucha.

—Ponte esto. Casi hemos llegado.

—¡Pero todo el mundo se ha ido! ¿A quién se lo vas a decir?

—No todo el mundo se ha ido —contesté yo. Mi mente buscó frenéticamente un nombre—. Lenobia jamás deja a sus caballos solos durante demasiado tiempo. Probablemente esté aquí —recordé. Entonces me quedé boquiabierta ante la atractiva idea—. Y ayer vi a Loren Blake. Él sabrá qué hacer.

—Está bien... está bien... —murmuró Aphrodite.

—Escúchame, Aphrodite —dije yo, seria. Ella se volvió hacia mí con los ojos enormemente abiertos, atónita—. Querrán saber qué hacíamos juntas, y sobre todo por qué yo te acercaba en el coche hasta esa puerta para que te escabulleras dentro.

—¿Y qué decimos?

—Que ni yo estaba contigo, ni te he dejado en la puerta. Yo fui a visitar a mi abuela. Tú estabas... —dije yo. Hice una pausa, tratando de forzar a mi entumecida mente a pensar—. Tú estabas en casa. Yo te vi volviendo a la escuela, así que me ofrecí a llevarte. Al pasar por el muro tú notaste que algo iba mal, así que paramos para comprobar qué era. Así fue como la encontramos.

—Está bien, está bien. Puedo decir eso.

—¿Te acordarás?

Ella respiró hondo, pero seguía temblorosa.

—Sí, me acordaré.

No me molesté en aparcar bien en el hueco del aparcamiento. Me detuve con un fuerte chirrido lo más cerca que pude de la sección de los dormitorios de los profesores del edificio principal. Esperé solo lo justo para agarrar otra vez a Aphrodite del codo, y juntas subimos corriendo hasta las puertas de madera que parecían las puertas de un viejo castillo. Le di las gracias en silencio a la Diosa por la política de la escuela de no cerrar ninguna puerta, las abrí de golpe y entré a trompicones justo por delante de Aphrodite.

Y me topé precisamente con Neferet.

—¡Neferet! ¡Tienes que venir! ¡Por favor! ¡Es horrible! —dije, llorando y arrojándome en sus brazos.

No pude evitarlo. Mi mente sabía que ella había hecho cosas terribles, pero hasta hacía un mes Neferet había sido como una madre para mí. No, de hecho ella se había convertido en la madre que yo había deseado siempre tener, y mi pánico en aquel momento era tal que solo con verla había sentido un increíble alivio inundar todo mi cuerpo.

—¡Zoey! ¡Aphrodite!

Aphrodite se había derrumbado, y yacía sentada junto a nosotras, con la espalda contra la pared. Yo podía oír que había roto a llorar. Me di cuenta entonces de que yo misma había comenzado a sacudirme con tanta fuerza que, de no haber sido por los brazos de Neferet que me sujetaban, quizá no hubiera podido mantenerme de pie. La alta sacerdotisa me sostuvo suave pero firmemente, aunque también un poco apartada de ella, de modo que pudiera mirarme a la cara.

—Háblame, Zoey. ¿Qué ha ocurrido?

Mis temblores se intensificaron. Yo incliné la cabeza y apreté los dientes, tratando de centrarme y de extraer la suficiente energía de los elementos como para contestar.

—He oído algo y...

Reconocí la voz fuerte y clara de nuestra profesora de equitación, Lenobia, que se acercaba a pasos agigantados en dirección a nosotras.

—¡Por la Diosa!

Pude ver por el rabillo del ojo que corría hacia Aphrodite y que trataba de sostenerla mientras ella no dejaba de sollozar.

—Neferet, ¿qué ha ocurrido?

Alcé rápidamente la cabeza al oír una voz familiar; entonces vi a Loren, con el cabello todo revuelto como si acabara de levantarse de la cama, bajando por las escaleras que daban a su *loft* mientras se ponía una vieja sudadera con el escudo de la Casa de la Noche. Mis ojos se quedaron clavados a los de él y ya no pude apartarlos, pero de alguna manera encontré la energía para responder.

—Es la profesora Nolan —dije, mientras me preguntaba cómo podía sonar mi voz tan alta y clara cuando sentía que mi cuerpo se sacudía y rompía en mil pedazos—. Está junto a la puerta trampa, por fuera, en el lado este del muro. Alguien la ha asesinado.

15

Después de eso todo ocurrió muy deprisa, pero a mí me pareció como si le estuviera ocurriendo a otra persona que había tomado posesión de mi cuerpo de forma temporal. Neferet se hizo cargo de todo de inmediato. Nos miró a Aphrodite y a mí de arriba abajo y (por desgracia para mí) decidió que solo yo estaba aún en condiciones de volver al lugar en el que se encontraba el cuerpo. Llamó a Dragon Lankford, que se presentó inmediatamente, y armado. Oí a Neferet repasar con él qué guerreros habían vuelto ya de las vacaciones de invierno. Segundos después, según me pareció a mí, aparecieron dos vampiros masculinos adultos, altos y musculosos. Los reconocí vagamente. Siempre había unos cuantos vampiros adultos llegando o marchándose de la escuela. Yo había aprendido que la sociedad de los vampiros era fuertemente matriarcal, lo cual significa simplemente que las mujeres dirigen las cosas. No significa, sin embargo, que los hombres vampiros no sean respetados. Lo son. Es solo que sus dones están, por lo general, dentro del ámbito físico, mientras que los de las mujeres están en el ámbito intelectual e intuitivo. El quid de la cuestión está en que los vampiros masculinos son unos guerreros y protectores increíbles. Yo me sentía mil veces más a salvo con esos dos más Dragon y Loren.

Eso no significaba, sin embargo, que me encantara la idea de llevarlos hasta el cuerpo de la profesora Nolan. Nos montamos en uno de los vehículos de la escuela y volvimos por el mismo camino por el que había llegado yo. Les señalé el lugar exacto en el que yo había parado a un lado de la calle con una mano temblorosa. Dragon aparcó el vehículo.

—Yo pasaba por aquí conduciendo, y entonces Aphrodite dijo que sentía como si algo fuera mal —dije yo, lanzándome a contar la gran mentira—. Desde aquí no se veía gran cosa —añadí mientras desviaba la vista hacia la zona oscura del muro, junto a la puerta trampa—. Yo también sentí que ocurría algo extraño, así que decidimos parar para ver qué era —dije, respirando entrecortadamente—. Pensé que sería alguna chica que trataba de colarse de vuelta en la escuela pero que no encontraba la puerta —continué, tragándome el nudo de la garganta—. Pero al ir acercándonos al muro, sentimos que no era eso, que era algo más. Algo terrible. Y… y olí la sangre. Cuando me di cuenta de lo que era… de que era la profesora Nolan… fuimos directamente a verte.

—¿Crees que puedes volver allí, o prefieres quedarte aquí a esperarnos? —preguntó Neferet con una voz amable y comprensiva que me hizo desear con todas mis fuerzas que ella siguiera siendo de los buenos.

—No quiero quedarme sola —dije yo.

—Entonces ven conmigo —dijo ella—. Los guerreros nos protegerán. No tienes nada que temer, Zoey.

Yo asentí y salí del vehículo. Los dos guerreros, Dragon y Loren nos flanquearon a Neferet y a mí. Me pareció que tardábamos solo unos segundos en cruzar la zona de césped y llegar a un área desde la que podía olerse la sangre y verse, aunque a distancia, el cuerpo crucificado. Sentí mis rodillas flaquear al recordar de nuevo el horror de lo que le habían hecho.

—¡Oh, por la Diosa! —gimió Neferet.

Neferet se adelantó lentamente hasta llegar a la estaca en la que estaba clavada la cabeza. Yo la observé acariciar el pelo de la profesora Nolan y descansar la mano sobre la frente de la mujer muerta.

—Encuentra la paz, amiga mía. Descansa en los verdes prados de la Diosa. Es allí donde nos encontraremos algún día.

Justo en el instante en el que sentía que mis rodillas iban a ceder, una fuerte mano me agarró del codo y me sostuvo.

—Estás bien. Conseguirás superar esto.

Alcé la vista y vi a Loren, pero tuve que parpadear para enfocarlo bien. Él me sujetó y se sacó del bolsillo uno de esos pañuelos de lino antiguos. Solo entonces me di cuenta de que estaba llorando.

—Loren, llévate a Zoey de vuelta a los dormitorios. Aquí ya no nos sirve de ninguna ayuda. Llamaré a la policía humana en cuanto estemos correctamente protegidos —dijo Neferet, que enseguida desvió su dura mirada hacia Dragon—. Ordena al resto de guerreros que vengan aquí ahora mismo. —Dragon abrió el móvil y comenzó a hacer llamadas. Entonces Neferet volvió su atención de nuevo hacia mí y añadió—: Sé que para ti ha sido terrible ver esto, pero estoy muy orgullosa de que hayas conseguido superarlo.

Yo no pude pronunciar palabra, así que simplemente asentí.

—Voy a llevarte a casa, Zoey —murmuró Loren.

Mientras Loren me daba la mano para ayudarme a subir al vehículo, una fría lluvia comenzó a caer suavemente a nuestro alrededor. Yo volví la vista atrás y vi como esa lluvia lavaba el cuerpo de la profesora Nolan; era como si la Diosa misma llorara su pérdida.

Durante todo el camino de vuelta a la escuela, Loren no dejó de hablarme. En realidad no recuerdo bien qué me contaba. Solo sé que decía que todo iría bien con su preciosa y profunda voz. Yo sentía que esa voz me envolvía y trataba de darme calor. Él aparcó y me guió por toda la escuela, sin dejar de sujetarme por el brazo. Al girar él hacia el comedor en lugar de hacia los dormitorios, yo lo miré interrogativamente.

—Tienes que comer y beber algo. Después tienes que dormir. Y yo voy a asegurarme de que haces lo primero y luego lo segundo —dijo para, acto seguido, sonreír tristemente y añadir—: Aunque pareces a punto de desmayarte.

—En realidad no tengo nada de hambre —dije yo.

—Lo sé, pero comer te hará sentirte mejor —dijo él, deslizando la mano desde el codo hasta mi mano—. Deja que yo cocine para ti, Zoey.

Yo permití que él tirara de mí hasta la cocina. Su mano estaba cálida y era fuerte, y yo sentí que comenzaba a descongelar el helado entumecimiento que me había embargado.

—¿Sabes cocinar? —le pregunté, agarrándome a cualquier tema de conversación que no fueran la muerte o el horror.

—Sí, aunque no muy bien —dijo él con esa sonrisa que le hacía parecer un guapo niño malo.

—Eso no suena muy prometedor —contesté yo.

Sentí mi rostro sonreír, pero aún estaba tenso e incómodo, como si hubiera olvidado cómo se hacía.

—Tranquila, haré algo fácil.

Loren sacó un taburete de un rincón y lo colocó ante la barra del bloque central de la enorme cocina.

—Siéntate —me ordenó.

Yo hice lo que me mandaba, contenta de no tener que estar de pie por más tiempo. Él se giró hacia los armarios y comenzó a sacar cosas de ellos y de una de las enormes cámaras frigoríficas (pero no de aquella en la que se guardaba la sangre, no obstante).

—Toma, bébete esto. Despacio.

Parpadeé sorprendida ante la enorme copa de vino tinto.

—En realidad a mí no me gusta el...

—Este vino te gustará —me interrumpió él, sosteniendo mi mirada—. Confía en mí y bébetelo.

Hice lo que me decía. El sabor estalló en mi lengua, lanzándome rayos de calor por todo el cuerpo.

—¡Tiene sangre! —grité.

—Sí —dijo él sin levantar la vista siquiera del sándwich que estaba preparando—. Así es como beben el vino los vampiros: mezclado con sangre —añadió, alzando por fin la vista para mirarme a los ojos—. Si el sabor te resulta desagradable, te daré otra cosa para beber.

—No, está bien. Me lo tomaré así.

Di otro trago, esforzándome por no bebérmelo todo de golpe.

—Tenía el presentimiento de que no tendrías ningún problema para bebértelo.

Volví la vista rápidamente hacia él y pregunté:

—¿Por qué dices eso?

Sentía como recuperaba mi fuerza y el juicio al tiempo que la maravillosa sangre se iba asentando por todo mi cuerpo.

Él se encogió de hombros mientas seguía preparando el sándwich.

—Tú estableciste una conexión con un chico humano, ¿verdad? Por eso es por lo que fuiste capaz de encontrarlo y rescatarlo del asesino en serie ese.

—Sí.

Al ver que yo no decía nada más, él alzó la vista hacia mí y sonrió.

—Eso pensé. Suele ocurrir. A veces se establece una conexión accidentalmente.

—No entre los iniciados. Se supone que los iniciados ni siquiera debemos beber sangre humana —dije yo.

La sonrisa de Loren era cálida y estaba llena de comprensión.

—Pero tú no eres una iniciada normal, así que no pueden aplicársete las reglas normales.

Me sostuvo la mirada, y parecía como si estuviera hablando de mucho más que de beber un poco de sangre humana por accidente.

Él me hacía tener frío y calor, me daba miedo y me hacía sentirme como una adulta y como una mujer sexi, y todo al mismo tiempo.

Mantuve la boca cerrada y volví a dar sorbos del vino aderazado con sangre. (Ya sé que suena repugnante, pero estaba delicioso.)

—Toma, cómete esto —dijo él, pasándome el plato con el sándwich de jamón y queso que acababa de hacerme—. Espera, necesitarás también un poco de esto.

Loren comenzó a buscar por el armario hasta que se oyó un «¡ajá!». Entonces se giró hacia mí y me sirvió un montón de Doritos con sabor a queso en el plato.

Yo sonreí. Y en esa ocasión lo hice de un modo mucho más natural.

—¡Doritos! ¡Es perfecto! —exclamé. Di un gran mordisco, y entonces comprendí que me moría de hambre—. ¿Sabes? No les gusta que los iniciados comamos comida basura de esta.

—Como ya he dicho —dijo Loren mientras esbozaba lentamente una sonrisa provocativa en mi dirección—, tú no eres como el resto de los iniciados. Y resulta que yo soy de los que piensan que algunas reglas están hechas para saltárselas.

Sus ojos se desviaron desde los míos hasta mis pendientes de diamantes, que seguían adornando los lóbulos de mis orejas.

Sentí que me ponía colorada, así que me concentré en comer. Solo alzaba la vista hacia él muy de vez en cuando. Loren no se había hecho un sándwich para él, pero sí se había servido una copa de vino y se la bebía muy despacio mientras me observaba comer. Yo estaba a punto de decirle que me estaba poniendo nerviosa cuando por fin él dijo algo.

—¿Desde cuándo Aphrodite y tú sois amigas?

—No lo somos —contesté yo con la boca llena de sándwich (que estaba muy rico: así que Loren es *superguapo,* sexi, elegante ¡y encima sabe cocinar!)—. Yo volvía en coche y la vi caminando, de vuelta a la escuela —dije, alzando un hombro como si me importara una caca qué fuera de ella—. Supongo que mi deber como líder de las Hijas Oscuras es ser amable incluso con ella, así que me ofrecí a llevarla.

—Me sorprende que ella aceptara que la llevaras. ¿No erais enemigas juradas?

—¿Enemigas juradas? Bueno, puede ser. Yo, desde luego, no tengo un buen concepto de ella.

Deseé poder contarle a Loren la verdad acerca de Aphrodite. De hecho, detestaba mentir (cosa que, en realidad, no se me da nada bien, aunque creo que estoy mejorando con la práctica). Pero justo mientras pensaba en cuánto me gustaría, sentí como un golpe en las entrañas que me decía con toda claridad que de ninguna manera podía contarle nada a él. Así que sonreí, mastiqué el sándwich y traté de concentrarme en el hecho de que ya no me sentía como en *La Noche de los muertos vivientes.*

Lo cual me recordó a la profesora Nolan. Dejé el sándwich a medias sobre el plato y di otro trago de vino.

—Loren, ¿quién ha podido hacerle algo así a la profesora Nolan?

La expresión de su bello rostro se ensombreció.

—Creo que la cita lo deja bien claro.

—¿La cita?

—¿Es que no has visto lo que estaba escrito en el papel que le han clavado?

Yo sacudí la cabeza. De nuevo me sentía mareada.

—Sé que había algo escrito en el papel, pero no he podido mantener la vista fija el tiempo suficiente como para leerlo.

—Decía: «A la hechicera no la dejarás con vida. Éxodo 22, 18». Y luego ponía: «Arrepentíos», subrayado varias veces.

Algo cosquilleó en mi memoria y sentí que un fuego comenzaba a arder en mi interior. Algo que no tenía nada que ver con la sangre del vino.

—Las Gentes de Fe.

—Eso parece —contestó Loren, sacudiendo la cabeza—. Me pregunto en qué estaban pensando las sacerdotisas cuando decidieron comprar este lugar para establecer la Casa de la Noche. Se diría que estaban buscando problemas. Hay pocos sitios en este país con mayor estrechez de miras y más rabiosos con respecto a lo que ellos llaman sus creencias religiosas —comentó Loren sin dejar de sacudir la cabeza y con aspecto de estar enfadado de verdad—. Y, desde luego, no comprendo que se pueda adorar a un dios que denigra a las mujeres y cuyos creyentes se creen con derecho a mirar por encima del hombro a cualquiera que no piense exactamente como ellos.

—No todo el mundo es así en Oklahoma —afirmé yo con rotundidad—. También hay un fuerte sistema de creencias de los nativos americanos y un montón de gente corriente que no se cree los estúpidos prejuicios de las Gentes de Fe.

—Pero de un modo u otro, son las Gentes de Fe las que hacen más ruido.

—Solo porque sean los que tienen las bocas más grandes, eso no quiere decir que tengan razón.

Loren se echó a reír y su rostro se relajó.

—Ya te encuentras mejor.

—Sí, supongo que sí —dije yo y, acto seguido, bostecé.

—Mejor, pero agotada, me apuesto lo que quieras —dijo él—. Hora de marcharte a tu dormitorio y a tu cama. Tienes que descansar y recuperar tu energía para lo que se te viene encima.

Sentí una helada punzada de miedo en el estómago, y deseé no haberme comido tantos nachos.

—¿Y qué va a pasar?

—Hacía décadas que no se producía ningún ataque tan abierto de los humanos contra los vampiros. Las cosas cambiarán.

El helado miedo se expandió por mis entrañas.

—¿Qué cosas cambiarán?, ¿cómo?

Loren me miró a los ojos antes de contestar:

—No sufriremos una afrenta sin devolver otra a cambio.

Su expresión se tornó dura, y de pronto pareció más un guerrero que un poeta, más un vampiro que un humano. Su aspecto era poderoso, peligroso, exótico y bastante aterrador. Cierto, Loren era en verdad el hombre más excitante que hubiera visto jamás.

Entonces, como si acabara de darse cuenta de que había hablado demasiado, sonrió y dio la vuelta a la barra para acercarse y quedarse de pie junto a mí.

—Pero tú no tienes que preocuparte por nada de eso. En cuestión de veinticuatro horas la escuela estará abarrotada con la élite de los vampiros guerreros, los Hijos de Érebo. Ningún fanático humano podrá tocar a ninguno de nosotros.

Yo fruncí el ceño; me preocupaban las consecuencias del aumento de la seguridad. ¿Cómo diablos iba a escabullirme y a llevarle bolsas de sangre a Stevie Rae, con un trillón de guerreros a rebosar de testosterona, golpeándose el pecho en actitud *superprotectora?*

—¡Eh!, estarás a salvo. Te lo prometo —repitió Loren, que me tomó de la barbilla con ambas manos y alzó mi rostro.

Los nervios por lo que iba a suceder me hicieron comenzar a respirar muy deprisa y a sentir como si tuviera mariposas en el estómago. Yo había tratado de apartar a Loren de mi mente, había tratado de no pensar en sus besos y en la forma en que me bullía la sangre cuando me miraba; pero lo cierto era que, a pesar de saber el daño que le haría a Erik, a pesar del estrés por lo de Stevie Rae y Aphrodite y del horror de lo que le había ocurrido a la profesora Nolan, aún podía sentir la huella de sus labios sobre los míos. Quería que volviera a besarme otra vez y otra y otra.

—Te creo —susurré.

En aquel instante juro que me habría creído cualquier cosa que él hubiera dicho.

—Me complace ver que llevas mis pendientes.

Antes de que yo pudiera decir nada, él se inclinó y me besó larga y profundamente. Su lengua buscó la mía, y yo saboreé el vino y el seductor toque de sangre en su boca. Después de lo que me pareció un largo rato, él alzó la boca y la separó de la mía. Sus ojos estaban oscurecidos y respiraba profundamente.

—Tengo que llevarte a tu dormitorio antes de que me sienta tentado de mantenerte a mi lado para siempre —dijo él.

Yo eché mano de toda la brillantez de mi inteligencia y por fin conseguí contestar, apenas sin aliento:

—Vale.

Me agarró del brazo otra vez, igual que lo había hecho al entrar. En esa ocasión el contacto fue más cálido e íntimo. Nuestros cuerpos se rozaban el uno contra el otro al caminar en medio de la triste mañana hacia los dormitorios de las chicas. Me guió por las escaleras y me abrió la puerta. El enorme salón estaba desierto. Miré el reloj y apenas pude creer que fueran poco más de las nueve de la mañana.

Loren alzó mi mano rápidamente hacia su boca y la besó antes de dejarla caer.

—«Mil veces buenas noches. Malditas mil veces, faltando la luz tuya. El amor corre hacia el amor como los escolares huyen de sus libros; pero el amor se aleja del amor como los niños se dirigen a la escuela, con ojos entristecidos.»

Reconocí vagamente los versos de *Romeo y Julieta.* ¿Me estaba diciendo que me quería? Me puse colorada y muy nerviosa.

—Adiós —dije en voz baja—. Y gracias por cuidar de mí.

—El placer ha sido mío, *milady* —dijo él—. *Adieu.*

Él hizo una reverencia, cerró el puño y se lo llevó al corazón, haciendo el saludo de los vampiros en señal de respeto ante su alta sacerdotisa. Finalmente se marchó.

En medio de la neblina del sobresalto y del mareo que me producían los besos de Loren, subí casi tambaleándome por las escaleras hasta mi dormitorio. Pensé en ir a ver a Aphrodite, pero estaba al borde de la extenuación y solo tenía energía para hacer una cosa antes de desmayarme. Primero, rebuscar por la papelera hasta encontrar la horrible tarjeta de *cumplenavidad* que me habían mandado mi madre y el perdedor de mi padrastro.

Sentí una repentina arcada en el estómago mientras sostenía juntos los bordes de las dos mitades y comprobaba que me había acordado correctamente. Se trataba de una cruz con una nota clavada en el centro con una estaca. Sí. Sí que me recordaba misteriosamente a lo que le habían hecho a la profesora Nolan.

Antes de que pudiera cambiar de opinión, saqué el móvil, respiré hondo y marqué el número. Al tercer timbrazo contestó mi madre.

—¡Hola! ¡Bendita sea esta mañana! —saludó ella alegremente.

Era evidente que no había comprobado primero el identificador de llamadas.

—Mamá, soy yo.

Tal y como esperaba, su tono de voz cambió al instante.

—¿Zoey? Y ahora, ¿qué pasa?

Yo estaba demasiado cansada como para seguir jugando a nuestros típicos juegos de madre e hija.

—¿Dónde estuvo John anoche?

—¿Qué quieres decir exactamente, Zoey?

—Mamá, no tengo tiempo para tonterías. Dímelo. Después de marcharos de la plaza de Utica, ¿qué hicisteis?

—Me parece que no me gusta tu tono de voz, jovencita.

Yo reprimí el deseo de gritar de frustración y contesté:

—Mamá, esto es importante. Muy importante. De vida o muerte.

—¡Eres siempre tan exagerada! —dijo ella. Entonces soltó una de sus nerviosas risitas falsas—. Tu padre volvió a casa conmigo, por supuesto. Estuvimos viendo el partido de fútbol por la televisión y luego nos fuimos a la cama.

—¿A qué hora se ha marchado a trabajar esta mañana?

—¡Pero qué pregunta más tonta! Se ha marchado hace como una hora y media o así, como siempre. Zoey, ¿de qué va todo esto?

Yo vacilé. ¿Podía contárselo? ¿Qué había dicho Neferet sobre llamar a la policía? Sin duda lo que le había sucedido a la profesora Nolan estaría en las noticias aquel mismo día un poco más tarde. Pero no en ese momento. Y yo sabía demasiado bien que no podía confiar en mi madre a la hora de guardar un secreto.

—Zoey, ¿es que no vas a contestarme?

—Tendrás que enterarte por las noticias —dije yo.

—¿Qué has hecho?

Me di cuenta de que no parecía preocupada o enfadada, sino solo resignada.

—Nada. No he sido yo. Será mejor que observes más de cerca a los que te rodean, a ver quién hace qué. Y recuerda, yo ya no vivo en tu casa.

Su voz entonces se tornó frágil al decir:

—Exacto. Desde luego que ya no vives aquí. No sé ni por qué llamas. ¿No dijisteis tú y tu odiosa abuela que no ibais a volver a dirigirme la palabra?

—¡Tu madre no es odiosa! —exclamé yo automáticamente.

—¡Para mí sí lo es! —soltó mi madre.

—No importa. Tienes razón. No debería haberte llamado. Que tengas una buena vida, mamá —me despedí yo.

Colgué de inmediato. Mamá tenía razón en una cosa. No debería haberla llamado. De todos modos la tarjeta probablemente no era más que una simple coincidencia. Quiero decir que solo hay varios millones de tiendas especializadas en religión en Tulsa y Broken Arrow. Y en todas ellas hay tarjetas asquerosas de esas. Y todas suelen ser idénticas: con palomas, con olas borrando las huellas de la arena, con cruces y sangre y clavos… Aquello no tenía por qué significar nada necesariamente. ¿No?

Aún sentía la cabeza mareada y el estómago enfermo. Necesitaba pensar, pero no podía hacerlo estando tan cansada. Dormiría y luego pensaría en qué hacer. En lugar de volver a tirar la tarjeta, dejé las dos mitades dentro del primer cajón de mi mesa. Luego me quité la ropa y me puse mi pantalón de chándal más cómodo. *Nala* roncaba ya sobre la almohada. Yo me acurruqué a su lado, cerré los ojos y obligué a mi mente a olvidar las terribles imágenes y las indescifrables cuestiones pendientes, y a concentrarse en los ronroneos de la gata hasta que, finalmente, caí rendida.

16

Supe en qué segundo exactamente Heath volvía a la ciudad porque interrumpió mi sueño. Yo estaba tendida al sol (evidentemente, soñando) sobre un enorme flotador con forma de corazón en medio de un lago de Sprite (¿quién sabe porqué?), cuando, de pronto, todo desapareció y en mi cráneo resonó la voz familiar de Heath.

—¡Zo!

Abrí repentinamente los ojos. *Nala* tenía su mirada verde de gata gruñona fija en mí.

—¿*Nala?*, ¿has oído tú algo?

La gata soltó su típico «miau», estornudó, se puso en pie lo justo para dar unas cuantas vueltas en círculo y, por fin, se dejó caer de nuevo sobre la almohada para dormir.

—En serio, no me sirves de ninguna ayuda —dije yo.

Ella no me hizo ni caso.

Yo miré el reloj y gruñí. Eran las siete en punto de la tarde. ¡Jolines!, había dormido unas ocho horas, pero tenía los párpados como si fueran de papel de lija. *¡Aj!* ¿Qué tenía que hacer ese día?

Entonces me acordé de la profesora Nolan y de la conversación con mi madre, y se me hizo un nudo en el estómago.

¿Debía contarle a alguien mis sospechas? Tal y como Loren había dicho, las Gentes de Fe ya se habían implicado a sí mismas en el asesinato al dejar aquella repelente nota. Así que, ¿realmente era necesario que yo mencionara el hecho de que no me sorprendería que mi padrastro estuviera implicado? Mamá me había asegurado que él había estado en casa la noche anterior y aquella mañana. O, al menos, eso era lo que ella decía.

¿O acaso ella mentía?

Un escalofrío recorrió todo mi cuerpo. Por supuesto que quizá ella mintiera. Ella era capaz de cualquier cosa por ese hombre tan desagradable. Eso lo había demostrado al darme la espalda a mí. Pero si ella estaba mintiendo y yo la delataba, entonces yo sería la responsable de lo que les ocurriera a los dos. Yo odiaba a John Heffer pero, ¿lo odiaba lo suficiente como para causar la perdición de mi madre junto con la de él?

Sentí deseos de vomitar.

—Si el perdedor de mi padrastro está implicado en el asesinato, la policía lo descubrirá. Y si ocurre eso, nada de lo que suceda entonces será culpa mía —dije yo en voz alta con la intención de que mi propia voz me calmara—. Esperaré a ver qué pasa.

Pero no podía. Simplemente no podía. Ella era horrible, pero era mi madre, y todavía me acordaba de cuando me quería.

Así que no iba a hacer nada excepto tratar de olvidar a mi madre y al perdedor de mi padrastro. Y punto. En serio.

Mientras seguía intentando convencerme a mí misma de que había hecho la elección correcta, me acordé de la otra cosa que tenía que ocurrir ese día. El ritual de la Luna llena de las Hijas Oscuras. Sentí que el corazón se me caía a los pies. Por lo general la idea me entusiasmaba y me ponía un poquito nerviosa. Aquel día solo me estresó. Encima de todo lo demás, el hecho de que Aphrodite se uniera a nuestro círculo no iba a ser una medida en absoluto popular. Al infierno. Mis amigos tendrían que aguantarse. Suspiré. Mi vida en ese momento era una mierda. Además, creo que estaba deprimida. ¿Acaso la gente no se tiraba durmiendo, digamos, todo el tiempo, cuando estaba deprimida? Cerré los ojos irritados, cediendo a mi propio diagnóstico, y casi me había dormido cuando volví a oír otro grito en mi mente: «¡Zoey, cariño!», al mismo tiempo que saltaba la alarma del reloj. ¿La alarma? Era fin de semana. Yo no había puesto la alarma.

El móvil no dejaba de zumbar con ese ruidito que hace siempre que tiene un mensaje de texto. Medio dormida, lo abrí. Pero en lugar de encontrar un mensaje de texto, encontré cuatro:

«Zo! E vlto!»
«Zo tng k vrt»

«Aún t kro Zo»
«Zo, llmame»

—¡Heath! —exclamé con un suspiro, volviendo a la cama—. ¡Mierda! Esto se pone cada vez peor.

¿Qué diablos iba a hacer con él?

Él y yo habíamos establecido una conexión hacía más de un mes. A él le había secuestrado la repugnante banda de chicos muertos no muertos de Stevie Rae, y casi lo habían matado. Yo había jugado a ser la caballería (o Tormenta de los x-men, como poco) y lo había rescatado, pero antes de poder apartarnos del todo del peligro había aparecido Neferet, que nos había borrado la memoria a los dos. Gracias a los dones que me había concedido Nyx, yo había podido recuperarla poco después. Pero no tenía ni idea de si Heath se acordaba de algo o no.

Bueno, era evidente que sí se acordaba de nuestra conexión. O de que aún seguíamos saliendo juntos. Aunque en realidad ya no salíamos. Suspiré de nuevo. ¿Qué sentía por Heath? Heath había sido mi novio intermitentemente desde que yo estaba en tercero y él en cuarto. En realidad habíamos estado saliendo juntos casi todo el tiempo hasta el momento en el que él decidió mantener una relación más profunda y significativa con Budweiser. Yo no quería que mi chico fuera un borracho, así que le di la patada aunque él no pareció comprender del todo que le estaba dando la patada. Ni siquiera el hecho de que fuera marcada y me mudara a la Casa de la Noche le hizo comprender que él y yo habíamos terminado.

Y supongo que succionarle la sangre y darme el lote con él tampoco había sido de gran ayuda para que se diese cuenta de que habíamos roto.

Jolines, me estaba convirtiendo en una guarra.

Por millonésima vez deseé tener a alguien con quien hablar del asunto de todos mis chicos. De hecho, si contaba a Loren debía decir mejor del asunto de todos mis hombres. Me restregué la frente y traté de alisarme el pelo y colocármelo en su sitio.

Bien, tenía que tomar una decisión y aclarar unas cuantas cosas:

Uno: Heath me gustaba. Quizá incluso lo amara. Y el deseo de sangre con él era algo terriblemente atrayente, a pesar de que se suponía que no debía beber su sangre. ¿Quería romper con él? No. ¿Debía romper con él? Sin duda.

Dos: Erik me gustaba. Me gustaba mucho. Era un chico inteligente, divertido y realmente estupendo. Y el hecho de que fuera el iniciado más guapo y más popular de toda la escuela tampoco estaba nada mal. Y, tal y como él me ha dicho más de una vez, él y yo teníamos muchas cosas en común. ¿Quería romper con él? No. ¿Debía romper con él? Bueno, solo si seguía engañándolo con el chico número uno y el hombre número tres.

Tres: Loren me gustaba. Él existía en un universo completamente distinto al de Erik y Heath. Él era un hombre. Un vampiro adulto, con todo el poder, la riqueza y la posición que acompaña a eso. Él sabía cosas que yo solo comenzaba a figurarme. Me hacía sentirme como nadie me había hecho sentir jamás; como una mujer de verdad. ¿Quería romper con él? No ¿Debía romper con él? No simplemente sí, sino ¡demonios, sí!

Así que era evidente qué debía hacer. Tenía que romper con Heath (y esta vez en serio), seguir saliendo con Erik y (si tenía un poco de sentido común) no volver a quedarme nunca, jamás, a solas con Loren Blake.

Además, me bastaba con todo el resto de mierda de mi vida, como, por ejemplo, mi mejor amiga no muerta; Aphrodite, a la que mis amigos no podían soportar; y el horror de lo sucedido a la profesora Nolan. Así que, en realidad, no me quedaba ni tiempo ni energía para el drama amoroso.

Eso por no mencionar el hecho de que no estoy acostumbrada a sentirme como una guarra. Y no era un sentimiento que me gustara particularmente. (A pesar del estilo de vida que me procuraba, pletórico de buenas joyas.)

De modo que tomé una decisión, decisión que en esa ocasión exigía una acción. Una acción inmediata. Abrí el móvil y le mandé un mensaje de texto a Heath.

«Tnms k ablr»

La respuesta de Heath fue prácticamente instantánea. Casi podía ver su sonrisa tan mona.

«S! oy?»

Me mordí el labio mientras lo pensaba. Antes de decidir, aparté la gruesa cortina a un lado y me asomé por la ventana. El día seguía nublado y frío. Bien. Eso significaba que era menos probable que hubiera gente merodeando por ahí fuera, sobre todo porque ya estaba oscuro. Estaba pensando en dónde encontrarnos cuando mi teléfono volvió a sonar.

«Yo ire a bscrt»
«No»

Le envié el mensaje inmediatamente. Solo faltaba que el monísimo Heath, que no sabía nada de lo ocurrido pero estaba completamente conectado conmigo, apareciera por la Casa de la Noche. Pero ¿dónde podíamos encontrarnos? Probablemente tampoco me sería fácil escabullirme después de lo que le había ocurrido a una de las profesoras. El teléfono volvió a sonar. Suspiré.

«Dnd?»

Mierda. ¿Dónde? Entonces me acordé de que conocía el sitio perfecto. Sonreí y le escribí la respuesta a Heath.

«Strbcks dntro d 1hr»
«Ok»

Lo único que me faltaba por hacer era planear el modo de cortar realmente con él. O, al menos, buscar el modo de mantenerlo a distancia hasta que la conexión entre los dos se desvaneciera. Si es que se desvanecía. Porque sin duda se desvanecería.

Me dirigí a ciegas hacia el baño y me lavé la cara con agua fría, tratando de despertarme a base de sustos. No tenía ganas de contestar a una batería de preguntas acerca de adónde iba, así que me guardé en el bolso el frasco de maquillaje que usamos los iniciados cada vez que salimos de los terrenos de la escuela para mezclarnos con la gente del lugar (lo cual nos hace parecer una especie de científicos que hacen estudios de campo mientras tratan de mezclarse con los alienígenas). Me imagino que en realidad no me hacía falta asomar la cabeza por la ventana para saber qué día hacía. Mi largo pelo negro mostraba un aspecto especialmente alocado ese día, lo cual solo podía deberse a la lluvia y la humedad. Elegí a propósito una ropa muy poco sexi; me decidí por una camiseta de tirantes, mi estúpida sudadera con capucha de Borg Invasion 4D, y mis vaqueros más cómodos. Sin olvidar que tenía que pasar por la cocina para llevarme una lata de burbujeante refresco marrón, en esa ocasión bien repleto de azúcar y cafeína, abrí la puerta de mi dormitorio y... me encontré con Aphrodite que, de pie y con la mano levantada, estaba a punto de llamar.

—Hola —dije.

—Hola.

Aphrodite miró furtivamente a un lado y al otro del pasillo vacío.

—Entra —le dije, echándome a un lado y cerrando la puerta—. Aunque tengo prisa. Tengo que ir a ver a alguien fuera del campus.

—Por eso estoy aquí. No dejan salir a nadie del campus.

—¿Quién?

—Los vampiros y sus guerreros.

—¿Ya están aquí los guerreros?

Aphrodite asintió.

—Un puñado de Hijos de Érebo. Son un regalo para la vista; quiero decir que son sexis de verdad, pero sin duda van a suponer un verdadero obstáculo para nosotras.

Entonces me di cuenta de lo que estaba diciendo.

—¡Ah, mierda, Stevie Rae!

—Se quedará sin nada de sangre mañana. Es decir, si no se ha quedado ya sin nada. Porque se bebía esas bolsas como una verdadera cerda —dijo Aphrodite con una sonrisa retorcida.

—La llamaré y le diré que procure que le duren, pero tendremos que conseguirle más. Pronto. ¡Mierda! —repetí yo—. No debería retrasar esta... eh... esta cita.

—¿Así que Heath ha vuelto?

—Quizá —contesté yo con el ceño fruncido.

—¡Oh, vamos! No hay nada más fácil de leer que la expresión de tu rostro —dijo Aphrodite, que enseguida alzó sus dos cejas rubias perfectas—. Apuesto a que Erik no sabe nada de esta cita.

Yo no olvidaba ni por un momento que Aphrodite había sido la novia de Erik y, por muy amigas que nos estuviéramos haciendo ella y yo, sabía que ella estaba dispuesta a lanzarse encima de Erik a la menor oportunidad. Así que me encogí de hombros con indiferencia y dije:

—Erik lo sabrá en cuanto vuelva. Da la casualidad de que voy a romper con Heath, aunque no es de tu incumbencia.

—He oído decir que romper una conexión es casi imposible —dijo ella.

—Eso es en las conexiones con vampiros adultos, pero no con iniciados —la corregí yo. Al menos, eso esperaba—. Además, sigue sin ser asunto tuyo.

—Muy bien, tranquila. Pero, si no es asunto mío el hecho de que necesites salir del campus, entonces tampoco hay ninguna razón para que te cuente cómo escapar.

—Aphrodite, no tengo tiempo para juegos.

—Bien —dijo ella, que echó a andar.

Yo la alcancé y le bloqueé el paso.

—Te comportas como una puta. Otra vez.

—Y tú dices tacos. Otra vez —dijo ella.

Yo me crucé de brazos y di golpecitos con el pie en el suelo.

Aphrodite hizo un gesto de imapciencia.

—Está bien, lo que tú digas. Te puedes escapar por la parte del muro que está junto a los establos, por el trozo que da al borde del pasto. Hay una arboleda al final del pasto y un árbol al que partió un rayo hace un par de años. Está recostado sobre el muro. Por eso resulta fácil escalarlo. Saltar hacia fuera desde lo alto del muro tampoco es tan difícil.

—¿Y cómo vuelves a entrar en el campus luego?, ¿hay otro árbol fuera?

Aphrodite sonrió maliciosamente.

—No, pero casualmente alguien se dejó una cuerda atada a una rama que resulta de lo más conveniente. No es tan difícil escalar el muro, aunque desde luego es un desastre para la manicura.

—Muy bien, comprendido. Ahora lo único que tengo que hacer es planear cómo conseguir sangre de la cocina —dije yo, hablando más para mí misma que para Aphrodite—. Tengo el tiempo justo para encontrarme con Heath, correr a ver a Stevie Rae y volver para el ritual.

—Tienes menos tiempo que eso. Neferet ha decidido celebrar un ritual de la Luna llena propio y quiere que todo el mundo asista —dijo Aphrodite.

—¡Jopé! Creía que Neferet no iba a celebrar ningún ritual para toda la escuela este mes por las vacaciones de invierno.

—Las vacaciones de invierno han sido canceladas oficialmente. Se les ha ordenado a todos los vampiros e iniciados que vuelvan inmediatamente al campus. Y «jopé» en realidad no es una palabra.

Yo no hice ningún caso a su comentario acerca de mis palabrotas que no eran tacos de verdad y contesté:

—¿Han cancelado las vacaciones de invierno por lo que le ha sucedido a la profesora Nolan?

Aphrodite asintió y dijo:

—Ha sido realmente horrible, ¿verdad?

—Sí.

—¿Y tú por qué no vomitaste?

Yo me encogí de hombros, incómoda, y contesté:

—Creo que tenía demasiado miedo como para vomitar.

—Ojalá lo hubiera tenido yo —dijo Aphrodite.

Miré el reloj. Eran casi las ocho. Iba a tener que darme prisa si quería salir de allí y llegar a tiempo.

—Tengo que irme.

Comenzaba a ponerme realmente enferma ante la idea de entrar en una cocina abarrotada de vampiros para llevarme sangre.

—Toma —dijo Aphrodite, tendiéndome una cesta que llevaba colgada al hombro—, llévaselo a Stevie Rae.

La cesta estaba llena de bolsas de sangre. Yo parpadeé sorprendida.

—¿Cómo has conseguido esto?

—Anoche no podía dormir, y me figuré que después de lo que le había ocurrido a la profesora Nolan los vampiros llamarían a los refuerzos, lo cual significaba que la cocina volvería a estar abarrotada. Así que pensé que lo mejor sería hacer un viaje rápido para aprovisionarnos de sangre antes de que fuera ya imposible. La guardé en la mini nevera de mi habitación.

—¡Tienes mini nevera en tu habitación! —exclamé yo.

¡Jolines! Yo también quería tener una mini nevera en mi habitación.

Aphrodite me dirigió una de sus típicas miradas de desprecio y dijo:

—Es uno de los privilegios de ser de los últimos cursos.

—Bueno, gracias. Has sido verdaderamente amable al conseguirle esto a Stevie Rae.

Su gesto de desprecio se hizo entonces más evidente aún.

—Oye mira, no se trata de amabilidad. Simplemente no quiero ver a Stevie Rae loca de rabia, comiéndose a la sirvienta de mis padres. Como dice siempre mamá, resulta realmente difícil encontrar ilegales dignos de confianza.

—Eres toda corazón, Aphrodite.

—De nada. Ni lo menciones —respondió Aphrodite mientras se acercaba a la puerta, abría una rendija y asomaba la cabeza por el pasillo para asegurarse de que no había nadie. Luego volvió la vista hacia mí y añadió—: Y lo digo muy en serio: ni lo menciones.

—Nos veremos en el ritual de las Hijas Oscuras. No lo olvides.

—Por desgracia, no lo he olvidado. Y lo que es más triste aún, allí estaré.

Aphrodite se apresuró a salir de mi habitación y a desaparecer por el pasillo.

—Problemas —musité yo mientras salía de la habitación detrás de ella y echaba a caminar por el pasillo en sentido contrario—. ¡Esa chica tiene problemas!

17

Erik iba a cabrearse terriblemente conmigo. Las gemelas estaban tiradas en sus sillones favoritos, viendo el DVD de *Spiderman 3,* cuando salí corriendo de la cocina con mi lata de refresco y la cesta llena de bolsas de sangre.

—¡Jolines!, Z, ¿estás bien? —me preguntó Shaunee, algo asustada y con los ojos inmensamente abiertos.

—Hemos oído rumores sobre ti y la bruja... —dijo Erin, que hizo una pausa y luego, de mala gana, se corrigió—: Quiero decir, sobre ti y Aphrodite; vamos, que habíais encontrado a la profesora Nolan. Ha debido de ser horrible.

—Sí, fue horrible.

Me obligué a sonreír, tratando de infundirles confianza y sin demostrarles en ningún momento que solo deseaba salir disparada de allí.

—No puedo creer que de verdad haya ocurrido algo así —comentó Erin.

—Sí. No parece real —dijo Shaunee.

—Es real. Está muerta —dije yo solemnemente.

—¿Seguro que estás bien? —preguntó de nuevo Shaunee.

—Estamos todos muy preocupados por ti —añadió Erin.

—Estoy bien. Os lo prometo —dije yo. El estómago se me revolvió.

Shaunee, Erin, Damien y Erik eran mis mejores amigos y detestaba mentirles, aunque la mayor parte de las mentiras que les decía fueran solo por omisión. Durante los dos meses que llevaba viviendo en la Casa de la Noche ellos y yo nos habíamos convertido en una familia, así que ellos no estaban fingiendo. Estaban verdaderamente preocupados por mí. Y mientras estaba ahí de pie, tratando de discernir qué podía contarles y qué no, tuve una horrible premonición que me produjo un escalofrío. ¿Y si ellos descubrían todo lo que yo había estado ocultándoles y me daban la espalda?, ¿y si dejaban de ser mis amigos? Solo pensar en esa terrible posibilidad me producía pánico y me hacía flaquear. Pero antes de que pudiera convertirme en una gallina, confesarlo todo, arrojarme a sus pies para pedirles su comprensión y que no se enfadaran conmigo, solté:

—Tengo que ir a ver a Heath.

—¿A Heath? —repitió Shaunee, cuyo aspecto era de completa confusión.

—Su ex novio humano, gemela, ¿no te acuerdas? —dijo Erin.

—Ah, sí, el rubio sexi ese, al que casi se comen los fantasmas vampiros hace dos meses, y al que luego, el mes pasado, casi mata ese mendigo que resultó ser un asesino en serie —dijo Shaunee.

—¿Sabes, Z?, a veces eres un poco mala con tus ex novios —comentó Erin.

—Sí, debe ser un asco ser él —dije yo mientras me acercaba con naturalidad hacia la puerta—. Tengo que irme, chicas.

—No dejan a nadie salir del campus —dijo Erin.

—Lo sé, pero, eh… bueno… —dije, vacilando. Y de pronto me sentí ridícula por vacilar. No podía decirles nada a las gemelas acerca de Stevie Rae o Loren, pero sin duda podía hablarles de algo tan típicamente adolescente como escaparse de la escuela—. Conozco un sitio secreto por el que escapar.

—¡Bien hecho, Z! —exclamó Shaunee, contenta—. Nosotras utilizaremos tus destrezas superiores en escapada durante los exámenes finales de primavera, cuando tengamos que estudiar.

—¡Por favor! —exclamó entonces Erin, con un gesto desdeñoso—. ¡Como si nos hiciera falta estudiar! Sobre todo hay que salir a saquear las rebajas de zapatos de finales de temporada —explicó Erin. Luego alzó sus cejas rubias y añadió—. ¡Eh, Z!, ¿qué le contamos a tu novio?

—¿Mi novio?

—Tu novio, Erik estoy-de-puta-madre Night —dijo Erin, lanzándome una mirada como si creyera que yo me había vuelto loca.

—¡Hola!, vuelve a la tierra, Zoey. ¿Seguro que estás bien? —preguntó Shaunee por tercera vez.

—Sí, sí, estoy bien. Lo siento. ¿Y por qué tenéis que decirle nada a Erik?

—Porque nos dijo que te dijéramos que le llamaras por teléfono en el maldito instante en el que te despertaras. Está terriblemente preocupado por ti —dijo Shaunee.

—Y sin duda, como no lo llames pronto, se presentará aquí de un momento a otro —intervino Erin—. *¡Oooooh,* gemela! —exclamó, abriendo inmensamente los ojos y esbozando una insinuante sonrisa—, ¿crees que su novio traerá a los dos guapetones?

—Por supuesto que es una posibilidad, gemela —contestó Shaunee tras apartarse un espeso mechón de pelo negro de la cara—. T. J. y Cole son sus amigos, y este es sin duda un momento muy delicado.

—Tienes razón, gemela. Y todos sabemos que los amigos siempre deben estar juntos durante los momentos delicados.

Una vez hubieron llegado a un perfecto acuerdo, las gemelas se volvieron hacia mí.

—Adelante, ve y haz lo que tengas que hacer con tu ex novio —dijo Erin.

—Sí, nosotras te cubrimos las espaldas. Esperaremos a que aparezca Erik, y entonces le diremos que estamos demasiado asustadas como para quedarnos nosotras solitas —dijo Shaunee.

—Desde luego, necesitamos protección —asintió Erin—. Lo cual significa que tendrá que ir a por sus amigos, y todos juntos nos haremos un ovillo y esperaremos a que vuelvas de tu reunión.

—Me parece un buen plan. ¡Ah, pero no le digáis que he salido del campus! Puede que se asuste. Basta con darle una respuesta vaga, como que he ido a hablar con Neferet o cualquier cosa.

—Cualquier cosa. Te cubriremos. Pero, hablando de salir del campus, ¿estás segura de que es seguro? —preguntó Shaunee—. Porque no nos estamos inventando del todo el hecho de que la gente ahora tiene miedo.

—Sí, ¿no podrías romper con tu novio humano más tarde, como por ejemplo después de que hayan pillado al loco que le cortó la cabeza y crucificó a la profesora Nolan? —preguntó Erin.

—Es algo que tengo que hacer ahora. Ya sabéis, con eso de la conexión, no se trata exactamente de una ruptura normal y corriente.

—Es un drama —dijo Erin.

—Un drama muy serio —convino Shaunee, asintiendo con solemnidad.

—Sí, y cuanto más lo retrase, peor. Quiero decir que Heath acaba de volver a la ciudad, y ya está mandándome mensajitos de que se muere —expliqué yo. Las gemelas me lanzaron miradas de solidaridad—. Así que, hasta luego. Volveré a tiempo para cambiarme antes del ritual de Neferet.

Me marché a toda prisa mientras las gemelas me gritaban un «hasta luego».

Al salir por la puerta, me topé con lo que me pareció una enorme montaña masculina. Unas manos increíblemente fuertes me sujetaron para que no perdiera el equilibrio y me cayera por las escaleras. Alcé la vista hacia arriba, y más arriba, y más arriba, hasta un rostro inexpresivo e increíblemente bello. Y entonces parpadeé sorprendida. Sin duda se trataba de un vampiro maduro (con el tatuaje completo), aunque no parecía mucho más mayor que yo. Pero, ¡jolines, era enorme!

—Cuidado, iniciada —dijo la montaña, vestida toda de negro. De pronto su inexpresivo rostro cambió—. Tú eres Zoey Redbird.

—Sí, soy Zoey.

Me soltó, dio un paso atrás y se llevó el puño al pecho con vigor, a modo de saludo.

—Feliz encuentro. Es un placer conocer a la iniciada a la que Nyx ha otorgado tantos dones.

Yo me sentí incómoda y un tanto estúpida, pero le devolví el saludo.

—Yo también me alegro de conocerte. ¿Y tú te llamas?

—Darius, de los Hijos de Érebo —dijo él, inclinando la cabeza y haciendo de ello un título más que una mera descripción.

—¿Eres uno de los tipos a los que han llamado por lo que le ha ocurrido a la profesora Nolan? —pregunté yo con la voz trémula, cosa que él obviamente captó.

—Eh —dijo él que, de pronto, pareció más joven y, sin embargo, al mismo tiempo, también más poderoso—, no deberías preocuparte, Zoey. Los Hijos de Érebo protegerán la escuela de Nyx hasta su último aliento.

La forma en que lo dijo me puso la carne de gallina. Era un tipo enorme y musculoso y muy, muy serio. No podía imaginar que nada ni nadie pudiera pasar por delante de él, y menos aún que pudiera obligarlo a tomar su último aliento.

—G-g-gracias —tartamudeé yo.

—Mis hermanos guerreros están apostados a lo largo de todo el terreno de la escuela. Puedes relajarte y sentirte a salvo, pequeña sacerdotisa —añadió él con una sonrisa.

«¿Pequeña sacerdotisa?» ¡Por favor! Aquel chico tenía que haber completado el cambio recientemente.

—Ah, bien. Sí, eso haré —dije yo, comenzando a bajar las escaleras—. Solo voy a... a... a los establos, a ver a mi yegua, *Perséfone*. Me alegro de conocerte. Y de que estés aquí —añadí, saludándolo de un modo ridículo con la mano.

Me apresuré por el camino hacia los establos. Sentía su vista fija en mí.

Mierda. Eso no era tan bueno. Me preguntaba qué diablos iba a hacer. ¿Cómo iba a escabullirme de allí, con guerreros como montañas (por jóvenes y monos que fueran) esparcidos por todas partes? Y no es que me importara lo joven y mono que ese guerrero fuera. Como si yo tuviera tiempo para echarme otro novio. De ninguna de las maneras. Eso por no mencionar que por muy sexi que fuera, no dejaba de ser una montaña. Jopé, estaba hecha un lío y tenía un fuerte dolor de cabeza.

Y entonces oí una suave voz en mi cabeza que me decía que pensara... y que mantuviera la calma...

Las palabras se arremolinaron con suavidad en mi mente frenética. De manera automática, comencé a calmarme. Respiré profundamente, esforzándome por relajarme y pensar. Necesitaba estar serena... en calma... pensar y...

Y así, sin más, vino a mí. Supe qué tenía que hacer. En medio de la sombra, entre las dos siguientes lámparas de gas, salí del camino como si hubiera decidido dar un paseo por entre los enormes y viejos robles.

Solo que cuando llegué al primer árbol, hice una pausa bajo su sombra, cerré los ojos y me concentré. Entonces, tal y como ya había hecho antes, llamé al silencio y a la invisibilidad a mí y me envolví en un silencio sepulcral (y, por un instante, esperé que la metáfora fuera solo producto de un exceso de mi imaginación, y no un espeluznante presagio).

> Estoy en perfecto silencio... nadie puede verme... nadie puede oírme... soy como la niebla... los sueños... el espíritu...

Sentí la presencia de los Hijos de Érebo, pero no miré a mi alrededor. No permití que mi concentración flaquease un instante. En lugar de ello continué con mi plegaria interna, que se convirtió en un hechizo, que se convirtió en magia. Me moví como la brizna de un pensamiento o de un secreto, imposible de detectar, oculta en las capas de silencio y niebla, bruma y magia. Mi cuerpo tembló. Me pareció que de hecho flotaba, y cuando bajé la vista para mirar mi cuerpo, solo vi una sombra dentro de la niebla, dentro de la sombra. Aquello debía ser lo que Bram Stoker había descrito en *Drácula*. Pero en lugar de sobresaltarme, la idea fortaleció mi concentración y me hizo sentirme como algo menos sustancial. Me moví como en un sueño, y por fin encontré el árbol al que había partido un rayo. Trepé por su tronco roto hasta una gruesa rama que descansaba contra el muro como si yo no pesara nada.

Tal y como me había dicho Aphrodite, había una cuerda fuertemente atada a una bifurcación de la rama, enrollada como una serpiente a la espera. Aún en silencio y con movimientos como los de un sueño, arrojé el cabo de la cuerda al otro lado del muro. Luego, siguiendo un instinto que me salía del mismo centro del alma y que me atravesaba todo el cuerpo, alcé los brazos y susurré:

—Venid a mí, aire y espíritu. Como la niebla de la medianoche, llevadme a la tierra.

No tuve que saltar del muro. El viento sopló a mi alrededor como una caricia de aire y elevó mi cuerpo, que se tornó tan insustancial como el espíritu; me llevó flotando al césped del otro lado del muro, a unos seis metros. Por un segundo me quedé tan maravillada que me olvidé de la profesora asesinada, del asunto de los novios y de los nervios de mi vida en general. Con los brazos aún levantados, comencé a dar vueltas. Me encantaba la sensación del viento y del poder contra mi piel transparente y cubierta de rocío. Era como si me hubiera convertido en parte de la noche. Apenas tocaba el suelo mientras me movía a lo largo del sendero de césped hasta llegar a la acera de la calle Utica y comenzaba a bajar por ella el escaso tramo que daba a la plaza del mismo nombre. Me sentía tan increíblemente bien que casi me olvidé de parar para taparme los tatuajes. De mala gana, hice una pausa para buscar el maquillaje y un espejo en la cesta. Al ver mi reflejo, no pude evitar contener el aliento. Mi aspecto era iridiscente. Mi piel resplandecía con colores como los de las perlas; era como un espejismo. Mi pelo oscuro se levantaba alrededor de mi rostro, flotando con una brisa que soplaba solo para mí. No parecía humana, pero tampoco parecía una vampira. Parecía un nuevo tipo de ser, nacido para la noche y bendecido por los elementos.

¿Qué era lo que me había dicho Loren en la biblioteca? Algo acerca de que era una diosa entre semidiosas. Mi aspecto en ese preciso momento me hizo pensar que quizá él hubiera acertado. El poder me estremecía mientras se me levantaba el pelo de los hombros. Juro que podía sentir como me ardían deliciosamente los tatuajes del cuello y de la espalda. Quizá Loren tuviera razón acerca de muchas otras cosas; como, por ejemplo, acerca de que nosotros dos éramos amantes con mala suerte. Quizá, después de decirle a Heath que no podía volver a verlo, debiera apartarme también de Erik. La idea de abandonarlo me provocó un sofoco, pero era de esperar. Yo no era una persona sin corazón, y él me gustaba de verdad. Y, ¿no demostraba la muerte de la profesora Nolan que uno nunca sabía lo que podía ocurrir?, ¿no demostraba que la vida, incluso para un vampiro, podía ser verdaderamente corta? Quizá yo debía estar con Loren; quizá eso fuera lo mejor, me dije sin dejar de mirar mi reflejo en el espejo.

Después de todo, yo no era como el resto de los iniciados.

Eso era algo que yo debía aceptar: algo contra lo que debía dejar de luchar y a lo que debía dejar de temer.

Y si yo no era como los demás iniciados, entonces, ¿no era lógico que también necesitara estar con alguien especial, alguien con quien los otros iniciados no habrían podido estar?

Pero Erik me quiere, y yo también lo quiero a él. No estoy siendo justa con Erik… ni con Heath… Loren es un hombre… se supone que es un profesor… y por eso no debería escaparme por ahí con él…

Hice caso omiso de los sentimientos de culpabilidad que me susurraba mi conciencia y ordené en silencio al viento, a la niebla y la misteriosa oscuridad que se alzaran, de modo que pudiera materializarme por completo y cubrir así mis intrincados tatuajes. Entonces alcé la barbilla, enderecé la espalda y me dirigí calle abajo por la plaza de Utica hacia el Starbucks y hacia Heath, a pesar de no estar del todo segura de lo que iba a hacer.

Me quedé en el lado oscuro de la plaza, por donde había menos farolas, y caminé lentamente para reflexionar sobre lo que iba a decirle a Heath; tenía que hacerle comprender que no podíamos seguir viéndonos. Pero había recorrido menos de la mitad del trayecto de la plaza cuando lo vi acercarse hacia mí. De hecho, primero lo sentí. Fue como sentir un picor bajo la piel al que ni siquiera podía acceder para rascarme. O como una compulsión abstracta que me impulsara a seguir adelante, a buscar algo que sabía que quería pero que no sabía cómo encontrar. Y de pronto, esa compulsión pasó de ser algo abstracto a ser algo perfectamente definido; pasó de ser algo insistente, aunque subconsciente, a ser algo absolutamente imperioso. Y entonces lo vi. Heath. Él se acercaba a mí. Nos vimos en el mismo instante. Él caminaba por el lado contrario de la acera y estaba justo debajo de una farola. Vi sus ojos soltar una chispa y su sonrisa brillar. Al instante, echó a correr y cruzó la calle (noté que ni siquiera miraba antes a los lados, y me alegré de que hubiera poco tráfico gracias al mal tiempo; el chico podía haber quedado aplastado en la calzada).

Me rodeó con los brazos y su aliento me hizo cosquillas en el oído al abrazarme.

—¡Zoey! ¡Oh, cariño, te he echado tanto de menos!

Detesté que mi cuerpo respondiera al instante al de él. Él olía a mi hogar: a una versión atractiva y sexi del hogar, sí, pero al hogar al fin y al cabo. Así que antes de derretirme sin poder evitarlo en sus brazos me aparté de él, consciente de pronto de lo oscura, retirada e incluso íntima que era aquella acera.

—Heath, se suponía que tenías que esperarme en el Starbucks.

Sí, en la terraza repleta de adictos a la cafeína y, por supuesto, nada íntima.

Él se encogió de hombros y sonrió.

—Y eso hacía, pero entonces sentí que llegabas y no pude quedarme sentado —contestó él. Sus ojos marrones brillaban adorablemente. Me acariciaba la mejilla con una mano al añadir—: Estamos conectados, ¿te acuerdas? Somos tú y yo, cariño.

Me obligué a mí misma a dar medio paso atrás, de modo que él no invadiera mi espacio personal.

—De eso precisamente es de lo que tengo que hablar contigo, así que vamos al Starbucks a por un par de bebidas y hablemos.

En público. Donde no me sentiría tan tentada como en la oscura acera de tirar de él hacia el callejón y hundir mis dientes en su dulce nuca y...

—No podemos —dijo él, sonriendo otra vez.

—¿No podemos? —repetí yo, al tiempo que sacudía la cabeza para deshacerme de la semierótica (vale, borra lo de «semi») escena que se representaba en mi calenturienta (y golfa) imaginación.

—No, porque Kayla y el pelotón de putas han elegido esta noche para venir al Starbucks.

—¿El pelotón de putas?

—Sí, así es como Josh, Travis y yo llamamos a Kayla, Whitney, Lindsey, Chelsea y Paige.

—¡Ah, *aj!* ¿Y desde cuándo sale Kayla con esas odiosas putas?

—Desde que te marcaron.

Entonces yo fruncí el ceño y pregunté:

—¿Y por qué crees que Kayla y sus nuevas amigas han tenido que elegir precisamente esta noche para venir al Starbucks? ¿Y por qué este Starbucks y no el de Broken Arrow, que está mucho más cerca de sus casas?

Heath alzó ambas manos como si se rindiera y exclamó:

—¡No lo he hecho a propósito!

—¿Hacer qué, Heath?

Jolines, el chico a veces era un verdadero bobalicón.

—Yo no sabía que iban a salir del Gap justo cuando yo estaba llegando al Starbucks. No las vi hasta después de que ellas me vieran a mí. Y para entonces era ya demasiado tarde —explicó él.

—Bueno, eso explica su repentino deseo de cafeína. Me sorprende que no te siguieran cuando subiste la calle.

Vale, es cierto. Se suponía que yo iba a romper con él, pero a pesar de todo seguía reventándome pensar que Kayla le rondaba.

—Así que no quieres verlas, ¿no?

—No es que no quiera verlas, es que ni de coña —contesté yo.

—Eso pensaba. Bueno, entonces, ¿y si te acompaño a tu escuela? —sugirió Heath, dando un paso hacia mí y acercándoseme—. Recuerdo el día en que te acompañé, hace un par de meses. Estuvo bien.

Yo también lo recordaba. Y sobre todo recordaba que ese había sido el primer día que yo había probado su sangre. Me eché a temblar. Pero enseguida me controlé. Tenía que controlar como fuera ese deseo de beber sangre.

—Heath —dije con firmeza—, no puedes acompañarme a la escuela. ¿Es que no has visto las noticias? Un estúpido humano ha asesinado a un vampiro. Ahora la escuela es como un campamento del ejército. He tenido que escaparme para venir a verte, y no puedo estar fuera mucho tiempo.

—¡Ah, sí!, lo he oído —contestó él. Me cogió de la mano—. ¿Estás bien?, ¿conocías a esa vampira a la que han asesinado?

—Sí, la conocía. Era mi profesora de teatro. Y no, no estoy bien. Y esa es una de las razones por las que tengo que hablar contigo —dije yo, tomando por fin una decisión—. Vamos. Acortaremos por esa calle hacia el parque de Woodward. Allí podremos hablar.

Además, se trataba de un parque público justo en medio de Tulsa, así que no podía ser muy íntimo. O al menos eso esperaba.

—Me parece bien —dijo Heath, contento.

Él se negó a soltarme la mano, así que comenzamos a bajar la calle como lo habíamos hecho siempre desde que íbamos juntos al colegio. Solo habíamos dado unas cuantas zancadas cuando su voz penetró en mi mente, que trataba de no pensar en el hecho de que él presionaba su muñeca contra la mía y yo sentía el pulso de ambos latir al unísono.

—Zo, ¿qué pasó en los túneles?

Yo le lancé una mirada penetrante, pero de reojo.

—¿Qué es lo que recuerdas?

—En general, oscuridad y tú.

—¿A qué te refieres?

—No recuerdo cómo llegué allí, pero sí recuerdo dientes y ojos rojos candentes —dijo él, apretándome la mano—. Y no me refiero a tus dientes, Zo. Además, tus ojos no son candentes. Los tuyos brillan.

—¿Brillan?

—Totalmente. Sobre todo cuando estás bebiendo mi sangre —dijo él, aminorando la marcha de modo que estábamos casi parados cuando alzó mi mano hasta sus labios y la besó—. Tú sabes cuánto me gusta que bebas de mí, ¿verdad?

La voz de Heath se había hecho profunda y ronca, y sus labios eran como fuego contra mi piel. Yo quería inclinarme sobre él y perderme en él y hundir mis dientes en él y…

18

—Heath, concéntrate —dije yo. Canalicé el ardor que recorría mi cuerpo y lo convertí en irritación—. Los túneles. Ibas a contarme lo que recuerdas.

—¡Ah, sí! —dijo él con su típica sonrisa monísima de niño malo—. En realidad no recuerdo mucho, por eso te lo pregunto. Solo recuerdo dientes y uñas y ojos y cosas de esas, y luego tú. Es todo como un mal sueño. Bueno, excepto la parte en que sales tú. Esa parte sí me gusta. ¡Eh, Z!, ¿es verdad que me rescataste?

Yo hice una mueca impaciente y eché a caminar otra vez, arrastrándolo detrás de mí.

—Sí, te rescaté, idiota.

—¿De qué?

—¡Jolines!, ¿es que no lees los periódicos? La historia salía en la página dos.

Se trataba de un artículo encantador, aunque ficticio, en el que se citaba al detective Marx y su más breve y falsa afirmación acerca del caso.

—Sí, pero no decía mucho. ¿Qué pasó en realidad?

Yo me mordí el labio mientras mi mente se aceleraba. Heath apenas recordaba nada acerca de Stevie Rae y su grupito de cosas muertas no muertas. Evidentemente, el bloqueo mental de Neferet seguía firme en su lugar. Y, comprendí de pronto, ahí tenía que seguir. Cuanto menos supiera Heath sobre lo que había ocurrido, menos atención le prestaría Neferet y, por tanto, menos oportunidades tendría de que ella le apretara las tuercas por tercera vez: mejor para él. Además, el chico tenía que seguir adelante con su vida. Con su vida humana. Y dejar de estar obsesionado conmigo y con las cosas de vampiros.

—No pasó gran cosa más, aparte de lo que decían los periódicos. No sé quién era ese tipo, un mendigo de la calle que estaba loco. El mismo tipo que mató a Chris y a Brad. Te encontré y usé mi poder sobre los elementos para apartarnos de él, pero tú estabas bastante hecho polvo. Él te había... eh... cortado y eso. Supongo que por eso tienes esos recuerdos tan raros, si es que te acuerdas de algo —dije yo, encogiéndome de hombros—. Pero si yo fuera tú, no me preocuparía por eso. Ni siquiera pensaría en ello. No merece la pena, en serio.

Él abrió la boca para decir algo, pero habíamos llegado a la entrada trasera del parque, y yo señalé un banco bajo el primer árbol grande.

—¿Qué te parece si nos sentamos ahí?

—Lo que tú digas, Z.

Heath pasó un brazo por encima de mis hombros, y juntos caminamos hacia el banco.

Al sentarnos me las arreglé para deslizarme por debajo de su brazo; me senté en dirección a él, mirándolo, de modo que mis rodillas fueran una especie de barrera que le impidiera acercarse demasiado. Respiré hondo y me obligué a mí misma a mirarlo a los ojos. Podía hacerlo, me repetí una y otra vez.

—Heath, tú y yo no podemos seguir viéndonos.

Él arrugó la frente. Parecía como si estuviera tratando de resolver un intrincado problema de matemáticas.

—¿Por qué tienes que decir una cosa así, Zo? Por supuesto que podemos volver a vernos.

—No, no es bueno para ti. Esto que hay entre tú y yo tiene que terminar —añadí a toda prisa al ver que él iba a protestar—. Ya sé que no verme te parece muy difícil, pero es por la conexión, Heath. En serio. He estado leyendo acerca de ello. Si no seguimos viéndonos, la conexión se desvanecerá.

Eso no era exactamente cierto. En el libro ponía que a veces una conexión podía desvanecerse debido a la falta de exposición de las personas conectadas la una a la otra. Bueno, yo contaba con que ese fuera precisamente el caso.

—Saldrá bien —continué yo—. Me olvidarás y seguirás con tu vida.

Mientras yo hablaba, la expresión de Heath se hacía más y más seria y su cuerpo se quedaba cada vez más quieto. Yo lo sabía porque podía sentir sus latidos, que incluso iban más lentos. Y cuando por fin habló, su voz sonó como la de un viejo. Muy viejo. Como si hubiera vivido miles de años y supiera cosas que yo solo podía imaginar.

—Yo no te olvidaré. Ni siquiera cuando haya muerto. Esto es lo normal para mí. Amarte para mí es lo normal.

—Tú no me amas. Simplemente estás conectado conmigo —dije yo.

—¡Gilipolleces! —gritó él—. ¡No me digas que no te amo! Te amo desde que tenía nueve años. La conexión es solo otra parte más de la relación que existe entre tú y yo desde que éramos niños.

—Esta conexión tiene que terminar —dije yo con calma, mirándolo a los ojos.

—¿Por qué? Ya te he dicho que a mí me gusta. Y tú sabes que estamos hechos el uno para el otro, Zo. Tienes que creer en nosotros.

Sus ojos me suplicaban, y yo sentí que se me hacía un nudo en el estómago. Él tenía razón en muchas cosas. Siempre habíamos sido él y yo, desde hacía mucho tiempo; y de no haber sido yo marcada, probablemente habríamos ido juntos a la universidad y luego nos habríamos casado después de graduarnos. Habríamos tenido niños, habríamos vivido en una casita de las afueras y habríamos tenido un perro. Nos habríamos peleado de vez en cuando, sobre todo por culpa de su obsesión con los deportes, pero luego habríamos hecho las paces y él me habría traído flores y ositos de peluche como hacía siempre cuando éramos adolescentes.

Solo que yo había sido marcada y mi antigua vida había muerto el día en que había nacido la nueva Zoey. Cuanto más pensaba en ello, más me daba cuenta de que romper con Heath era lo correcto. Conmigo él jamás podría ser otra cosa que mi Renfield, y mi querido Heath, el dulce amor de mi infancia, se merecía algo más que eso. Entonces me di cuenta de lo que tenía que hacer y cómo.

—Heath, lo cierto es que a mí no me gusta tanto como a ti —dije con voz fría e indiferente—. Ya no somos solo tú y yo. Tengo un novio. Un novio de verdad. Él es como yo. No es humano. Es a él a quien quiero.

No estaba muy segura de si estaba hablando de Erik o de Loren, pero sí estaba segura del dolor que nublaba los ojos de Heath.

—Si tengo que compartirte, lo haré —dijo él con una voz tan baja que era casi un susurro. Debía sentirse demasiado violento por decir eso, porque apartó la vista y no se atrevió a mirarme a los ojos—. Haré lo que sea con tal de no perderte.

Algo dentro de mí se rompió, pero sin embargo me reí de Heath.

—Pero, ¿te estás escuchando? ¡Eso suena patético! ¿Tú sabes cómo es un hombre vampiro?

—¡No! —dijo él con una voz repentinamente fuerte, mirándome de nuevo a los ojos—. No, no sé cómo son. Y estoy seguro de que pueden hacer miles de cosas maravillosas. Seguro que son altos y malos y todo eso. Pero yo sé una cosa que ellos no pueden hacer, y yo sí. No pueden hacer esto.

Con un movimiento tan rápido que no me dio tiempo a comprender qué hacía hasta que fue demasiado tarde, Heath se sacó una cuchilla de afeitar del bolsillo de los vaqueros y se hizo un corte largo y profundo a un lado del cuello. Yo supe al instante que no se había cortado ninguna arteria ni nada de eso. El corte no lo mataría, pero le salía sangre: chorros de sangre caliente, dulce y fresca se deslizaban por su cuello y hombro. ¡Y era la sangre de Heath! Era un olor con el que estaba conectada y, por tanto, destinada a desear por encima de todos los demás. La dulzura de ese olor me invadió, rozando mi piel con sensual insistencia.

No pude contenerme. Me incliné hacia delante. Heath ladeó la cabeza y estiró el cuello de modo que todo el bello y reluciente corte quedara expuesto.

—Llévate el dolor, Zoey, el de los dos. Bebe de mí y para ya este ardor antes de que no pueda soportarlo más.

Su dolor. Le causaba dolor. Había leído acerca de ello en el libro de Sociología vampírica avanzada. Advertía acerca del peligro de la conexión y de cómo el lazo de la sangre podía ser tan fuerte que no beber sangre humana podía llegar de hecho a causar dolor.

Así que bebería de él... solo una vez más... solo para detener el dolor...

Me incliné otro poco más y descansé la mano sobre su hombro. Para cuando saqué la lengua y lamí el delgado hilo rojo de su cuello, todo mi cuerpo estaba temblando.

—¡Oh, Zoey, sí! —gimió Heath—. Así, cariño. Sí, acércate más. Bebe más.

Heath me agarró del pelo y apretó mis labios contra su cuello mientras yo bebía de él. Su sangre fue como una explosión. No solo en mi boca, sino por todo mi cuerpo. Yo había leído todos los porqués y cómos acerca de las reacciones fisiológicas que tienen lugar entre un humano y un vampiro cuando los consume la lujuria por la sangre. Es algo muy simple. Nyx nos ha concedido a ambos algo que nos capacita para sentir placer con un acto que, de otro modo, sería brutal e incluso mortal. Pero las simples palabras de un desapasionado libro de texto no podían ni mucho menos describir lo que estaba ocurriendo en nuestros cuerpos mientras yo bebía del chorreante cuello de Heath. Me senté a horcajadas sobre él, presionando la parte más íntima de mí contra su duro paquete. Él apartó las manos de mi pelo para agarrarme de las caderas y comenzar a balancearme rítmicamente contra él mientras gemía y jadeaba y me susurraba que no parara. Y yo no quería parar. No quería parar nunca. Me ardía todo el cuerpo, exactamente igual que le había ardido a él. Solo que mi dolor era dulce, sensual, delicioso. Yo sabía que Heath tenía razón. Erik era como yo y yo lo quería. Loren era un hombre de verdad y era poderoso e increíblemente misterioso. Pero ninguno de los dos podía hacer por mí lo que estaba haciendo Heath. Ninguno de los dos podía hacerme sentir… podía hacerme desear… desear tomar…

—¡Sí, zorra! ¡Cabalga sobre él! ¡Móntalo bien!

—Ese chiquito blanco no tiene nada para ti. Yo te daré algo que sí va a hacerte sentir.

Las manos de Heath se aferraron con fuerza a mis caderas; estaba a punto de apartarme a un lado para protegerme de las voces burlonas, pero la ira que atravesó todo mi cuerpo fue cegadora. Mi furia era imposible de ignorar y mi respuesta fue inmediata. Alcé la cara del cuello de Heath. Se trataba de dos chicos negros que estaban a pocos pasos de nosotros y que se acercaban. Llevaban los típicos pantalones ridículos que cuelgan como un pañal y abrigos varias tallas más grandes. Les enseñé los dientes y siseé, y sus expresiones cambiaron de burlonas a asustadas e incrédulas.

—Iros de aquí u os mataré —gruñí con una voz tan poderosa que ni yo misma me reconocí.

—¡Es una jodida puta chupasangre! —dijo el más bajito.

—¡Nah!, la muy puta no tiene tatuaje. Pero si quiere chupar, yo voy a darle qué chupar.

—Sí, primero a ti y luego a mí. El novio *punk* que vea cómo se hace.

Ambos se echaron a reír y comenzaron a acercarse a nosotros otra vez.

Yo seguía aún sentada a horcajadas sobre Heath. Alcé un brazo por encima de la cabeza y, con el otro, me restregué la frente y luego toda la cara, llevándome el maquillaje que me tapaba el tatuaje. Eso los paró en seco. Tenía ambos brazos levantados, así que me fue fácil concentrarme. Me sentía fuerte y poderosa después de haber bebido la sangre de Heath, y sobre todo muy cabreada.

—Viento, ven a mí —ordené. Mi pelo comenzó a levantarse y a girar al ritmo de la brisa que se alzaba a mi alrededor—. ¡Llévatelos muy lejos de aquí!

Alargué los brazos hacia los dos hombres, dejando que mi ira explotara con mis palabras. El viento obedeció al instante, rompiendo contra ellos con tal fuerza que los barrió. Gritaron, juraron. El viento los levantó por los pies y se los llevó lejos de mí. Yo observé con una especie de distante fascinación como el viento dejaba caer a ambos hombres en medio de la calle Veintiuno.

Ni siquiera parpadeé cuando el camión los atropelló.

—¡Zoey!, ¿qué has hecho?

Yo bajé la vista hacia Heath. Su cuello seguía sangrando y tenía el rostro pálido. Tenía los ojos inmensamente abiertos, estaba aterrado.

—Iban a hacerte daño.

Por fin había expulsado la ira de mí, y me sentía extraña, como entumecida y confusa.

—¿Los has matado? —siguió preguntando Heath, asustado y en tono acusador.

Yo fruncí el ceño y lo miré.

—No. Lo único que he hecho ha sido apartarlos de nosotros. El resto lo ha hecho el camión. Y, de todos modos, puede que no estén muertos.

Volví de nuevo la vista hacia la calle. El camión había conseguido detenerse tras patinar con un fuerte chirrido de las ruedas. También otros coches se habían parado, y pude oír a gente gritar.

—Además el hospital de Saint John está a menos de dos kilómetros por esa misma calle —dije. Enseguida comenzaron a oírse sirenas—. ¿Lo ves?, ya vienen las ambulancias. Probablemente están bien.

Heath me empujó y me apartó de su regazo, y luego se apretó el cuello del jersey para taparse el corte.

—Tienes que marcharte. Enseguida habrá miles de policías por aquí. No deben encontrarte.

—¿Heath?

Alcé la mano hacia él, pero luego la dejé caer al ver que él retrocedía. Comenzaba a pasárseme el entumecimiento, y al mismo tiempo mi cuerpo empezaba a temblar. Dios, ¿qué había hecho?

—¿Tienes miedo de mí?

Lentamente él alargó una mano, tomó la mía y tiró de mí hacia él hasta envolverme con un brazo.

—No tengo miedo de ti, tengo miedo por ti. Si la gente descubre lo que puedes hacer, no… no sé qué puede pasar —dijo él. Heath se apartó ligeramente de mí para mirarme a los ojos, pero sin quitar el brazo—. Estás cambiando, Zoey. Y no estoy muy seguro de en qué te estás convirtiendo.

Mis ojos se llenaron de lágrimas.

—Me estoy convirtiendo en vampira, Heath. En eso consiste el cambio.

Él me tocó la frente, y entonces me borró el resto del maquillaje con el dedo pulgar hasta que toda la marca fue visible. Se inclinó para besar la luna creciente en medio de mi frente y dijo:

—A mí no me importa que seas una vampira, Zo. Pero quiero que recuerdes que sigues siendo Zoey. Mi Zoey. Y mi Zoey no es mala.

—No podía permitir que te hicieran daño —susurré.

Entonces me eché a temblar al darme cuenta por fin de lo fría y terrible que había sido. Puede que incluso hubiera causado la muerte de dos hombres.

—¡Eh!, mírame, Zo —dijo Heath, que puso una mano sobre mi barbilla para obligarme a mirarlo a los ojos—. Mido casi uno ochenta y cinco. Soy una verdadera promesa como *quarterback* para estar en sexto. La Universidad de Oklahoma me ha ofrecido una plaza si me apunto al equipo de fútbol. ¿Quieres, por favor, tener presente que puedo cuidar de mí mismo? —dijo Heath, soltando por fin mi barbilla y acariciando de nuevo mi mejilla. Su voz sonaba tan seria y madura que de pronto me recordó de un modo extraño a su padre—. Cuando estaba fuera con mis padres, estuve leyendo cosas sobre vuestra diosa vampira, Nyx. Zo, hay muchas cosas escritas sobre vampiros, pero no encontré nada que dijera que vuestra diosa es mala. Y creo que deberías recordar eso. Nyx te ha dado un puñado de poderes, pero no creo que a ella le gustara que los utilizaras de un modo erróneo —dijo. Por un momento él alzó la vista por encima del hombro hacia la calle distante y la horrible escena que se desarrollaba allí—. No debes ser mala, Zo. Pase lo que pase.

—¿Desde cuándo eres tan sabio?

—Desde hace dos meses —contestó él con una sonrisa. Luego me besó en los labios suavemente, se puso en pie y tiró de mí para que yo hiciera lo mismo—. Tienes que marcharte de aquí. Voy a llevarte de vuelta por donde hemos venido. Deberías tomar el atajo por el Jardín de Rosas hasta la escuela. Si esos tipos no están muertos se pondrán a hablar, y entonces las cosas se van a poner mal para la Casa de la Noche.

—Sí, bien. Volveré a la escuela —asentí yo. Entonces suspiré—. Se suponía que tenía que romper contigo.

La tímida sonrisa de Heath se convirtió en una sonrisa de oreja a oreja.

—Eso no va a ocurrir, Zo. ¡Somos tú y yo, cariño! —exclamó. Entonces me besó larga y profundamente, y luego me empujó con suavidad en dirección al Jardín de Rosas de Tulsa que bordea el parque de Woodward—. Llámame y nos vemos la semana que viene, ¿vale?

—Vale —musité yo.

Él echó a caminar de espaldas para verme marchar. Yo me di la vuelta y me dirigí de frente hacia el Jardín de Rosas. Y automáticamente, como si llevara décadas haciéndolo, llamé a la niebla y a la noche, a la magia y a la oscuridad para que me ocultaran.

—*¡Uau!* ¡Qué guay, Zo! —le oí gritar desde detrás de mí—. ¡Te quiero, cariño!

—Yo también te quiero, Heath.

No me di la vuelta, sino que susurré las palabras al viento y le ordené que le llevara mi voz a él.

19

Sí, estaba seriamente confusa. No solo no había roto con Heath, sino que probablemente había hecho nuestra conexión aun más fuerte. Además, era posible que hubiera provocado la muerte de dos hombres. Temblé; me sentía más que ligeramente enferma. ¿Qué diablos me había ocurrido? Había estado bebiendo la sangre de Heath y pasándomelo en grande; había sido cachondo (jolines, me estaba convirtiendo en una completa guarra) y entonces habían aparecido esos dos hombres, y habían empezado a liar las cosas, y había sido como si algo dentro de mí se hubiera vuelto loco, y hubiera cambiado de la Zoey de siempre a la vampira loca asesina en serie Zoey. ¿Qué había ocurrido? ¿Acaso los vampiros se volvían locos cuando el humano con el que estaban conectados era amenazado?

Recordaba los túneles y cuánto me había enfadado cuando los «amigos» de Stevie Rae (aunque no es que esos chicos muertos no muertos fueran realmente coleguitas de ella) atacaron a Heath. Vale, me puse violenta, pero no sentí la necesidad de borrarlos de la faz de la tierra. Solo de recordar la ira que me había embargado al ver a esos dos hombres acercarse a nosotros (a Heath) para hacernos pasar un mal rato (a Heath) bastaba para echarme otra vez a temblar.

Era evidente que todavía quedaban muchos asuntos acerca de los vampiros que yo no conocía. ¡Jopé!, si hasta había tomado notas y había memorizado algunos de los capítulos sobre la conexión y la lujuria por la sangre, pero comenzaba a comprender que había muchas cosas que los ¡oh, maravillosos y educativos libros de texto! olvidaban. Lo que yo necesitaba era un vampiro adulto. Por suerte, conocía a uno que, a ciencia cierta, se presentaría encantado como voluntario para ser mi profesor.

Porque estaba convencida de que había miles de cosas que él estaría encantado de enseñarme.

Pensé en esas cosas, cosas que eran fáciles de hacer cuando me sentía llena con la deliciosa y atractiva sangre de Heath. Mi cuerpo aún se estremecía con el calor y el poder y las sensaciones que sabía que no conocía en absoluto, pero de las que deseaba más. Mucho más.

No podía negar que entre Loren y yo había algo. Era diferente de lo que había entre Heath y yo, e incluso más diferente aún de lo que había entre Erik y yo. Mierda. Había demasiadas cosas en mi vida.

Básicamente, floté en dirección al apartamento del garaje de la casa de los padres de Aphrodite en un estado entre cachondo y pletórico de poder y sin embargo, confuso; pero estaba tan distraída por, bueno, por el sexo, que ni siquiera me di cuenta de que mi apariencia era pura niebla y oscuridad hasta que no estuve de pie en el salón, observando a Stevie Rae que, con los ojos rojos humedecidos, veía la televisión y se sorbía la nariz. Dirigí la vista a la televisión y me di cuenta de que estaba viendo el clásico de la semana. Parecía la película esa en que la madre sabe que se está muriendo de una enfermedad horrible y tiene que luchar contrarreloj (y contra los interminables anuncios) para buscarle una nueva familia a sus miles de alegres hijos.

—¡Y luego hablan de depresión! —exclamé yo.

Stevie Rae giró la cabeza a un lado y a otro y se agazapó salvajemente en una pose defensiva después de saltar hasta colocarse detrás del sofá, donde comenzó a sisear y a gruñir en mi dirección.

—¡Ah, mierda! —exclamé yo al instante, saliendo de la niebla hasta hacerme sólida y visible otra vez—. Lo siento, Stevie Rae. Se me olvidaba que me había puesto en plan Bram Stoker.

Ella asomó la cabeza por encima del sofá con los ojos candentes y los colmillos al descubierto, pero al menos había dejado de sisear.

—¡Eh, relájate! Soy yo —dije, alzando la cesta y sacudiéndola de modo que la sangre se agitara repugnantemente dentro de las bolsas—. Tu comida sobre ruedas.

Stevie Rae se puso en pie y dijo:

—No deberías hacer eso.

Yo elevé las cejas y pregunté:

—¿No debería hacer qué, traerte la sangre, o convertirme en niebla y oscuridad?

Stevie Rae me quitó la cesta que yo le tendía.

—Acercarte sigilosamente a mí. Puede ser peligroso.

Suspiré y me senté en el sofá, tratando de ignorar el hecho de que ella estaba tragándose ya la primera bolsa de sangre.

—Si me comieras a mí a la misma velocidad que me carcomen ahora los problemas, me harías un favor.

—Sí, apuesto a que sí. Recuerdo lo duro que era estar viva. Siempre todo teñido por los dramas amorosos y el «¡oh, Dios mío, qué me pongo para ir al *cole!*». Realmente horrible, no como los nervios de estar muerto y luego resulta que no estás muerto, pero en realidad te sientes completamente muerto —dijo Stevie Rae con una voz fría y sarcástica, absolutamente distinta de la suya de siempre, que de pronto me irritó una barbaridad.

¿Acaso no llevaba yo una vida dura solo porque no estaba muerta? ¿O no muerta? O lo que fuera.

—Anoche asesinaron a la profesora Nolan. Parece ser que la crucificó alguien de las Gentes de Fe. Le cortaron la cabeza y la dejaron junto a la puerta trampa del muro este, por la parte de fuera, con una encantadora nota que decía que no estaban dispuestos a tolerar el hecho de vivir con una hechicera. Creo que mi padrastro el perdedor podría estar implicado en el asesinato, pero no puedo decir nada al respecto porque mi madre le sirve de tapadera, y si yo me chivo ella probablemente irá a la cárcel para siempre. Ahora mismo estaba succionándole la sangre a Heath en el parque y nos han interrumpido dos tipos de una banda que creo que puede que haya acabado matando accidentalmente. Aparte de eso, Loren Blake y yo hemos estado dándonos el lote en la biblioteca. Así que, ¿tú qué tal?

La Stevie Rae de siempre apareció por un segundo en los ojos de esta otra Stevie Rae.

—¡Oh, Dios mío!

—Exacto.

—¿Has estado dándote el lote con Loren Blake? —preguntó Stevie Rae. Como siempre, iba directa al cotilleo más sustancioso—. ¿Y cómo ha sido?

Yo suspiré y la observé comenzar a beberse la segunda bolsa de sangre.

—Increíble. Ya sé que esto te sonará totalmente ridículo, pero creo que puede que haya algo serio entre él y yo.

—Igual que Romeo y Julieta —dijo ella entre trago y trago.

—Ah, Stevie Rae, usa otra analogía distinta, ¿quieres? Lo de R y J no termina bien.

—Apuesto a que él sí sabe bien —dijo ella.

—¿Cómo?

—Me refiero a su sangre.

—No lo sé.

—Todavía —dijo ella mientras alargaba la mano hacia otra bolsa de sangre.

—Y hablando de sangre, será mejor que vayas más lenta bebiendo. Neferet ha llamado a los vampiros guerreros Hijos de Érebo, y ahora mismo es muy difícil escaparse de la escuela. No estoy segura de cuándo podré volver aquí con más sabrosas bolsas de sangre.

Un escalofrío atravesó el cuerpo de Stevie Rae. Su aspecto hasta ese momento había sido casi normal, pero al oír mis palabras pareció desinflarse y sus ojos enrojecieron.

—No podré soportarlo mucho más.

Ella había hablado en un tono de voz tan bajo, tan tenso, que yo casi no la había oído.

—¿Tan terrible es, Stevie Rae? Quiero decir, ¿no puedes racionarte o algo así?

—¡No es eso! Puedo sentir cómo se desvanece... más y más cada día... cada hora.

—¿Qué es lo que se desvanece?

—¡Mi humanidad! —dijo ella casi llorando.

—Pero, cariño —dije yo, alargando el brazo para rodearla con él sin hacer caso de su extraño olor y del hecho de que su cuerpo fuera como una piedra—, ahora estás mejor. Yo estoy aquí. Entre las dos conseguiremos arreglar esto.

Stevie Rae me miró a los ojos.

—Ahora mismo puedo sentir tu pulso. Noto cada vez que late tu corazón. Hay algo dentro de mí que me grita que te raje el cuello y que me beba tu sangre. Y ese algo se hace cada día más fuerte —explicó ella. Se apartó de mí y se pegó al sofá—. Puedo poner la cara de la Stevie Rae de antes, pero es solo parte del monstruo que hay en mí. Lo hago solo para cazarte.

Yo respiré hondo y me negué a apartar la vista de ella.

—Vale, sé que parte de lo que dices es cierto. Pero todo no me lo creo, y no quiero que tú te lo creas tampoco. Tu humanidad sigue ahí, dentro de ti. Sí, puede que cada día esté enterrada más profundamente, pero sigue ahí. Y eso significa que seguimos siendo las mejores amigas. Además, piénsalo. No te hace falta cazarme. ¡Hola, estoy aquí! No me oculto precisamente.

—Creo que puedes estar en peligro conmigo —susurró Stevie Rae.

—Soy más fuerte de lo que crees, Stevie Rae —sonreí yo. Me acerqué despacio a ella de modo que no la sobresaltara, alargué una mano y la puse sobre las suyas—. Extrae el poder de la tierra. Yo creo que tú eres diferente del resto de… eh…

Tuve que hacer una pausa, buscando el modo de llamarlos.

—¿Del resto de repugnantes chicos muertos no muertos? —sugirió Stevie Rae.

—Sí. Tú eres diferente del resto de repugnantes chicos muertos no muertos por tu afinidad con la tierra. Extrae la energía y eso te ayudará a luchar contra lo que sea que esté dentro de ti.

—Oscuridad… dentro de mí solo hay oscuridad —dijo ella.

—No todo es oscuridad. También está la tierra.

—Vale… bien… —jadeó ella—. La tierra. Lo recordaré. Lo intentaré de verdad.

—Puedes vencer a esto, Stevie Rae. Podemos vencerlo.

—¡Ayúdame! —dijo ella, apretando de pronto mi mano con tanta fuerza que casi grité—. ¡Por favor, Zoey, ayúdame!

—Lo haré. Te lo prometo.

—Pronto. Tiene que ser pronto.

—Lo será. Te lo prometo —repetí yo, a pesar de no tener ni idea de cómo iba a mantener mi promesa.

—¿Qué vas a hacer? —preguntó Stevie Rae con los ojos desesperadamente fijos en mí.

Yo solté lo primero que se me vino a la cabeza.

—Voy a convocar un círculo y a pedirle ayuda a Nyx.

—¿Y eso es todo? —preguntó Stevie Rae, parpadeando perpleja.

—Bueno, nuestro círculo es poderoso y Nyx es una Diosa. ¿Qué más podemos necesitar?

Me daba cuenta de que mi voz sonaba más segura de lo que me sentía.

—¿Y quieres que yo vuelva a representar a la tierra otra vez? —preguntó ella con voz trémula.

—No. Sí.

Hice una pausa. Me sentía culpable, y me preguntaba qué se suponía que debía hacer con Aphrodite. Había quedado perfectamente claro al representar ella a la tierra que debía unirse a nuestro círculo. Pero ¿asustaría a Stevie Rae el ver su lugar ocupado por una persona a la que consideraba sin lugar a dudas su enemigo? Además, nadie excepto Aphrodite sabía de la existencia de Stevie Rae, y así debía seguir siendo mientras yo no estuviera lista para que Neferet se enterara de que lo sabía. Problemas. Definitivamente yo sí que tenía problemas.

—Eh... no estoy segura. Déjame pensarlo, ¿de acuerdo?

La expresión de Stevie Rae volvió a cambiar. De pronto pareció destrozada, completamente vencida.

—Ya no quieres que vuelva a formar parte de tu círculo.

—¡No es eso! Es solo que es a ti a quien hay que curar, así que puede que sea mejor que tú estés en el centro conmigo en lugar de ocupar tu lugar normal —dije yo. Suspiré y sacudí la cabeza—. Tengo que investigarlo un poco más.

—Pues hazlo deprisa, ¿quieres?

—Lo haré. Pero tú tienes que prometerme que irás despacio con la sangre y que te quedarás aquí y te concentrarás en tu conexión con la tierra —dije yo.

—Muy bien, lo intentaré.

Apreté su mano y luego extendí los dedos después del apretón de ella.

—Lo siento, pero tengo que marcharme. Neferet va a celebrar un ritual especial para la profesora Nolan, y luego tengo que celebrar yo el ritual de la Luna llena.

Y tendría que volver a la biblioteca otra vez hasta dar con el tipo de ritual que pudiera servirle de ayuda a Stevie Rae. Y además no tenía ni idea de qué hacer con Loren. Y probablemente Erik estaría enfadadísimo conmigo por marcharme a toda prisa. Y ni siquiera había roto con Heath. ¡Recórcholis!, me dolía la cabeza. Otra vez.

—Hace un mes.

—¿Cómo?

Yo seguía de pie, pero estaba distraída pensando en todas las cosas a las que tenía que enfrentarme.

—Fallecí durante la luna llena, y de eso hace un mes.

Eso atrajo toda mi atención.

—Es cierto. Fue hace exactamente un mes. Me pregunto...

—¿Si eso significa algo?, ¿si esta puede ser la noche adecuada para tratar de arreglar lo que fuera que me ocurriera?

Casi retrocedí ante el tono de voz esperanzado de Stevie Rae.

—No lo sé. Puede ser.

—¿Crees que debería ir al campus esta noche?

—¡No! Ahora mismo está abarrotado de guerreros. Te atraparían.

—Quizá sea lo mejor. Quizá lo mejor sea que todos sepan de mi existencia.

Yo me froté la cabeza, tratando de descifrar lo que me decían las entrañas. Me habían estado gritando que mantuviera lo de Stevie Rae en secreto durante tanto tiempo que ya no sabía si debía seguir ocultándola o si lo que sentía eran simplemente ecos y confusión (mezclados también, probablemente, con cierta desesperación y depresión).

—No estoy segura. Tengo que... tengo que pensarlo un poco, ¿de acuerdo? —contesté al fin. Stevie Rae dejó caer los hombros, desilusionada—. Lo sé, me daré prisa —añadí en vano. Me incliné y la abracé a toda prisa—. Adiós. No te preocupes. Volveré pronto. Te lo prometo.

—Si te decides, mándame un mensaje de texto o algo y yo iré, ¿vale?

—Vale —contesté yo. Al llegar a la puerta me giré hacia ella—. Te quiero, Stevie Rae. No lo olvides. Seguimos siendo las mejores amigas.

Ella no dijo nada; solo asintió con una expresión desolada. Yo invoqué a la noche, a la niebla y a la magia y me apresuré a adentrarme en la oscuridad.

20

Por supuesto, me pillaron al volver al campus. Yo había subido ya flotando por el muro (sí, subí literalmente flotando, lo cual es demasiado chulo como para explicarlo con palabras) y volvía al dormitorio con lo que yo considero una excelente velocidad y un buen sigilo, cuando prácticamente me tropecé con todos ellos juntos. Es decir, me topé con un grupo de vampiros de los importantes, rodeados de al menos una docena de guerreros como montañas (vi a las gemelas y a Damien dentro de ese grupo, así que Aphrodite había estado en lo cierto, y Neferet había incluido a mi Consejo de prefectos). Entonces me quedé helada, di un paso atrás para esconderme en la sombra de un enorme roble y contuve el aliento, esperando que mi nuevo poder tan chulo de la invisibilidad (o quizá sea mejor describirlo como mi habilidad con la niebla) me permitiera permanecer oculta. Por desgracia, mientras yo observaba Neferet hizo una pausa, lo cual provocó que todo el grupo hiciera una pausa. Ella ladeó la cabeza y juro que olió la brisa como si fuera un sabueso. Entonces sus ojos se dirigieron directamente hacia el árbol en el que estaba yo, hacia mi escondite, y parecieron penetrarme. Y así, sin más, perdí la concentración. Me eché a temblar y supe que, de nuevo, era completamente visible.

—¡Ah, Zoey! ¡Ahí estás! Precisamente les estaba preguntando a tus amigos adónde podías haber ido —comenzó a decir Neferet, que enseguida hizo una pausa para lanzarles a las gemelas, a Damien y *(¡ups!)* a Erik la más increíble sonrisa, cargada a doscientos cincuenta vatios. Entonces rebajó la sonrisa al mínimo, la cambió por una mirada maternal de preocupación dirigida a mí y añadió—: Ahora mismo no es momento de andar por ahí sola.

—Lo siento, es que tenía que… —comencé yo a explicarme.

Mi voz se fue desvaneciendo al ver que todos los ojos estaban fijos en mí.

—Ella necesita estar a solas antes de los rituales —dijo Shaunee, acudiendo en mi ayuda y dando un paso adelante para enlazar su brazo con el mío.

—Sí, ella siempre necesita estar a solas antes de los rituales. Es típico de Zoey —convino Erin, que vino a colocarse al otro lado y a agarrarme del otro brazo.

—Sí, lo llamamos TASZ: tiempo a solas de Zoey —explicó Damien, uniéndose a nosotros tres.

—Resulta un poco molesto, pero, ¿qué podemos hacer? —dijo entonces Erik, dando la vuelta para ponerse detrás de mí y colocar las manos sobre mis hombros—. Es nuestra Z.

Yo tuve que luchar para no romper a llorar. Mis amigos eran los mejores. Por supuesto, probablemente Neferet se daba cuenta de que estaban mintiendo, pero lo hacían de tal modo que parecía que yo solo había cometido una travesura de adolescente (como, por ejemplo, escaparme para romper con mi novio), y no una cosa gorda (como, por ejemplo, esconder a mi mejor amiga muerta no muerta).

—Bueno, pues en el futuro me gustaría que limitaras tu tiempo de estar a solas —dijo Neferet en un tono de ligero castigo.

—Lo haré. Lo siento —musité yo.

—Y ahora, vayamos a celebrar el ritual —continuó Neferet, caminando a grandes y regias zancadas.

Neferet se alejó de nuestro grupo y obligó a los guerreros a correr para seguirle el paso. Nos dejó a mis amigos y a mí mordiendo el polvo, figurativamente hablando. Por supuesto, la seguimos. ¿Qué otra cosa podíamos hacer?

—Entonces, ¿terminaste con el trabajo sucio? —preguntó Shaunee con un susurro.

—¿Cómo? —pregunté yo mientras parpadeaba del susto.

¿Cómo sabía ella que yo había estado restregándome contra Heath?, ¿acaso se me notaba? ¡Dios, me moriría allí mismo si se me notaba!

Erin elevó los ojos al cielo como pidiendo paciencia.

—Heath. Ruptura. Tú con él —susurró.

—¡Ah, eso! Bueno, pues…

—Hoy he estado muy preocupado por ti —dijo entonces Erik, acercándose y apartando claramente a Shaunee de mi lado para ocupar su lugar junto a mí.

Yo esperaba que las gemelas le sisearan y escupieran, pero en lugar de ello nos hicieron un gesto con las cejas a ambos y se echaron atrás para dejarnos solos y seguir caminando junto a Damien. Yo oí a Shaunee murmurar:

—¡Es tan guapo!

¡Jolines! Así que eran capaces de enfrentarse a Neferet, pero el atractivo sexual de Erik las deshacía por completo.

—Lo siento —me disculpé yo ante Erik de mala gana. Nada más tomarme él de la mano, me sentí culpable—. No era mi intención, pero es que tenía que hacer, eh… cosas.

Erik sonrió y entrelazó sus dedos con los míos.

—Espero que te libraras de él. Quiero decir que espero que te libraras de esa «cosa» en particular esta vez.

Yo les lancé miradas como puñales a las gemelas por encima del hombro, que trataron de poner caritas de inocentes.

—¡Traidoras! —musité.

—No te enfades con ellas. Utilicé una ventaja injustamente y las soborné con ella, aprovechándome de su debilidad.

—¿Cuál?, ¿zapatos?

—Algo que les gusta más aún, al menos de momento. T. J. y Cole.

—Eso ha sido muy astuto por tu parte —dije yo.

—Tampoco fue tan difícil. T. J. y Cole creen que las gemelas «están como un queso» —dijo Erik con un excelente acento escocés, demostrando que es todo un *friqui* de las pelis viejas (¿Hola? ¿Quién cita *Austin Powers?*).

—¿T. J. y Cole dicen que las gemelas «están como un queso» con ese acento?

—Tampoco es que mi acento sea tan malo —se defendió Erik mientras me apretaba la mano, jugando.

—Tienes razón. No lo es.

Yo alcé la vista y le sonreí mientras contemplaba sus nítidos ojos azules y me preguntaba cómo había sido capaz de colocarme en una posición en la que lo engañaba doblemente.

—¿Qué tal estás hoy, Zoey?

Supe por nuestras manos entrelazadas que Erik notaba el sobresalto que me atravesaba el cuerpo al oír la voz de Loren.

—Estoy bien, gracias —dije yo.

—¿Dormiste bien anoche? Me preguntaba si lo conseguirías después de dejarte en el dormitorio —continuó Loren, lanzándole a Erik una mirada de superioridad que dejaba claro que él era más mayor—. Zoey se llevó un buen susto anoche.

—Sí, lo sé —lo interrumpió Erik escuetamente.

Pude sentir la tensión entre los dos y me pregunté, nerviosa, si alguien más la sentía. Al oír los susurros de Shaunee, diciendo «¡demonios, chica!», y los de Erin, exclamando «¡vaya!», me reprimí para no gritar. Era evidente que todo el mundo (traducción: las gemelas) lo había notado.

Para entonces habíamos llegado adonde estaba el grupo de adultos que, según me di cuenta yo en ese momento, rodeaban la puerta trampa del lado este del muro. Sin hacer caso del peligro potencial y explosivo en medio del cual yo misma me había colocado, dije:

—¡Eh!, ¿por qué estamos aquí parados?

—Neferet está ofreciendo una oración por el espíritu de la profesora Nolan y lanzando un hechizo protector alrededor de los terrenos de la escuela —dijo Loren.

Su voz sonó excesivamente dulce y sus ojos resultaron excesivamente cálidos cuando nuestras miradas se encontraron durante varios segundos. Dios, era terriblemente guapo. Recordaba cómo había sentido sus labios contra los míos y…

Y entonces me di cuenta de lo que él acababa de decir.

—¿Pero no siguen su sangre y su…?

Mi voz se desvaneció sin que pudiera evitarlo, mientras hacía un gesto vago hacia fuera, hacia la zona de césped del otro lado del muro, la horrible zona verde que había quedado empapada con la sangre de la profesora Nolan el día anterior.

—No, tranquila, Neferet ya la ha limpiado —dijo Loren en voz baja.

Por un segundo pensé que iba a tocarme allí mismo, delante de todos. Incluso sentí como se tensaba Erik, como si él también lo esperara. Pero entonces la solemne y poderosa voz de Neferet interrumpió nuestro pequeño drama, volviendo la atención de todo el mundo hacia su propia persona.

—Vamos a pasar a través de la puerta trampa hacia el lugar exacto de la atrocidad. Formad una media luna creciente alrededor de nuestra adorada Diosa, que he colocado exactamente en el lugar en el que encontramos el cuerpo devastado de la profesora Nolan. Os pido que concentréis vuestros corazones y vuestras mentes en enviarle energía positiva a nuestra hermana caída, mientras su espíritu vuela libre al maravilloso reino de Nyx. Iniciados —continuó Neferet, cuya mirada se posó en nosotros—, quiero que cada uno de vosotros os coloquéis en la posición de la vela que representa vuestro elemento —indicó Neferet con ojos y voz amables—. Ya sé que no es habitual que los iniciados tomen parte en un ritual de adultos, pero jamás antes la Casa de la Noche había sido bendecida con tanta gente joven tan extraordinaria al mismo tiempo, y me parece justo hoy extraer poder de vuestras afinidades para sumarlo a lo que tenemos que pedirle a Nyx. ¿Podéis hacer esto por mí, por nosotros, iniciados?

Prácticamente pude sentir a Damien y a las gemelas vibrar de emoción. Los tres asintieron como si fueran muñecos sujetos por un muelle, de esos que salen bruscamente de una caja. Entonces Neferet dirigió sus ojos verdes hacia mí. Yo asentí solo una vez. La alta sacerdotisa sonrió, y yo me pregunté si alguien podía ver la fría y calculadora persona que había dentro de ella más allá de su bello exterior.

Aparentemente satisfecha consigo misma, Neferet se agachó y pasó por la puerta trampa abierta seguida de cerca por el resto de nosotros. Yo me preparé para ver algo terrible o, al menos, para ver una escena sangrienta. Pero Loren tenía razón. La zona, que solo la noche anterior resultaba repugnante, estaba perfectamente limpia de cualquier cosa desagradable. Me pregunté brevemente, sin dejar de sacudir la cabeza, cómo la *poli* de Tulsa había conseguido reunir pruebas. Sin duda

Neferet había esperado a que ellos hicieran su trabajo antes de limpiarlo todo, ¿no?

Justo en el lugar en el que había estado el cuerpo de la profesora Nolan, habían colocado una bella estatua de Nyx que parecía esculpida de un solo bloque de ónix. Tenía las manos alzadas, y levantaba una gruesa vela verde que simbolizaba la tierra. Sin decir una palabra, los vampiros formaron un semicírculo alrededor de la estatua. Damien y las gemelas se colocaron cada uno tras las enormes velas que representaban sus respectivos elementos. Yo en realidad no quería, pero ocupé mi posición junto a la vela púrpura que simbolizaba el espíritu. Pude ver a los guerreros, esparcidos alrededor de nosotros, rodeándonos. De espaldas a nosotros, observaban desafiantes la noche, en estado de alerta.

Sin todo el teatro que solía hacer siempre (y que siempre resultaba muy chulo ver), Neferet se acercó a Damien, que sujetaba la vela amarilla muy nervioso, y alzó el mechero ceremonial.

—Nos llena y nos insufla vida. Llamo al viento a nuestro círculo.

La voz de Neferet sonó alta y clara, obviamente fortalecida por el poder de la alta sacerdotisa. Tocó con el encendedor la mecha de la vela, y de inmediato el viento sopló alrededor de Damien y de ella. Neferet estaba de espaldas a mí, así que yo no pude ver su rostro, pero la sonrisa de Damien era amplia y feliz. Traté de no esbozar una expresión de mal humor. El círculo sagrado no era el lugar adecuado para cabrearse, pero no podía evitar estar molesta. ¿Acaso era yo la única que veía lo falsa que era Neferet?

Neferet se acercó a Shaunee.

—Nos calienta y nos socorre. Llamo al fuego a nuestro círculo.

Tal y como yo había experimentado unas cuantas veces antes, la vela roja de Shaunee ardió antes de que el mechero la tocara. La sonrisa de Shaunee fue casi tan brillante como su elemento.

Neferet siguió el círculo hacia Erin.

—Nos acaricia y nos limpia. Llamo al agua a nuestro círculo.

Al encender la vela oí las olas romper en una playa distante y olí la sal y el mar en la brisa de la noche.

Observé cuidadosamente la escena mientras Neferet se acercaba a la estatua de Nyx que sostenía la vela verde. La alta sacerdotisa inclinó la cabeza.

—La iniciada que personificaba este elemento falleció, así que lo adecuado es que la posición de la tierra quede vacía esta noche y que descanse en el lugar en el que descansó el cuerpo de nuestra querida profesora Nolan. Ella nos sostiene. De ella nacemos, y a ella volveremos. Llamo a la tierra a nuestro círculo.

Neferet encendió la vela verde, y aunque prendió y ardió con brillo, yo no olí ni lo más mínimo a praderas ni a flores silvestres.

Entonces Neferet quedó frente a mí. No sé qué tipo de expresión había mantenido ante Damien y las gemelas, pero ante mí su gesto fue serio y fuerte, además de increíblemente bello. Me recordaba a una de esas guerreras amazonas vampiras de la Antigüedad, y casi me olvidé de que en realidad era peligrosa.

—Es nuestra esencia. Llamo al espíritu a nuestro círculo.

Neferet encendió mi vela púrpura y yo sentí mi alma elevarse con ese cosquilleo que te produce una montaña rusa. La alta sacerdotisa no hizo ninguna pausa para dedicarme una mirada especial, sino que en lugar de ello se dirigió a la multitud. Caminó por la parte interior del círculo, mirando a los ojos a los vampiros que nos rodeaban, y fue directa al grano:

—No había ocurrido en más de cien años o, al menos, no había ocurrido tan abierta, tan brutalmente. Los humanos han matado a uno de los nuestros. En este caso no han despertado a un gigante durmiente, sino que han provocado a un leopardo al que creían domado —dijo Neferet, que enseguida elevó la voz, llena de ira—. ¡Ella no está domada!

Se me erizó el vello de los brazos. Neferet era increíble. ¿Cómo alguien tan bien dotado por Nyx podía haberse desviado tanto del buen camino tanto como sabía yo que lo había hecho?

—Ellos creen que nos han serrado los colmillos hasta dejarlos planos y que nos han cortado las garras como a un gordo gatito casero. Pero una vez más, se equivocan —continuó Neferet, que elevó los brazos por encima de la cabeza—. Desde este círculo sagrado, invocado en el lugar del asesinato, yo llamo a nuestra Diosa, Nyx, la bella personificación de la noche. Le pedimos que le de la bienvenida en su seno a Patricia Nolan, aunque sea varias décadas demasiado pronto para que nos abandonara. También le pedimos a Nyx que despierte su ira justiciera y, con la dulzura de su furia divina, nos garantice que con este conjuro de protección no caeremos en la red de los asesinatos humanos.

Mientras decía el hechizo, Neferet se volvió hacia la estatua de Nyx.

Protégenos con la noche;
por encima de todo es en la oscuridad en lo que nos deleitamos.

Cuando se giró para mirar a la multitud, yo vi que sujetaba un cuchillo con el mango de marfil y una hoja curva terriblemente afilada.

Alrededor de este aquelarre pedimos a
Nyx que proyecte su cortina.

Con una mano alzó el cuchillo. Con la otra dibujó en el aire a su alrededor intrincadas formas que comenzaron a brillar y que se hicieron casi sustanciales. Mientras tanto, seguía entonando el hechizo.

Detectaré a todo el que entre o salga,
vampiro, iniciado, humano, todos serán detenidos.
Si alguien pretende hacer el mal
a mi voluntad se someterá.

Entonces, con un gesto rápido y feroz, Neferet se hizo un corte en la muñeca, tan profundo que enseguida comenzó a manarle la sangre roja y densa, cálida y deliciosa. La fragancia me inundó; automáticamente se me hizo la boca agua. Seria y decidida, la alta sacerdotisa recorrió el círculo de modo que su sangre cayera a nuestro alrededor, formando un arco escarlata y rociando el césped que tan recientemente había estado empapado con la sangre de la profesora Nolan. Finalmente, se volvió hacia la estatua de Nyx. Alzó el rostro hacia el cielo nocturno y completó el hechizo.

Mi sangre nos une,
que así sea.

Juro que la brisa nocturna murmuró a nuestro alrededor, y por un momento de verdad pude ver algo asentarse sobre los muros de la escuela; como una especie de cortina de gasa negra. Neferet había hecho un conjuro no solo para saber cuándo penetraba el peligro en la escuela, sino también para saber cuándo entraba o salía cualquiera. Tuve que morderme la lengua para no gritar. De ninguna manera iba a poder burlar aquella cortina de la Diosa con mi pequeño truco de Bram Stoker. ¿Cómo diablos se suponía que iría a llevarle sangre a Stevie Rae?

Completamente absorta en mi propio drama, apenas me di cuenta del momento en el que Neferet cerró el círculo. Indiferente, dejé que la marea de gente me llevara de vuelta dentro por la puerta trampa. Solo desperté cuando oí la voz profunda de Loren, sorprendentemente cerca de mi oído.

—Te veré en el salón de entretenimiento dentro de un momento.

Alcé la vista hacia él. La expresión de mi rostro debió ser un puro signo de interrogación, porque al verla él añadió:

—Para el ritual de la Luna llena. Esta noche seré tu poeta para abrir el círculo, ¿no te acuerdas?

Antes de que pudiera decir nada, la voz de Shaunee ronroneó:

—Siempre nos encanta oírte recitar poesía, profesor Blake.

—Sí, jamás nos lo perderíamos. Ni siquiera por las rebajas de zapatos de Saks —añadió Erin con los ojos brillantes.

—Entonces nos veremos allí —repitió Loren, que no apartó la vista ni por un segundo de mí.

Loren inclinó la cabeza ligeramente, a modo de saludo, y se marchó.

—¡Guapísimo! —exclamó Erin.

—Eso digo yo, gemela —añadió Shaunee.

—Pues yo creo que es rastrero.

Todos nos dimos la vuelta para ver como Erik observaba a Loren de espaldas con un gesto de desprecio.

—¡Oh, no, de ninguna manera! —exclamó Shaunee.

—El seductor Loren Blake simplemente es amable —convino Erin, poniendo los ojos en blanco como si pensara que Erik se había vuelto loco.

—¡Eh!, no te conviertas en el típico novio psicoceloso de Z —advirtió Shaunee.

—Eh… tengo que ir a cambiarme —solté yo. No quería ni siquiera mencionar el comentario obviamente celoso de Erik—. ¿Podríais ir vosotros al salón de entretenimiento, chicos, y comprobar que está todo listo? Yo voy corriendo al dormitorio y vuelvo en un segundo.

—Ve tranquila —dijeron las gemelas al unísono.

—Nosotros nos ocuparemos de los toques de última hora —anunció Damien.

Erik no dijo nada. Yo sonreí un segundo en su dirección, espero que con un gesto de inocencia, y salí disparada hacia el dormitorio. Sentí sus ojos fijos en mi espalda y comprendí con una terrible y devastadora certeza que iba a tener que hacer algo con respecto a Erik y Loren (y Heath). Pero, ¿qué diablos iba a hacer?

Estaba loca por Heath. Y por su sangre.

Erik era un chico increíble que de verdad, de verdad me gustaba.

Loren era completamente delicioso.

Jolines, y yo era una guarra.

21

Trataba de convencerme a mí misma de que aquel ritual pasaría en un abrir y cerrar de ojos. Simplemente trazaría el círculo, ofrecería oraciones por la profesora Nolan, anunciaría que Aphrodite se unía a las Hijas Oscuras (lo cual resultaría obvio, después de que ella mostrara su afinidad con la tierra) y entonces diría que, debido a los nervios por los últimos acontecimientos a los que se enfrentaba la escuela, había decidido no nombrar a ningún miembro para el Consejo de prefectos hasta el final del curso escolar. Sería realmente un ritual muy sencillo, le repetía a mi estómago agarrotado una y otra vez. Nada que ver con el ritual del mes anterior, durante el cual había muerto Stevie Rae. Aquella noche no podía ocurrir nada malo. Vestida y todo lo preparada que podía llegar a estar, abrí la puerta y… me encontré a Aphrodite, de pie ante el umbral.

—Respira, ¿quieres? —dijo ella, dando un paso atrás para apartarse de mi camino—. ¡Eh!, que tienen que esperarte.

—Aphrodite, ¿es que nunca te ha dicho nadie que es de mala educación hacer esperar a la gente? —pregunté yo mientras echaba a correr por el pasillo, bajando prácticamente las escaleras de dos en dos.

Aphrodite salió disparada detrás de mí hasta alcanzarme y luego luchó por mantener mi ritmo. Al salir, yo asentí en dirección a Darius, que ocupaba su posición junto a la puerta, y él me saludó.

—¿Sabes?, esos guerreros son realmente sexis —dijo Aphrodite mientras hacía un gesto con la cabeza para echarle el último vistazo a Darius. Luego me miró haciendo una mueca y me dijo con su voz de niña mimada y engreída—: Y no, nadie me ha dicho nunca que es de mala educación hacer esperar a la gente. Crecí haciendo esperar a los demás. En cuanto a mi madre, el sol la espera para salir y ponerse cada día.

Yo hice una mueca de exasperación.

—Bueno, y ¿qué tal fue el ritual de Neferet?

—Fabuloso. Echó una cortina protectora alrededor de toda la escuela. Ahora nadie puede salir ni entrar sin que ella se entere. No podría haber salido mejor. Bueno, es decir, a menos que tú hubieras estado con nosotros.

A pesar de que no había nadie a nuestro alrededor, Aphrodite bajó la voz.

—¿Ella aún sigue bebiéndose las bolsas de sangre una detrás de otra?

—Apenas se toma un respiro entre bolsa y bolsa. Tenemos que hacer algo cuanto antes.

—Pues no sé qué crees que podemos hacer —dijo Aphrodite—. Tú eres la que tiene superpoderes. Yo solo estoy de acompañante —continuó, bajando aun más la voz—. Además, no sé qué esperas hacer. Ella es repugnante y da bastante miedo.

—Ella es mi mejor amiga —susurré yo rabiosa.

—No. Ella solía ser tu mejor amiga. Ahora es una terrible chica muerta no muerta que bebe sangre como si fuera un refresco.

—Sigue siendo mi mejor amiga —repetí yo con cabezonería.

—Bien. Lo que tú digas. Entonces cúrala.

—Estupendo, pero no es tan sencillo.

—¿Cómo lo sabes?, ¿lo has intentado?

Yo me detuve en seco.

—¿Qué acabas de decir?

Aphrodite alzó una ceja y se encogió de hombros. Parecía terriblemente aburrida.

—Algo así como: ¿lo has intentado?

—¡Por todos los demonios! ¿Es que crees que es tan fácil? Quiero decir que durante todo este tiempo he estado buscando un hechizo o un ritual o un… algo específico, algo increíble y totalmente mágico, ¿y ahora resulta que lo único que necesitaba era pedirle a Nyx que la curara?

Y mientras estaba ahí de pie, disfrutando del hecho de haber encontrado por fin una solución, oí el eco de la voz de Nyx en mi mente, repitiéndome lo que ella misma me había dicho hacía un mes, justo antes de que usara mis poderes elementales para romper el bloqueo que Neferet había impuesto sobre mi memoria: «*Quiero recordarte que los elementos pueden restaurar además de destruir*».

—¿«Por todos los demonios»? ¿Has dicho «por todos los demonios»? ¿Sabes?, eso es casi otro taco. Estoy comenzando a preocuparme por tu sucia boca.

De pronto me sentía tan completamente feliz y esperanzada que ni siquiera Aphrodite fue capaz de enfadarme. Así que me eché a reír.

—¡Vamos!, ya te preocuparás luego por mi boca.

Salí disparada otra vez, casi corriendo por el camino.

Había otro guerrero de pie ante la puerta del salón de entretenimiento. Era enorme e iba vestido de negro, y parecía el típico vampiro que hubiera debido dedicarse a la lucha profesional. Aphrodite ronroneó como un gato ante él, y él le dedicó una sonrisa sensual aunque masculina y guerrera. Ella se quedó un ratito a ligar otro poco más.

—¡No llegues tarde! —le dije yo en susurros.

—¡Relájate ya! Entraré dentro de un segundo —contestó Aphrodite con un gesto de despedida de la mano que me recordó que era mejor que no nos vieran juntas.

Yo asentí tensa en su dirección y entré.

—¡Z, por fin llegas! —exclamó Jack, que vino correteando hacia mí con Damien siguiéndolo de cerca.

—Lo siento, me he dado toda la prisa que he podido —dije yo.

—Tranquila, todo el mundo está listo. Te estamos esperando —dijo Damien con una enorme sonrisa que de pronto se desvaneció—. Bueno, todos excepto Aphrodite. No sabemos dónde está.

—Yo sí la he visto. Viene para acá. Adelante, situaos en vuestros puestos.

Damien asintió. Volvió al círculo mientras Jack se ocupaba del equipo de audio (el chico es un genio con cualquier tipo de equipo electrónico).

—Cuando estés lista, dímelo —gritó Jack.

Yo le sonreí y luego volví la vista al círculo. Las gemelas me saludaron con la mano desde sus puestos al sur y al oeste. Erik estaba de pie junto al puesto vacío detrás de la vela de la tierra. Nuestras miradas se encontraron y él me guiñó un ojo. Yo le sonreí, pero me pregunté por qué se quedaba de pie tan cerca de donde sabía que se colocaría Aphrodite.

Y hablando de... Molesta por el hecho de que ella me hiciera esperar a mí, volví la vista hacia la puerta justo a tiempo de verla entrar nerviosamente en la sala. La observé vacilar, y pensé que su rostro se ponía ligeramente pálido al contemplar el círculo de hijos e hijas oscuros esperando. Entonces alzó la barbilla, se echó atrás la melena rubia y, sin hacer caso de nadie, pasó pavoneándose directamente hacia el puesto más al norte del círculo para quedarse de pie tras la vela verde. Al verla los chicos, todo el mundo se calló como si alguien hubiera apretado el botón de pausa. Nadie dijo nada durante unos segundos, pero enseguida comenzaron los murmullos. Aphrodite se quedó detrás de la vela; serena, bella y con su actitud engreída.

—Mejor comenzar, antes de que se te declare un motín.

En esa ocasión no me sobresalté al oír la profunda y seductora voz de Loren desde tan cerca de mí. Sonreí y me volví hacia él, sobre todo para que la mayor parte de la gente (Erik) no viera lo que estoy segura de que era una expresión en mi rostro no apta para apta para el público infantil.

—Yo estoy todo lo lista que podría estar —dije yo.

—¿Y se supone que ella debe estar ahí? —preguntó Loren mientras ladeaba la barbilla en dirección a Aphrodite.

—Desgraciadamente, sí.

—Esto va a ser interesante.

—Así soy yo y así es mi vida: interesante. Tan interesante como un accidente de tráfico.

—Mucha mierda —me deseó Loren, riendo.

—Conociéndome, puede que sea literal —dije yo, suspirando. Me preparé, me giré hacia el círculo y añadí—: Estoy lista.

—Yo le daré la señal a la música. Tú comienza tu danza hacia el centro mientras yo recito el poema —dijo Loren.

Yo asentí y me concentré en respirar y calmarme. Cuando comenzó la música, los rumores del círculo cesaron por completo. Todos los ojos se fijaron en mí. Yo no reconocí la canción, pero el repiqueteo era regular, rítmico, sonoro; me recordaba al pulso. Mi cuerpo lo captó enseguida y comenzó a moverse hacia fuera del círculo.

La voz de Loren complementaba la música perfectamente.

> He estado relacionándome con la noche.
> He salido a caminar con la lluvia, y he vuelto con la lluvia…

Los versos del antiguo poema encajaban perfectamente con mi estado de ánimo, conjurando de alguna manera las imágenes de los otros mundos en los que yo comenzaba a sentirme cómoda durante mis aventuras solitarias lejos del campus.

> He visto la calle más triste de la ciudad.
> He pasado por delante del vigilante que cuenta sus pasos
> Y he bajado la vista, sin ganas de explicar.

Casi podía sentir la oscuridad de la noche anterior, y ver como parecía metérseme en la piel. Y supe una vez más en qué sentido yo le pertenecía más a esa oscuridad que al mundo humano que me rodeaba. Mientras me movía dentro del círculo, me eché a temblar y oí a Damien lanzar un suave grito de sorpresa, y entonces supe que la niebla y la magia se habían apoderado de mi cuerpo.

> Y más allá, en las alturas no terrestres,
> Un reloj de luz sobre el cielo
> Proclama que el tiempo jamás fue ni incorrecto ni correcto.
> He estado relacionándome con la noche.

La voz de Loren se desvaneció y yo giré una vez más, despojándome de la sensación de niebla y de magia de modo que mi cuerpo resultara plenamente visible. Pletórica aún de magia nocturna, elegí el encendedor ritual de la mesa ricamente cargada del centro del círculo, y me di cuenta de que quizá por primera vez me sentía como una auténtica alta sacerdotisa de Nyx, empapada de la magia de la Diosa y saturada de su poder. Todo el estrés al que había estado sometida había desaparecido, barrido por una ola de felicidad. Caminé ligera hacia Damien y me quedé de pie ante él. Él sonrió y susurró.

—¡Eso ha sido realmente chulo!

Yo le devolví la sonrisa y alcé el mechero. Las palabras que me vinieron instintivamente a la mente tuvieron que proceder de Nyx, porque yo jamás he sido tan poética:

—Suaves y susurrantes vientos lejanos, venid a saludarnos. ¡En el nombre de Nyx yo os invoco para que sopléis claros, frescos y libres, y os llamo a mí!

Toqué con la llama la mecha de la vela amarilla de Damien e, instantáneamente, me vi rodeada por un viento dulce y acariciador.

Me apresuré a acercarme a Shaunee y a su vela roja. Decidí seguir adelante con ese sentimiento especial de sacerdotisa mágica que me estaba embargando. Comencé la invocación sin levantar el mechero.

—Cálidos y rápidos fuegos lejanos, que proporcionáis calor a la vida, ¡en el nombre de Nyx, yo os mando que vengáis a saludarnos y os llamo para que vengáis a mí!

Toqué la mecha de la vela con un rápido movimiento de los dedos, y enseguida estalló una preciosa llama. Shaunee y yo nos sonreímos la una a la otra y luego yo continué el círculo en dirección a Erin.

—Frías aguas de lago y de corriente lejana, os ofrezco saludos. Corred claras, puras y serenas en mágica presencia aquí. ¡En el nombre de Nyx manifestaos, de modo que os veamos, porque yo os llamo a mí!

Toqué la vela azul de Erin con el mechero, y me encantó la forma en que los chicos que estaban más cerca se quedaron boquiabiertos y se echaron a reír al ver como el agua visible, que no los tocaba, iba a romper contra los pies de Erin.

—Tranquila —susurró Erin.

Yo sonreí y seguí moviéndome en el sentido de las agujas del reloj hasta colocarme frente a Aphrodite y la vela verde. La risa general y los alegres susurros del grupo hacía tiempo que se habían acallado. El rostro de Aphrodite era una máscara de indiferencia. Solo en sus ojos podía yo apreciar el nerviosismo y el miedo, y por un segundo me pregunté cuánto tiempo llevaba ella ocultando sus emociones. Pero, conociendo a sus padres de pesadilla, me figuré que mucho.

—Todo saldrá bien —le susurré casi sin mover los labios.

—Puede que eche la pota —susurró ella.

—¡Qué va! —exclamé yo con una sonrisa.

Entonces alcé la voz y pronuncié las bellas palabras que pasaron por mi mente:

—Paisajes lejanos y lugares salvajes de la tierra, yo os saludo. Despertad de vuestro musgoso sueño para traer prodigalidad y belleza y equilibrio. ¡En el nombre de Nyx yo llamo a la tierra a mí!

Encendí la vela de Aphrodite y la rica y fresca fragancia de un campo de heno recién segado inundó por completo toda la sala de recreo. El canto de los pájaros nos rodeó. Las lilas dulcificaron el aire de tal modo que fue como si alguien hubiera estado rociándolo todo con un aerosol con el perfume más perfecto. Yo miré a los ojos a Aphrodite. Los de ella brillaban. Luego me giré para observar al resto del círculo. Todo el mundo miraba a Aphrodite, atónitos y en absoluto silencio.

—Sí —afirmé yo con sencillez, cortando de cuajo todas las preguntas que sabía pululaban por esas cabezas y poniendo (esperaba) fin a sus dudas.

Puede que Aphrodite no les gustara; puede que no confiaran en ella; pero tendrían que aceptar el hecho de que Nyx la había bendecido con un don.

—Sí, Aphrodite ha sido bendecida con la afinidad con el elemento tierra —repetí yo.

Entonces me dirigí al centro del círculo y recogí mi vela púrpura.

—Espíritu lleno de magia y de noche, susurrante alma de la Diosa, amiga y extraña, misterio y conocimiento, ¡en el nombre de Nyx yo te llamo a mí!

Encendí mi vela y me quedé de pie muy quieta, con la familiar cacofonía de los cinco elementos llenándome en cuerpo y alma.

Era tan increíble que casi me olvidé de respirar.

Cuando de nuevo volví a la realidad, prendí la rama seca trenzada de eucalipto y salvia y enseguida la apagué. Respiré hondo el humo de las hierbas y me concentré en las propiedades por las cuales las valoran tanto las gentes de mi abuela: el eucalipto por su poder curativo, de protección y de purificación, y la salvia blanca por su habilidad para conducir nuestros espíritus, energías e influencias negativas. Mientras el humo me rodeaba, miré hacia fuera y comencé a hablar. Era tan consciente de todos los ojos fijos en mí como lo era del hilo de luz brillante plateada que visiblemente unía nuestro círculo.

—¡Benditos seáis! —grité.

—¡Bendita seas! —respondió el grupo.

Sentí que mi tensión comenzaba a desaparecer al dirigirme a ellos:

—Hoy todos sabéis ya que anoche asesinaron a la profesora Nolan. Fue tan horrible y tan cierto como los rumores dicen que fue. Pero ahora mismo me gustaría que os unierais a mí para pedirle a Nyx que calme su espíritu y también que nos ayude a calmar el nuestro —dije. Hice una pausa y miré a Erik—. No llevo aquí mucho tiempo, pero sé que muchos de vosotros os sentíais muy unidos a la profesora Nolan.

Erik trató de sonreír, pero su tristeza era tan evidente que le resultaba imposible curvar los labios. Parpadeó intentando reprimir las lágrimas que inundaban sus ojos azules brillantes y líquidos, tratando de evitar que se derramaran por sus mejillas.

—Era una buena profesora y una bella persona. Vamos a echarla de menos —continué yo—. Mandémosle a su espíritu una última bendición.

—¡Bendita sea! —gritaron automáticamente los chicos con toda su alma.

Yo hice una pausa hasta que se callaron del todo, y entonces continué:

—Ya sé que se suponía que tenía que anunciar a quién quiero elegir para el Consejo de prefectos, pero debido a todo lo sucedido durante el último mes, he decidido esperar hasta el final del curso. Entonces el Consejo y yo nos reuniremos y barajaremos nombres, que os daremos a conocer para que votéis. Hasta entonces, he decidido añadir automáticamente a un iniciado más a nuestro Consejo.

Hablaba como si se tratara de la decisión más natural del mundo, como si fuera una cuestión de hecho y yo no estuviera diciendo nada que la mayor parte de la gente considerara una completa locura.

—Como ya habéis visto, la Diosa le ha concedido a Aphrodite la afinidad con la tierra. Igual que a Stevie Rae, eso le otorga una posición en nuestro Consejo. Y también igual que Stevie Rae, ella ha accedido a acatar mis nuevas reglas de las Hijas Oscuras.

Me giré para mirar a Aphrodite a los ojos, y me sentí aliviada al ver que ella me sonreía tensa y nerviosa para, finalmente, asentir con la cabeza una sola vez. Entonces, sin concederles ni un solo instante para ponerse a cotillear, cogí la copa de vino tinto de la mesa de Nyx y comencé la invocación oficial de la Oración de la Luna Llena.

—Este mes, una vez más, nos encontramos con que, con la luna llena, hemos de enfrentarnos a nuevos comienzos. El mes pasado se trató de un nuevo orden en las Hijas e Hijos Oscuros. Este mes se trata de un nuevo miembro del Consejo de prefectos y de la tristeza por la muerte de una profesora. Yo solo he sido la líder durante un mes, pero sin embargo sé que puedo... —hice una pausa y me corregí— quiero decir que sé que nosotros podemos confiar en que Nyx nos ama y en que estará con nosotros aun cuando ocurran cosas horribles.

Alcé la copa y recorrí el círculo, recitando el antiguo y bello poema que había memorizado el mes pasado:

Luz airosa de la luna
Misterio de la tierra profunda
Poder del agua que fluye
Calidez de la llama ardiente
¡En nombre de Nyx os llamamos a nosotros!

Ofrecí a cada uno de los iniciados un trago de vino, y asentí cada vez que ellos me sonrieron. Me concentré luego en tratar de parecer alguien con quien ellos pudieran contar; alguien en quien ellos pudieran confiar.

Curación de las heridas
Enderezamiento de lo erróneo
Purificación de lo impuro
Deseo de verdades
¡En nombre de Nyx os llamamos a nosotros!

Me alegré de que todos murmuraran «bendita sea» después de beber y de que no se mostraran particularmente rebeldes.

Vista del gato
Oído del delfín
Velocidad de la serpiente
Misterio del fénix
¡En nombre de Nyx os llamamos a nosotros
y os pedimos que seáis bendecidos con nosotros!

Le ofrecí a Aphrodite el último trago antes de beber yo. Casi ni siquiera la oí susurrar «¡Buen trabajo, Zoey!», justo antes de beber y de devolverme la copa, diciendo las palabras rituales «Bendita seas» con voz lo suficientemente alta como para que todo el mundo la oyera.

Me sentí aliviada y bastante orgullosa de mí misma, apuré la copa de vino y la dejé sobre la mesa. Entonces, en orden inverso, le di las gracias a cada elemento y los fui despidiendo mientras Aphrodite, Erin, Shaunee y Damien soplaban sobre sus respectivas velas. Por último completé el ritual diciendo:

—Este ritual de la Luna llena ha terminado. Bienvenidos, partid con bien y de nuevo bienvenidos.

Los iniciados contestaron:

—Feliz encuentro, feliz partida y feliz reencuentro.

Recuerdo que estaba sonriendo como una estúpida, absolutamente desprevenida, cuando Erik soltó un grito de dolor y cayó de rodillas.

22

A diferencia de cuando murió Stevie Rae, en esa ocasión yo no vacilé ni me quedé absorta siquiera un instante.

—¡No! —grité.

Corrí hacia Erik y caí de rodillas a su lado. Él tenía las manos sobre las rodillas, gemía de dolor y casi tocaba el suelo con la cabeza. Yo no podía ver su rostro, pero sí su sudor o quizá incluso su sangre, aunque todavía no podía olerla; el caso era que le empapaba la camisa. Yo sabía muy bien qué ocurriría a continuación: le saldría sangre de los ojos, de la nariz y de la boca; literalmente, se ahogaría en sus propios fluidos. Y, sí, sería tan horrible como sonaba. Nada podría pararlo. Nada podía cambiar el proceso. Lo único que yo podía hacer era estar ahí para él y esperar que, de alguna manera, se transformara en lo mismo que se había transformado Stevie Rae para retener así en parte su humanidad.

Puse la mano sobre su hombro tembloroso. Su camisa irradiaba calor; era como si su cuerpo ardiese y saliera al exterior. Miré frenéticamente a mi alrededor, buscando ayuda. Como siempre, Damien estaba ahí siempre que lo necesitaba.

—Trae toallas y a Neferet —le dije yo.

Damien salió disparado con Jack siguiéndole los talones.

Me volví de nuevo hacia Erik, pero antes de que pudiera tirar de él para abrazarlo, la voz de Aphrodite interrumpió los quejidos de Erik y los gritos de los niños asustados que lo observaban.

—¡Zoey, no se está muriendo! —exclamó Aphrodite.

Yo alcé la vista hacia ella sin comprender del todo lo que estaba diciendo. Ella me agarró del brazo y tiró de mí para apartarme de Erik. Yo comencé a luchar, pero lo siguiente que dijo sí lo entendí y me dejó helada:

—¡Escúchame! ¡No se está muriendo! ¡Está cambiando!

De pronto Erik gritó y su cuerpo se hizo un ovillo sobre sí mismo; era como si algo dentro de su pecho estuviera tratando de salir de allí. Tenía las manos apretadas contra el rostro. Seguía temblando violentamente. Era evidente que sentía mucho dolor y que le estaba ocurriendo algo importante. Pero no le salía absolutamente nada de sangre.

Aphrodite tenía razón. Erik estaba cambiando; se estaba transformando en un vampiro adulto.

Jack corrió hacia mí y puso varias toallas en mis manos. Yo alcé la vista hacia él. El chico berreaba con tanta fuerza que se le salían los mocos. Me puse en pie y lo abracé.

—No se está muriendo. Está cambiando —le dije.

Mi voz sonó extraña al repetir las palabras de Aphrodite: ronca, tensa.

Entonces Neferet entró de golpe en la sala con Damien y unos cuantos de los guerreros siguiéndola de cerca. Ella corrió hacia Erik. Observé su rostro fijamente, y sentí una mareante ola de alivio al ver que su expresión pasaba instantáneamente de tensa a feliz. Neferet se dejó caer al suelo junto a Erik. Comenzó a murmurar algo en voz tan baja que apenas pude oírla, y luego rozó su hombro. El cuerpo de Erik se sacudió violentamente otra vez, y por fin empezó a relajarse. Su horrible temblor cesó, y también su dolorosa y horrible forma de gemir. Lentamente el cuerpo de Erik se fue estirando hasta quedar de rodillas, con las manos apoyadas en el suelo. Tenía la cabeza inclinada hacia el suelo, así que yo no podía ver su rostro.

Neferet le susurró algo y él, en respuesta, asintió. Entonces ella se puso en pie y se volvió hacia nosotros. Su sonrisa era increíble, completamente feliz y casi cegadora de lo puramente bella.

—¡Alegraos conmigo, iniciados! ¡Erik Night ha completado el cambio! ¡Levántate, Erik, y sígueme para tu ritual de purificación y el comienzo de tu nueva vida!

Erik se puso en pie y elevó la cabeza. Yo me quedé boquiabierta exactamente igual que todos los demás. Su rostro estaba iluminado. Parecía como si alguien hubiera encendido un interruptor en su interior. Si antes era guapo, en ese instante todo en él se había intensificado. Sus ojos estaban más azules, su espeso pelo parecía más salvaje y más negro y más rebelde; incluso parecía más alto. Y su marca había sido completada. La luna creciente de color zafiro estaba coloreada. Y enmarcando sus ojos, a lo largo de sus cejas marrones y sobre sus bien definidos pómulos, tenía un dibujo impresionante de nudos entrelazados que formaban una máscara y que me recordaron al instante a la bella marca de la profesora Nolan. Me mareé solo de pensar en lo correcto que era que esa marca estuviera en su rostro.

Erik me miró un instante. Sus sensuales labios se curvaron y por un segundo esbozó una sonrisa especial solo para mí. Creí que mi corazón iba a estallar. Entonces él alzó los brazos por encima de la cabeza y gritó con una voz pletórica de poder y felicidad:

—¡He cambiado!

Todos los críos comenzaron a vitorearlo, pero nadie se acercó a él excepto Neferet y los vampiros. Entonces él abandonó la sala de entretenimiento con ellos en medio de una ola de júbilo y ruido.

Yo simplemente me quedé ahí. Estaba como entumecida; había sufrido una conmoción y me sentía bastante enferma.

—Se lo llevan para ungirlo al servicio de la Diosa —dijo Aphrodite, que seguía de pie junto a mí. Su voz sonó tan desolada como de pronto me sentía yo—. Los iniciados nunca saben qué ocurre exactamente durante la unción. Es un gran secreto de los vampiros, que nadie está autorizado a contar —explicó Aphrodite mientras se encogía de hombros—. Da igual. Supongo que algún día nos enteraremos.

—O moriremos —dije yo con los labios entumecidos.

—O moriremos —convino ella. Luego me miró—. ¿Estás bien?

—Sí, bien —dije yo de manera automática.

—¡Eh, Z! ¿Ha sido chulo, o no? —preguntó Jack.

—¡Hombre, ha sido increíble! ¡Yo todavía estoy temblando! —exclamó Damien mientras se abanicaba con una mano.

—¡La madre! Ahora Erik Night se unirá a los otros vampiros sexis, como Brandon Routh, Josh Hartnett y Jake Gyllenhaal.

—Y a Loren Blake, gemela. No te olvides de él —dijo Erin.

—Jamás lo olvidaría, gemela —dijo Shaunee.

—Es *supermolón* que el novio de Z sea un vampiro. Quiero decir un vampiro de verdad —dijo Jack.

Damien respiró hondo para decir algo, pero luego cerró la boca, incómodo.

—¿Qué? —le pregunté yo.

—Bueno, es solo que… eh… bueno…

—Jopé, ¿qué pasa? ¡Suéltalo ya! —exclamé yo.

Él retrocedió ante mi tono de voz, y eso me hizo sentirme como una bruta, pero enseguida me respondió.

—Bueno, pues que yo no sé mucho, pero una vez que un iniciado completa el cambio, abandona la Casa de la Noche y comienza una nueva vida como vampiro adulto.

—¿Quieres decir que el novio de Z se va a marchar? —preguntó Jack.

—Relación a distancia, Z —sugirió rápidamente Erin.

—Sí, tendréis que apañároslas. Pero tomáoslo con calma —aconsejó Shaunee.

Yo desvié la vista de las gemelas a Damien, luego a Jack y por último a Aphrodite.

—Un asco —dijo ella—. Al menos para ti —añadió Aphrodite mientras alzaba las cejas y se encogía de hombros—. Me alegro de que me diera la patada.

Aphrodite se echó la melena hacia atrás y se dirigió hacia la otra sala, donde estaba la mesa con la comida.

—Si no podemos llamarla «bruja del infierno», ¿podemos al menos llamarla «puta»? —preguntó Shaunee.

—Yo preferiría «odiosa puta», gemela —dijo Erin.

—Bueno, pues se equivoca —dijo Damien con cabezonería—. Erik sigue siendo tu novio, aunque esté fuera haciendo las cosas que hacen los vampiros.

Todos me miraban, así que yo traté de sonreír.

—Sí, lo sé. No importa, estoy bien. Es solo que… es muy fuerte para hacerme a la idea así, tan deprisa. Eso es todo. Vamos a por algo de comer.

Antes de que pudieran seguir consolándome, yo me dirigí a grandes zancadas hacia la mesa de la comida. Todos me siguieron como si fueran patitos detrás de su madre.

Me pareció que los Hijos y las Hijas Oscuras tardaban una eternidad en comérselo todo y marcharse, pero cuando por fin pude mirar el reloj me di cuenta de que, de hecho, se lo habían comido todo muy deprisa y se marchaban muy pronto. Todo el mundo había estado hablado mucho y muy nerviosamente acerca de Erik, y yo había asentido y había hecho los ruiditos apropiados en respuesta en cada ocasión, tratando de ocultar lo entumecida y lo mal que me sentía. Supongo que el hecho de que todo el mundo se marchara pronto era una prueba de lo mal que lo había hecho yo. Por fin nos quedamos solos Jack, Damien, las gemelas y yo. Estaban tirando las sobras en silencio a la papelera y cerrando las bolsas de la basura cuando yo les dije:

—Eh, chicos, ya haré eso yo.

—Ya está casi terminado, Z —dijo Damien—. En realidad solo falta guardar las cosas de la mesa ritual del centro del círculo de Nyx.

—Yo lo haré —dije, tratando (sin éxito, a juzgar por las expresiones de los rostros de mis amigos) de mostrarme natural.

—Z, ¿está todo…?

Alcé la mano e interrumpí a Damien, diciendo:

—Estoy cansada. Estoy asustada por Erik. Y, sinceramente, necesito estar un rato a solas.

Mi intención no era la de sonar tan borde, pero comenzaba a sobrepasar el límite más allá del cual no podía seguir manteniendo la sonrisa falsa en la cara y fingir que no estaba hecha un flan por dentro. Y, por supuesto, prefería que mis amigos pensaran que estaba con el síndrome premenstrual a que pensaran que estaba a punto de desmayarme. Una alta sacerdotisa en prácticas no se desmaya. Una alta sacerdotisa sabe manejar las cosas. Y de ninguna, pero de ninguna de las maneras estaba dispuesta a que se enteraran de que no sabía cómo apañármelas.

—Chicos, ¿podríais concederme un minuto, por favor?

—Claro —dijeron las gemelas al unísono—, hasta luego, Z.

—Muy bien. Eh… hasta luego —dijo Damien.

—Adiós, Z —se despidió Jack.

Esperé a que la puerta se cerrara antes de entrar lentamente en la sala que usábamos como sala de danza y de yoga. Había un montón de colchonetas apiladas en un rincón, así que me dejé caer sobre ellas.

Las manos me temblaban cuando por fin me saqué el móvil del bolsillo del vestido.

«tas bn?»

Escribí el escueto mensaje de texto y lo mandé al móvil que le había comprado a Stevie Rae. Sentí que transcurría toda una eternidad antes de que ella me contestara.

«toy bn»
«spera», le contesté.
«dat prsa», escribió ella.
«ok»

Cerré el teléfono, me recliné sobre la pared y rompí a llorar, sintiendo como si todo el peso del mundo recayera sobre mis hombros.

Lloré, me estremecí, volví a estremecerme y volví a llorar mientras me abrazaba las piernas con fuerza contra el pecho y me balanceaba adelante y atrás. Y entonces comprendí qué me ocurría. Y me sorprendió que nadie, ni siquiera uno de mis amigos, se lo hubiera figurado.

Por un momento yo había creído que Erik se estaba muriendo, y eso me había llevado de vuelta a la noche en que Stevie Rae murió en mis brazos. Era como si todo estuviera sucediendo otra vez; la sangre, la tristeza, el horror. Todo eso me había pillado desprevenida. Quiero decir que yo creía que había superado lo de Stevie Rae. Después de todo, ella no estaba realmente muerta.

Pero me había estado engañando a mí misma.

Berreé con tanta fuerza que no me di cuenta de que él estaba ahí hasta que me tocó el hombro. Alcé la vista y me enjugué las lágrimas de los ojos mientras buscaba algo positivo que decirle a aquel de mis amigos que hubiera entrado a verme.

—Sentí que me necesitabas —dijo Loren.

Yo volví a sollozar y me hice un ovillo en sus brazos. Él se sentó a mi lado y tiró de mí para sentarme en su regazo. Me sujetó con fuerza, murmuró cosas bonitas y me dijo que todo saldría bien y que él jamás me abandonaría. Cuando por fin logré calmarme, dejé de sollozar y solo tuve hipo, Loren me tendió uno de sus pañuelos de lino.

—Gracias —musité yo.

Luego me soné la nariz y me limpié la cara. Traté de no mirarme en el espejo que teníamos enfrente, pero no pude evitar echarle un vistazo a mis ojos hinchados y a mi nariz roja.

—¡Ah, genial! Ahora estoy hecha un asco.

Loren se echó a reír y me dio la vuelta sobre su regazo de modo que quedara frente a él. Me acarició delicadamente el pelo y dijo:

—Pareces una diosa entristecida por los nervios y la dureza de la vida.

Sentí que una risita histérica reverberaba en el interior de mi pecho.

—No creo que las diosas tengan tantos mocos.

—Bueno, yo no estaría tan seguro de eso —sonrió él. Luego se puso serio y añadió—: Al cambiar Erik creíste que iba a morir, ¿verdad?

Yo asentí, aterrada ante la idea de pronunciar una sola palabra, no fuera a romper de nuevo a llorar.

Loren apretó la mandíbula e inmediatamente la aflojó.

—Le he dicho a Neferet una y otra vez que todos los iniciados, y no solo los de quinto y los de sexto, deben ser conscientes de cómo se manifiesta el cambio en el estadio final, de modo que no se asusten si son testigos de él por casualidad.

—¿Duele tanto como parece que duele?

—Sí duele, pero es un dolor bueno… si es que eso tiene sentido. Piensa en ello como si se tratara de agujetas. Los músculos te duelen, pero no es un dolor malo.

—Parecía bastante peor que unas simples agujetas —dije yo.

—No es tan terrible; de hecho es más el susto que el dolor. Hay muchas sensaciones que recorren tu cuerpo a toda velocidad, y todo se hace hipersensible —explicó Loren mientras me acariciaba la cara suavemente con un dedo, siguiendo el dibujo de mi marca—. Algún día lo experimentarás tú también.

—Eso espero.

Ninguno de los dos dijo nada por un instante, aunque él siguió acariciándome la cara y trazando la marca que decoraba un lado de mi cuello. Su contacto hacía que mi cuerpo se relajara y temblara al mismo tiempo.

—Pero hay algo más que te preocupa, ¿verdad? —preguntó Loren en voz baja. Su voz era profunda y musical e hipnóticamente bella—. Es algo más, aparte del cambio de Erik y el recuerdo de la muerte de tu amiga.

Al ver que yo no decía nada, él se inclinó hacia delante y me besó la frente, rozando suavemente con los labios el tatuaje de la luna creciente. Yo temblé.

—Puedes contármelo, Zoey. Hay ya tantas cosas entre tú y yo, que a estas alturas deberías saber que puedes confiar en mí.

Sus labios rozaron los míos. Habría sido realmente bonito contarle a Loren lo de Stevie Rae. Él podía ayudarme, y Dios sabe que yo necesitaba su ayuda. Sobre todo en ese momento, en el que había decidido que quizá Stevie Rae podía curarse si yo se lo pedía a Nyx, cosa que, por supuesto, significaba invocar un círculo, lo que, a su vez, significaba llevar a Damien, las gemelas y Aphrodite hasta Stevie Rae o, a la inversa, llevar a Stevie Rae ante mis amigos. Sin embargo el hechizo protector de Neferet sería un obstáculo, pero quizá Loren conociera algún secreto vampírico para saltárselo. Entonces intenté escuchar a mis entrañas, tratando de decidir si seguían gritándome que mantuviera la boca cerrada, pero lo único que pude sentir fueron las manos y los labios de Loren.

—Háblame —susurró él contra mi boca.

—Quiero… quiero… —susurré yo casi sin aliento—. Es tan complicado.

—Déjame ayudarte, amor. Juntos no hay nada que no podamos hacer.

Sus besos eran cada vez más largos, más seductores.

Yo quería contárselo, pero la cabeza me daba vueltas y me costaba trabajo pensar. Y hablar ya no digamos.

—Te demostraré hasta qué punto podemos compartirlo todo… hasta qué punto podemos estar completamente unidos —dijo él.

Loren sacó la mano que tenía enredada en mi pelo y se tiró de la camisa de modo que se le saltaron los botones y su pecho quedó al descubierto. Entonces se arañó lentamente con la uña del dedo pulgar por encima del pecho izquierdo, dejando una perfecta línea escarlata. La fragancia de su sangre me envolvió.

—Bebe —dijo él.

No pude resistirme. Bajé la cabeza hasta su pecho y lo saboreé. Su sangre se apoderó de mi cuerpo. Era diferente de la de Heath; no era tan cálida ni tan densa. Pero era más poderosa. Latía en mi interior junto a un deseo que era rojo y urgente. Me restregué contra su cuerpo, deseando más y más.

—Ahora es mi turno. ¡Tengo que saborearte! —exclamó Loren.

Antes de que me diera cuenta de lo que él estaba haciendo, Loren me despojó del vestido. No tuve tiempo ni para sentir vergüenza por el hecho de que me estuviera viendo solo con el sujetador y las bragas, porque él alargó el dedo y en esa ocasión lo deslizó por mi pecho. Gemí ante el agudo dolor, y de pronto sus labios estaban sobre mí y él estaba bebiendo mi sangre y el dolor había sido sustituido por una ola tras otra de un increíble placer tan intenso que lo único que podía hacer era gemir. Loren se arrancó la ropa mientras bebía de mí, y yo le ayudé. Yo solo sabía que tenía que poseerlo. Todo lo demás era calor y sensación y deseo. Sus manos y su boca lo eran todo, y sin embargo no conseguía saciarme de él.

Y entonces ocurrió. Los latidos de su corazón estaban bajo mi piel y pude sentir mi pulso al mismo ritmo que el suyo. Pude sentir su pasión al tiempo que la mía y oír su deseo rugiendo dentro de mi cabeza.

Entonces, en algún lugar en lo más recóndito de mi mente, oí a Heath gritar: «¡Zoey, no!»

Mi cuerpo se sacudió en los brazos de Loren.

—*¡Ssh!* —susurró él—. No pasa nada. Es mejor así, mi amor. Mucho mejor. Estar conectado con un humano es demasiado complicado; tiene demasiadas ramificaciones.

Yo respiraba cada vez más deprisa y más fuerte.

—¿Está rota? ¿Se ha roto mi conexión con Heath?

—Sí. Nuestra conexión ahora la sustituye —contestó Loren, girando de modo que yo quedé bajo su cuerpo—. Y ahora terminemos. Déjame hacerte el amor, cariño.

—Sí —susurré yo.

Mis labios buscaron de nuevo el pecho de Loren, y mientras yo bebía de él, Loren me hizo el amor hasta que nuestro mundo explotó pletórico de sangre y de pasión.

23

Yo yacía encima de Loren en medio de un delicioso estado adormilado de placer. Su mano me acariciaba toda la espalda, subiendo y bajando una y otra vez a lo largo de los tatuajes.

—Tus tatuajes son exquisitos. Como tú —dijo Loren.

Yo suspiré feliz y me acurruqué contra él. Giré la cabeza y me quedé admirada al ver nuestro reflejo en el estudio, lleno de espejos del suelo al techo. Estábamos desnudos y los dos teníamos manchas de sangre en nuestros cuerpos, que aún estaban unidos íntimamente. Mi pelo nos tapaba a ambos solo en parte. Las filigranas de mis tatuajes parecían exóticas; se extendían desde el rostro y el cuello, por la línea de la espina dorsal, hasta el final de la espalda. El ligero sudor que cubría mi cuerpo hacía resplandecer el tatuaje como si se tratara de un zafiro auténtico.

Loren tenía razón. Yo era exquisita. Y también tenía razón sobre nosotros. No tenía la menor importancia que él fuera más mayor ni que fuera un vampiro adulto (o que fuera, además, profesor de la escuela). Lo que había entre nosotros iba mucho más allá de todo eso. Lo que había entre nosotros era realmente especial. Más especial que lo que yo sentía por Erik. Incluso más especial que Heath.

Heath…

El sentimiento de somnolencia, de satisfacción, me abandonó inmediatamente, como si alguien me hubiera tirado un vaso de agua fría. Desvié la mirada desde nuestro reflejo hasta el rostro de Loren. Él me observaba con una débil sonrisa que curvaba ligeramente sus labios. ¡Dios!, era tan increíblemente guapo, que no podía creer que fuera mío. Entonces me desperecé mentalmente e hice la pregunta para la cual necesitaba con urgencia una respuesta:

—Loren, ¿de verdad es cierto que mi conexión con Heath se ha roto?

—Sí, de verdad es cierto —dijo él—. Tú y yo hemos conectado, y eso ha roto tu lazo con el chico humano.

—Pero he estado leyendo el libro de Sociología vampírica, y solo habla de lo difícil y doloroso que es romper una conexión entre un vampiro y un humano. No comprendo cómo esa conexión se ha podido romper con tanta facilidad, y además el libro no dice nada de que una conexión pueda romper otra.

La débil sonrisa se amplió, y Loren me dio un dulce y suave beso.

—Con el tiempo aprenderás que hay muchas cosas acerca de los vampiros sobre las cuales no hablan los libros.

Eso me hizo sentirme como una niña y una estúpida y bastante violenta, cosa que él enseguida notó.

—Eh, no pretendía decir nada con eso. Recuerdo lo confuso que era no terminar de comprender del todo en qué te estás transformando. No importa. Nos ocurre a todos. Pero ahora me tienes a mí para ayudarte.

—Es que no me gusta no saber —dije yo, que enseguida me relajé de nuevo en sus brazos.

—Lo sé. Te explicaré cómo es. Tú y el humano teníais un lazo, pero tú no eres una vampira. No has completado el cambio —dijo Loren, y luego añadió con rotundidad—: aún. Así que no era una conexión completa. Al compartir la sangre tú y yo, ese lazo ha terminado con el otro, más débil —dijo Loren, cuya sonrisa se hizo de pronto más sensual—. Porque yo sí soy un vampiro.

—Pero entonces, ¿a Heath le ha dolido?

Loren se encogió de hombros y contestó:

—Probablemente, pero es un dolor que no dura mucho. A la larga es mejor así. El mundo de los vampiros te abrirá sus puertas muy pronto, Zoey. Serás una extraordinaria alta sacerdotisa. Y no habrá lugar para un humano en ese mundo.

—Sé que tienes razón —dije yo.

Trataba de ponerlo todo en orden en mi mente y de recordar lo convencida que había estado esa misma noche de que debía romper con Heath. Era realmente una suerte que el mero hecho de estar con

Loren hubiera roto la conexión con Heath. Así todo resultaba más fácil... para los dos. De pronto se me ocurrió otra idea:

—Me alegro de no poder estar conectada contigo y con Heath al mismo tiempo.

—Eso sería imposible. Nyx lo ha hecho todo de tal modo que solo podemos estar conectados con una persona. Supongo que es para evitar que nos hagamos con todo un ejército de lacayos humanos conectados.

Me quedé atónita tanto por el tono sarcástico de su voz, como por el comentario mismo.

—Jamás se me habría ocurrido algo semejante —dije yo.

Loren soltó una débil carcajada.

—Pues hay muchos vampiros a los que sí.

—¿Y a ti?

—¡Por supuesto que no! —negó Loren. Me besó y añadió—: Además, me basta y me sobra con nuestra conexión. No necesito más.

Esas palabras me emocionaron. ¡Él era mío y yo era suya! Pero de pronto el rostro de Erik apareció ante mis ojos y toda la emoción se desvaneció.

—¿Qué ocurre? —preguntó él.

—Erik —susurré yo.

—¡Tú me perteneces! —exclamó Loren con la misma brusquedad con la que sus labios me besaron instantes después posesivamente, haciendo que mi pulso latiera acelerado.

—Sí —afirmé yo. Eso fue todo lo que pude decir cuando terminó el beso. Él era como una marea ante la que no podía resistirme, así que permití que barriera a Erik de mí—. Te pertenezco.

Loren me estrechó con fuerza entre sus brazos, y entonces levantó mi cuerpo con suavidad y se cambió él de posición, de modo que pudiera mirarme a los ojos.

—¿Puedes contármelo ya?

—¿Contarte qué?

A pesar de hacerle la pregunta, creo que yo sabía qué era lo que él quería saber.

—Contarme qué es lo que te preocupa tanto.

Hice caso omiso de la forma en que se me agarrotó de pronto el estómago y tomé una decisión. Después de lo que había ocurrido entre él y yo, tenía que confiar en Loren.

—Stevie Rae no murió. O, al menos, no murió en el sentido en el que pensamos en la muerte. Aún está viva, aunque está distinta. Y no es la única iniciada que ha sobrevivido a su supuesta muerte. Hay unos cuantos iniciados más, pero no todos son como ella. Stevie Rae ha conseguido retener en cierto modo su humanidad. Los otros no.

Sentí que su cuerpo se ponía tenso y en parte esperaba que me dijera que me había vuelto loca, pero en lugar de ello lo único que dijo fue:

—¿Qué quieres decir? Explícamelo todo, Zoey.

Y eso hice. Se lo conté todo: desde lo de los «fantasmas» que había visto y el hecho de que no eran realmente fantasmas, hasta el horrible asunto de los chicos muertos no muertos que asesinaban a los jugadores de fútbol del Union y, por último, toda la aventura de cómo yo había salvado a Heath. Y finalmente le conté lo de Stevie Rae. Se lo dije todo acerca de ella.

—¿Así que ella está ahora mismo esperándote en el apartamento sobre el garaje de la casa de Aphrodite? —preguntó él.

Yo asentí.

—Sí, y necesita sangre todos los días. No mantiene un lazo muy estrecho que digamos con su humanidad. Si no consigue sangre, me temo que se convertirá en una criatura como las demás.

Me eché a temblar, y él me abrazó con fuerza.

—¿Tan horribles son?

—No te lo puedes ni imaginar. No son ni humanos, ni vampiros. Es como si personificaran todos los estereotipos más horribles sobre los vampiros y los humanos. No tienen alma, Loren —expliqué yo, buscando sus ojos—. Y es demasiado tarde ya para ellos, pero Stevie Rae, gracias a su afinidad con la tierra, ha conservado parte de su alma, aunque no toda. Por eso estoy convencida de que aún puedo hacer algo por ella.

—¿En serio?

Entonces se me ocurrió pensar que era un tanto extraño que a él le sorprendiera el hecho de que yo creyera que podía curar a Stevie Rae pero, en cambio, no tuviera ningún problema en aceptar la existencia de esos chicos muertos no muertos.

—Bueno, eso creo. Puede que me equivoque, pero pienso que me bastará con utilizar el poder de los elementos. Ya sabes —dije yo, haciendo una pausa y cambiando el peso de mi cuerpo, mientras me preguntaba si no le resultaría demasiado pesada—. Tengo una conexión especial con los cinco elementos juntos, y supongo que me bastará con usarla.

—Puede que funcione, pero debes tener en cuenta que estarás invocando una magia muy poderosa, y siempre hay un coste asociado a eso —dijo él lentamente, como si estuviera considerando con mucho cuidado lo que decía antes de decirlo (todo lo contrario que yo, que siempre lo suelto todo sin pensar y luego me siento violenta)—. Y dime, Zoey, ¿cómo crees que le ocurrió algo tan terrible a Stevie Rae y a los otros iniciados? ¿Quién o qué puede ser responsable de ello?

Yo abrí la boca para pronunciar el nombre de Neferet, pero entonces oí «No la nombres» en mis entrañas tan fuerte como una bofetada. Cierto, las palabras no me pegaron, pero de pronto supe qué era lo que me hacía sentir deseos de vomitar. Y entonces me di cuenta, con cierta sorpresa, de que no se lo había confesado absolutamente todo a Loren. Al contarle mi aventura de la noche en que rescaté a Heath de los chicos muertos no muertos, cuando vi por primera vez a Stevie Rae, había olvidado mencionar a Neferet. Ni siquiera se me había ocurrido. No lo había hecho a propósito; simplemente faltaba toda una sección del rompecabezas que yo no le había explicado.

Nyx. Tenía que tratarse de la Diosa, que iba elaborando mis ideas en el subconsciente. Ella no quería que Loren supiera nada de Neferet. ¿Acaso trataba de protegerlo? Probablemente...

—Zoey, ¿qué ocurre?

—Ah, nada. Solo estaba pensando. No, no... —tartamudeé yo—. Es que... no sé cómo ocurrió, pero ojalá lo supiera. Ojalá pudiera comprenderlo —añadí de mala gana.

—¿Y Stevie Rae tampoco lo sabe?

De nuevo las campanas de advertencia resonaron en mis entrañas.

—Ella no está precisamente muy comunicativa en este momento. ¿Por qué?, ¿has oído tú que sucediera algo parecido alguna vez?

—No, jamás había oído algo así —contestó él, acariciando mi espalda—, pero se me ha ocurrido que quizá, si supieras cómo ocurrió, es posible que pudieras arreglarlo.

Yo lo miré a los ojos, ansiosa por que se me pasaran las ganas de vomitar.

—No puedes contarle esto a nadie, Loren. A nadie. Ni siquiera a Neferet —dije yo con la voz más firme y más rotunda que pude, tratando de parecer una alta sacerdotisa.

Mi voz, sin embargo, sonó trémula y rota.

—¡No tienes de qué preocuparte, mi amor! ¡Por supuesto que no se lo contaré a nadie! —exclamó Loren, estrechándome con fuerza y acariciándome la espalda—. Pero, ¿quién más lo sabe aparte de ti y de mí?

—Nadie.

La mentira me salió de forma tan automática que hasta yo me sobresalté.

—¿Y Aphrodite? Dices que estás usando el apartamento sobre el garaje de la casa de sus padres para ocultar a Stevie Rae, ¿no?

—Sí, pero ella no lo sabe. La oí contarles a unas amigas que sus padres se habían ido a pasar el resto del invierno fuera y que era el momento de organizar una gran fiesta pero, bueno, la gente está bastante cabreada con ella, así que nadie le hizo caso. Por eso me enteré de que la casa estaba vacía, así que colé a Stevie Rae allí.

No era mi intención consciente no decirle nada acerca de Aphrodite pero, según parecía, mi boca había tomado una decisión por mí. Así que crucé mentalmente los dedos, esperando que él no se diera cuenta de que estaba mintiendo.

—Muy bien, seguramente es lo mejor. Zoey, has dicho que Stevie Rae no era la misma y que no se comunica muy bien. ¿Cómo hablas con ella?

—Bueno, sí puede hablar, pero está muy confusa y... y... —Por un momento vacilé. Trataba de ver de qué modo podía explicarlo sin decir más de lo que debía—. A veces es más un animal que un humano —añadí en vano—. Acabo de verla esta noche, justo antes del ritual de Neferet.

Sentí que él asentía.

—Así que era de allí de donde venías.

—Sí —afirmé.

Decidí que era mejor no mencionar a Heath. Solo de pensar en él me sentía culpable. Nuestra conexión se había roto, pero en lugar de sentirme aliviada me sentía extrañamente vacía.

—Pero, ¿cómo sabes que sigue estando en el apartamento de Aphrodite y que se encuentra bien?

Yo estaba distraída, así que contesté:

—¿Eh? Ah, pues porque le he dado un móvil. Puedo llamarla o enviarle un mensaje de texto. Acabo de hacerlo hace un instante.

Me incliné hacia el móvil, que se me había caído del bolsillo del vestido y yacía en el suelo, junto al montón de colchonetas que hacían de jergón. Entonces me olvidé de Heath y me concentré en mi problema más inmediato.

—Puede que necesite pedirte un favor.

—Pídeme lo que quieras —dijo él, apartándome suavemente el pelo de la cara.

—Voy a necesitar o bien traer a Stevie Rae aquí a la escuela, o bien llevar a la panda allí hasta ella.

—¿A la panda?

—Ya sabes, a Damien, las gemelas y Aphrodite, para invocar un círculo. Tengo la sensación de que necesitaré la fuerza añadida que ellos pueden proporcionar a sus respectivos elementos para ayudar a Stevie Rae.

—¡Pero si acabas de decir que ellos no saben nada de Stevie Rae! —exclamó él.

—Y es verdad. Tendré que decírselo, pero esperaré a hacerlo justo antes de arreglar el asuntillo este de Stevie Rae —contesté yo. Dios, qué forma más estúpida de nombrarlo. Suspiré y sacudí la cabeza—. ¡Pero, ya ves, no tengo ningunas ganas de contárselo! —añadí tristemente, refiriéndome a lo de Stevie Rae y a cuánto iban a cabrearse mis amigos por el hecho de que yo les hubiera ocultado algo tan importante durante tanto tiempo.

—Entonces, ¿Aphrodite y tú ahora sois amigas?

Loren me había hecho la pregunta a bocajarro y sin venir a cuento, con una sonrisa en los labios y tirándome al mismo tiempo de un largo mechón de pelo. Pero, igual que con Heath, nuestra conexión nos unía y yo podía sentir la tensión oculta en su interior. Le importaba la respuesta más de lo que él quería aparentar. Y eso me preocupaba, y no solo porque otra vez se me estuvieran retorciendo las entrañas, advirtiéndome de que mantuviera la boca cerrada.

Así que traté de contestar con la misma aparente indiferencia con la que me había preguntado él.

—¡Qué va!, Aphrodite es horrible. Solo que por alguna razón que ni Damien, ni las gemelas ni yo logramos comprender, Nyx le ha concedido la afinidad con la tierra. El círculo no funciona igual de bien sin ella, así que a falta de otra cosa, se queda. Pero no salimos con ella ni nada de eso.

—Bien, porque, por lo que he oído, Aphrodite tiene problemas graves. No deberías confiar en ella.

—Y no confío en ella.

Y, justo mientras lo decía, me daba cuenta de que sí confiaba en ella. Quizá incluso más de lo que confiaba en Loren, con quien acababa de perder mi virginidad y de establecer una conexión. ¡Estupendo! ¡Qué gran suerte la mía!

—¡Eh, relájate! Siento que este tema te pone nerviosa —dijo Loren al tiempo que me acariciaba la mejilla. Yo incliné la cara automáticamente hacia su mano. Cada vez que me tocaba, la sensación era increíble—. Ahora yo estoy aquí. Saldremos de esta. Pero iremos paso a paso.

Yo quería recordarle que en realidad Stevie Rae no tenía mucho tiempo, pero de nuevo sus labios estaban sobre los míos y yo solo podía pensar en lo bien que me sentía con su cuerpo contra mi corazón… en que sentía su pulso acelerándose… y en que el mío latía al mismo ritmo que el suyo. Nuestro beso se hizo más profundo, y él deslizó las manos por mi cuerpo. Yo me apreté contra él, pensando en el calor y en la sangre y en nada más que en Loren… Loren… Loren…

Un extraño ruido como de tos interrumpió la neblina de ardor que me rodeaba. Somnolienta, giré la cabeza mientras Loren depositaba besos por mi cuello desnudo, y entonces un repentino rayo de horror me atravesó.

Erik estaba de pie en el dintel de la puerta, con una expresión de completa incredulidad en su rostro recientemente tatuado.

—Erik, yo…

Me incliné hacia delante, agarré el vestido y traté de taparme con él. Pero, tal y como sucedió todo, no fue necesario que me preocupara por el hecho de que Erik me viera desnuda. Con un rápido movimiento, Loren me ocultó detrás de sí y me escudó con su propio cuerpo.

—Nos estás interrumpiendo —dijo Loren con su bella voz oscura y con una violencia apenas reprimida.

El poder que ocultaba esa violencia, que en ese instante yo sentía contra mi piel desnuda, me dejó boquiabierta de la sorpresa.

—Sí, eso ya lo veo —dijo Erik.

Sin decir una sola palabra más, Erik se dio la vuelta y se marchó.

—¡Oh, Dios mío! ¡Oh, Dios mío! ¡No puedo creer lo que ha ocurrido! —exclamé yo, tapándome la cara con las manos.

Loren volvió a estrecharme en sus brazos, y su voz de nuevo sonó tan suave y delicada como su tacto.

—Tranquila, cariño. Iba a tener que enterarse de lo nuestro antes o después.

—¡Sí, pero no así! —grité yo—. ¡Que Erik se entere así es demasiado horrible como para explicarlo con palabras! —añadí. Entonces alcé el rostro hacia él—. ¡Y ahora se enterará todo el mundo! ¡Esto no puede estar bien, Loren! ¡Tú eres profesor y yo iniciada! ¿Es que no hay reglas que lo prohíban? ¡Eso por no mencionar que estamos conectados!

Entonces caí en la cuenta de otra horrible idea más y me eché a temblar. ¿Y si me echaban de las Hijas Oscuras por estar con Loren?

—Zoey, mi amor, escúchame —dijo Loren, poniendo las manos sobre mis hombros y sacudiéndome ligeramente—. Erik no va a contarle nada a nadie.

—¡Sí, lo hará! Ya has visto la expresión de su rostro. De ninguna manera estará dispuesto a guardarme un secreto.

No. Nunca jamás volvería a hacer nada por mí, me dije.

—Mantendrá la boca cerrada porque yo voy a decirle que mantenga la boca cerrada.

La expresión de preocupación de Loren había cambiado; de pronto parecía tan peligroso como en el momento en el que le había dicho a Erik que nos estaba interrumpiendo. Yo sentí un escalofrío de miedo, y entonces comencé a preguntarme si había algo más en Loren, aparte de lo que él me estaba mostrando.

—No le hagas daño —le susurré, sin hacer caso de las lágrimas que resbalaban por mis mejillas.

—¡Oh, cariño!, no te preocupes. No le haré daño. Solo tendré una pequeña charla con él.

Él me tomó en sus brazos, pero a pesar de que mi cuerpo, mis latidos y hasta la misma esencia de mi ser deseaban estar cerca de él, me esforcé por apartarme y dije:

—Tengo que marcharme.

—Sí, de acuerdo. Yo también tengo que marcharme.

Mientras me tendía la ropa y nos vestíamos, me dije a mí misma que él solo tenía prisa por alejarse de mí porque quería encontrar a Erik. Sin embargo pensar en estar separada de Loren me hacía sentir como si mi estómago fuera un pozo rodeado de cosas negras hirviendo alrededor que estuvieran hirviendo. El corte sobre el pecho en el que él había saboreado mi sangre me escocía. Y además de eso, había ciertas partes íntimas de mi cuerpo que me dolían y que jamás antes me habían dolido. Miré las paredes forradas de espejos. Tenía los ojos hinchados y rojos. Tenía toda la cara llena de manchas y la nariz colorada. Y tenía todo el pelo enredado y revuelto. Mi aspecto era desastroso, lo cual no era de extrañar, porque era así como me sentía.

Loren me tomó de la mano y salimos a la vacía sala de entretenimiento. En la puerta, antes de abrir, volvió a besarme.

—Pareces cansada —dijo él.

—Lo estoy.

Miré el reloj de la sala de entretenimiento. Me quedé atónita: eran solo las dos y media de la madrugada. Para mí, era como si hubieran transcurrido unas cuantas noches en lugar de solo un par de horas.

—Vete a la cama, mi amor —dijo él—. Mañana volveremos a estar juntos.

—¿Cómo?, ¿cuándo?

Él sonrió y acarició mi mejilla, siguiendo el dibujo de mi tatuaje.

—No te preocupes. No estaremos separados mucho tiempo. Yo iré a buscarte después de que los dos hayamos dormido un poco.

Su contacto me resultaba cálido en la piel. Siguiendo su propia voluntad, mi cuerpo se inclinó hacia él mientras los dedos de Loren trazaban la curva íntima de mi nuca y él recitaba:

> Despierto de mis sueños sobre vos
> Del primer dulce sueño de la noche
> Cuando los vientos soplan suaves
> Y las estrellas brillan con fuerza
> Despierto de mis sueños sobre vos
> Y un espíritu en mis pies
> Me ha guiado, ¿quién sabe cómo?,
> ¡A la ventana de vuestra habitación, cariño!

Su caricia me estremeció y sus palabras me aceleraron el corazón y me produjeron una sensación de mareo en la cabeza.

—¿Has escrito tú eso? —le pregunté en susurros mientras él me besaba en la nuca.

—No, lo escribió Shelley. Cuesta creer que no fuera un vampiro, ¿verdad?

—Ajá —convine yo, a pesar de que no estaba escuchándolo realmente.

Loren se echó a reír y me abrazó.

—Iré a buscarte mañana. Te lo prometo.

Caminamos juntos, pero enseguida nos separamos para dirigirse él hacia los dormitorios de los profesores y yo hacia los de las chicas. No había muchos vampiros ni iniciados por los alrededores, de lo cual yo me alegré. No quería encontrarme con nadie en ese preciso momento. Era una noche oscura y nublada, y las antiguas farolas de gas apenas iluminaban la penetrante oscuridad a mi alrededor. Pero no me importaba. Quería que me cubriera la noche. De alguna manera eso me calmaba los nervios, de punta por el hecho de estar físicamente separada de Loren.

Había dejado de ser virgen.

El hecho me sorprendió como algo misteriosamente excitante. Las cosas habían ocurrido en realidad tan deprisa que no había tenido tiempo para pensar en ello, pero, ¡lo había hecho! ¡Jopé!, tenía que contárselo a Stevie Rae; hasta la versión no muerta de mi antigua amiga querría saber algo así. ¿Acaso tenía un aspecto diferente? No, eso era una estupidez. Todo el mundo sabía que eso no podía adivinarse solo por el aspecto. O al menos en general. Aunque bueno, yo tampoco soy una adolescente normal (como si tal cosa existiera). Lo mejor era mirarme largamente al espejo nada más volver al dormitorio.

Giré por el camino que llevaba al dormitorio de las chicas mientras me preparaba mentalmente, buscando qué decirles a mis amigas, que probablemente estarían viendo películas o haciendo cualquier otra tontería. Por supuesto, no podía contarles la verdad sobre Loren y yo, pero tenía que inventarme una historia para el hecho de haber roto con Erik. O quizá no. Loren iba a hablar con él, así que probablemente Erik tampoco le diría nada a nadie. Quizá simplemente yo pudiera decir que habíamos roto por culpa de su cambio, y dejar la cosa ahí. Nadie se sorprendería porque yo estuviera molesta por el asunto y no quisiera hablar. Sí, eso sería lo que haría.

De pronto una de las sombras bajo un fragante cedro se movió y se plantó ante mí.

—¿Por qué, Zoey? —preguntó Erik.

24

Alcé la vista para mirar a Erik y todo mi cuerpo se quedó bloqueado. Su tatuaje seguía siendo para mí una sorpresa. Era único e increíble y le hacía aún más guapo.

—¿Por qué, Zoey? —repitió él mientras yo me quedaba ahí de pie, mirándolo como una estúpida, incapaz de pronunciar palabra.

—¡Lo siento tanto, Erik! —conseguí soltar al fin—. No pretendía hacerte daño. No quería que te enteraras así.

—¡No, claro! —dijo él con frialdad—. Descubrir que mi novia, que se hacía la estrecha conmigo, es realmente una puta, no habría sido ningún problema si lo hubiera visto anunciado… no sé, en el periódico de la escuela. Sí, eso habría sido mucho mejor.

—Yo no soy una puta —dije yo, vacilando ante su tono de odio.

—Pues parece que no se te da mal la imitación. ¡Lo sabía! —gritó Erik—. ¡Sabía que ocurría algo entre vosotros dos! Pero soy tan estúpido que te creí cuando me dijiste que no era cierto —añadió Erik, soltando a continuación una risita sin ganas—. ¡Dios, sí que soy idiota!

—Erik, nosotros no queríamos que ocurriera eso, pero Loren y yo estamos enamorados. Tratamos de apartarnos el uno del otro, pero sencillamente no hemos podido.

—¡Tienes que estar de broma! ¿De verdad te crees que ese gilipollas está enamorado de ti?

—Él me ama.

Erik sacudió la cabeza y volvió a echarse a reír sin la menor gana.

—Si te crees eso, entonces es que eres más estúpida aun que yo. Te está utilizando, Zoey. Solo hay una cosa que un tipo como él pueda querer de una chica como tú, y ya la tiene. En cuanto se canse de ti, te dará la patada y a otra cosa.

—Eso no es cierto —dije yo.

Erik siguió hablando como si yo no hubiera dicho nada.

—Maldita sea, me alegro de marcharme mañana de aquí, aunque me gustaría quedarme para poder decirte eso de «ya te lo dije» cuando Blake te de la patada.

—No sabes de qué estás hablando, Erik.

—¿Sabes? Puede que tengas razón —dijo él al fin en un tono de voz frío y duro que le hizo parecer un extraño—. Desde luego, no sabía de qué estaba hablando cuando le decía a todo el mundo que tú y yo estábamos saliendo y que tú eras estupenda y que yo era muy feliz contigo. De hecho, hasta llegué a creer que me estaba enamorando de ti.

Sentí que se me hacía un nudo en el estómago. Era como si sus palabras me apuñalaran el corazón.

—Yo también creía que me estaba enamorando de ti —dije yo en voz baja, parpadeando con fuerza para evitar llorar.

—¡Mentira! —gritó él. Su voz sonaba vengativa, pero sus ojos estaban llenos de lágrimas—. ¡Deja de jugar conmigo! ¿Y tú crees que Aphrodite es una odiosa puta? ¡A tu lado no es más que un jodido angelito!

Erik echó a caminar, alejándose de mí.

—¡Erik, espera! No quiero que tú y yo terminemos así —dije yo mientras sentía como las lágrimas se derramaban por mis mejillas.

—¡Deja de llorar! ¡Esto es lo que tú querías! ¡Es lo que tú y Blake planeasteis!

—¡No! ¡Yo no planeé esto!

Erik sacudió la cabeza adelante y atrás mientras parpadeaba con fuerza.

—¡Déjame solo! ¡Todo ha terminado! ¡No quiero volver a verte!

Entonces prácticamente echó a correr, alejándose de mí.

Sentí mi pecho ponerse tenso y arder, y no podía parar de llorar. Mis pies comenzaron a moverse; me llevaban al único sitio al que podía ir, hacia la única persona a la que quería ver. De alguna manera, de camino al *loft* del poeta, conseguí calmarme. Cierto, no me calmé del todo, pero al menos mi aspecto era lo suficientemente normal como para que nadie me parara para preguntarme qué me pasaba (como, por ejemplo, dos vampiros guerreros y un par de iniciados con los que me crucé de camino). Conseguí dejar de llorar. Me pasé la mano por el pelo y tiré de él hacia delante, de modo que me tapara en parte los hombros y la cara llena de manchas.

No vacilé a la hora de entrar en el edificio que albergaba los alojamientos de los profesores del campus. Sencillamente, respiré muy hondo y rogué en silencio para que nadie pudiera verme.

Nada más entrar, me di cuenta de que no tenía que haberme preocupado tanto por el hecho de que alguien me viera. El edificio no estaba diseñado como los dormitorios de las alumnas. No había un enorme salón central por el que merodearan los vampiros para ver la televisión como las iniciadas. Se trataba simplemente de un enorme vestíbulo con el suelo de piedra al que daban unas cuantas puertas cerradas. Las escaleras estaban a mi derecha, así que me apresuré a subir por ellas. Yo sabía que quizá Loren no hubiera vuelto aún a su habitación. Puede que estuviera todavía buscando a Erik. Pero no importaba. Me haría un ovillo en su cama y lo esperaría. Al menos de ese modo podría volver a estar cerca de él. Sentí mi cuerpo rígido y extraño mientras terminaba de subir al último piso y me dirigía a la única y enorme puerta de madera que no quedaba lejos.

Al aproximarme, pude ver que la puerta estaba entornada y quedaba una rendija abierta. Oí la voz de Loren salir como un hilo fino por esa rendija. Se estaba riendo. Su carcajada acarició mi piel, barrió el dolor y la tristeza que me había provocado la escena con Erik. Había hecho bien en acudir a él. Casi podía sentir ya sus brazos a mi alrededor. Loren me estrecharía y me llamaría «mi amor» y «cariño», y me diría que todo iba a salir bien. Sus caricias borrarían el dolor que me habían causado las terribles cosas que me había dicho Erik, y yo dejaría de sentirme tan rota. Puse la palma de la mano sobre la puerta para empujarla y dirigirme hacia él.

Y entonces ella rió; rió con una risa suave y musical y seductora, y mi mundo se detuvo.

Era Neferet. Estaba dentro, con Loren. No había posibilidad de error: se trataba de su bella y tentadora risa. La voz de Neferet era tan única como la de Loren. Cuando por fin dejó de reír, sus palabras vinieron a mí por aquella rendija entre el marco y la puerta, como una neblina venenosa.

—Lo has hecho muy bien, cariño mío. Ahora yo sé lo que sabe ella, y todo está saliendo a la perfección. Será sencillo seguir aislándola poco a poco. Solo espero que no te resulte demasiado desagradable el papel que te ha tocado interpretar —bromeó Neferet con cierta severidad, sin embargo.

—Es una chica sencilla de manejar. Un pequeño regalo aquí, un halago allá, y el resultado es un amor verdadero y una flor cortada sacrificados ante la diosa del engaño y las hormonas —dijo Loren, que de nuevo se echó a reír—. Las chicas jóvenes son tan ridículas... tan fáciles y predecibles...

Sentí que sus palabras me rasgaban la piel por cien sitios diferentes, pero me obligué no obstante a asomar la cabeza por la rendija en silencio. Entonces vi de reojo un enorme dormitorio repleto de sillones de piel e iluminado por muchos candelabros con velas. Enseguida mi mirada se vio arrastrada hacia la pieza central del dormitorio: una enorme cama de forja, colocada exactamente en medio. Loren estaba tumbado boca arriba sobre un montón de cojines. Estaba completamente desnudo.

Neferet llevaba un largo vestido rojo que se le ajustaba perfectamente al cuerpo y cuyo escote era tan bajo que enseñaba el comienzo de los pechos. Caminaba de un lado a otro mientras hablaba, pero lo hacía sin dejar de acariciar con los dedos de uñas bien pintadas la cama de hierro de Loren.

—Mantenla ocupada. Yo mientras tanto me aseguraré de que su pandilla de amigos la abandona. Ella es poderosa, pero si se dedica a perseguirte y no tiene a sus amigos para ayudarla a mantener la cabeza en su sitio, jamás podrá invocar a los elementos —dijo Neferet, que entonces hizo una pausa y se llevó un delgado dedo a la barbilla—. ¿Sabes? Me ha sorprendido la conexión, sin embargo. —Yo vi entonces como el cuerpo de Loren se sacudía. Neferet sonrió—. ¿Creías que no podría olerlo en ti? Apestas a su sangre, y su sangre apesta a ti.

—No sé cómo ha ocurrido —se apresuró a decir Loren. La ira en su voz era tan evidente, que fue como si me lanzara dagas al corazón. Pude sentir cómo se me rompía en mil pedacitos—. Supongo que he subestimado mis capacidades interpretativas. Pero me siento aliviado de que en realidad no haya nada entre nosotros; eso me ahorra todo el montón de confusas emociones y lazos que conlleva la verdadera conexión. —Loren se echó entonces a reír—. Como la que tenía ella con ese chico humano. A él ha tenido que dolerle de verdad la ruptura. Es extraño que ella fuera capaz de entablar una conexión tan fuerte antes de completar el cambio.

—¡Otra prueba más de su poder! —exclamó Neferet—. Y eso, a pesar de lo ridículamente fácil que ha sido manipularla aun siendo la elegida. Y no sigas fingiendo y quejándote por el hecho de que ella haya conectado contigo. Tú y yo sabemos que eso hace que el sexo resulte más placentero para ti.

—Bueno, desde luego es cierto que fue un inconveniente que enviaras a su galante novio Erik tan pronto. ¿No podrías haberme concedido unos cuantos minutos más para terminar la faena?

—Te concedo todo el tiempo que desees. De hecho, si quieres puedes marcharte ahora mismo a buscar a tu querida adolescente y terminar así la faena con tu perrito faldero.

Loren se incorporó en la cama. Se inclinó hacia delante y agarró a Neferet de la muñeca.

—¡Oh, vamos, cariño! Tú sabes que en realidad yo no la deseo. No te enfades conmigo, amor mío.

Neferet se soltó de él con facilidad, pero el gesto fue más en broma que de verdadero enfado.

—No estoy enfadada. Estoy complacida. El hecho de que tu conexión haya roto su lazo con el chico humano deja a Zoey más sola que nunca. Y tampoco es que tu conexión con esa niña vaya a ser permanente. Se disolverá en cuando ella cambie o muera —dijo Neferet con una risita maliciosa—. Pero ¿no preferirías tú que no se disolviera? Quizá hayas decidido que prefieres la juventud y la inocencia a mí, ¿no?

—¡Eso jamás, mi amor! ¡Jamás desearé a nadie como te deseo a ti! —exclamó Loren—. Déjame demostrártelo, cariño. Deja que te lo demuestre.

Loren se arrimó rápidamente a los pies de la cama y la tomó en sus brazos. Yo lo observé recorrer todo el cuerpo de Neferet de una manera muy semejante a como había recorrido el mío hacía no mucho tiempo.

Me llevé la mano a la boca y apreté para no llorar en voz alta.

Neferet se giró en brazos de Loren y arqueó la espalda contra él mientras él continuaba moviendo las manos por todo su cuerpo. Ella estaba de cara a la puerta. Tenía los ojos cerrados y los labios entreabiertos. Gemía de placer. Poco a poco fue abriendo los ojos, somnolientos. Y de pronto, Neferet me miró directamente.

Yo me di la vuelta, corrí escaleras abajo y salí disparada del edificio. Quería seguir corriendo sin parar, llegar a cualquier lugar con tal de que estuviera muy, muy lejos. Pero mi cuerpo me traicionó. Solo fui capaz de tambalearme unos pocos pasos más allá de la puerta, hasta llegar a las sombras tras uno de los setos bien recortados. Allí me doblé y vomité.

Nada más dejar de vomitar y de sufrir arcadas, eché a caminar otra vez. La cabeza no me funcionaba bien. Estaba terriblemente desorientada, con pensamientos que no dejaban de dar vueltas en mi cabeza. En realidad, más que pensar solo sentía, pero lo único que sentía era dolor.

El dolor me decía que Erik tenía razón, excepto porque había subestimado a Loren. Él creía que Loren me estaba utilizando por el sexo. Y lo cierto era que Loren ni siquiera me deseaba. Solo me había utilizado porque la mujer a la que sí deseaba lo había incitado a ello. Yo ni siquiera era un objeto sexual para él. Era un inconveniente. Él solo me había tocado y me había dicho esas cosas, todas esas preciosas cosas... porque estaba interpretando un papel que le había proporcionado Neferet. Yo para él apenas significaba nada.

Reprimí un sollozo, me puse en pie, me arranqué los pendientes de diamantes de las orejas y con un grito los arrojé lejos de mí.

—¡Maldita sea, Zoey! Si estás cansada de esos diamantes, podías habérmelo dicho. Yo tengo unas perlas con forma de lágrima que te habrían ido estupendamente con ese horrible muñeco de nieve que te regaló Erik por tu cumpleaños, y te los habría cambiado por las piedras encantada.

Me giré lentamente, como si mi cuerpo pudiera romperse si lo hacía demasiado rápido. Aphrodite salía en ese momento del camino que llevaba al comedor. Tenía una extraña fruta en una mano y una botella de Coronita en la otra.

—¿Qué pasa? Me gustan los mangos —dijo ella—. En los dormitorios de chicas nunca hay, pero en la nevera de la fruta de la cocina de los vampiros sí. ¡Como si ellos fueran a echar de menos un mango de vez en cuando! —exclamó Aphrodite. Al ver que yo no decía nada, continuó—: Bueno, vale, ya sé que la cerveza es vulgar y un poco hortera, pero también me gusta. ¡Eh!, hazme un favor, y no se lo digas a mi madre. Es una *friqui*—dijo Aphrodite. De pronto abrió los ojos inmensamente y me miró bien—. ¡Joder, Zoey! Tienes un aspecto horrible. ¿Qué te pasa?

—Nada. Déjame sola —dije yo con una voz que apenas pude reconocer.

—Muy bien, lo que tú digas. Tú ocúpate de tus asuntos, que yo me ocuparé de los míos —dijo ella, que de pronto salió casi disparada.

Me quedé sola. Tal y como Neferet había dicho, todos me abandonaban. Y yo me lo merecía. Le había causado a Heath un profundo dolor. Le había hecho daño a Erik. Había entregado mi virginidad a cambio de mentiras. ¿Cómo lo había expresado Loren? Había sacrificado el verdadero amor y mi «flor» por la diosa de la decepción y de las hormonas. No era de extrañar que fuera un poeta laureado. Sin duda se le daban bien las palabras.

De pronto sentí la necesidad de correr. No sabía adónde ir. Solo sabía que tenía que moverme y moverme deprisa, porque si no lo hacía mi mente iba a explotar. No pararía hasta que ya no pudiera respirar, y entonces me reclinaría contra el tronco de un roble antiguo y gritaría.

—¿Zoey?, ¿eres tú?

Alcé la vista, parpadeé para tratar de ver a través de la niebla de mi propia desgracia, y vi a Darius, el joven y sexi guerrero montaña. De hecho, estaba de pie sobre el ancho muro que rodeaba nuestra escuela, y me observaba con curiosidad.

—¿Te encuentras bien? —me preguntó con el estilo extraño y arcaico con el que parece que hablan todos los guerreros.

—Sí —conseguí decir entre jadeo y jadeo—. Solo quería salir a dar un paseo.

—No estabas paseando —dijo él con lógica.

—Es una manera de hablar.

Lo miré a los ojos y decidí que estaba completamente harta de mentir, así que rectifiqué:

—Sentía que la cabeza me iba a estallar, así que eché a correr tanto como pude. Y terminé aquí.

Darius asintió lentamente.

—Es un lugar de poder. No me sorprende que te sintieras atraída hacia aquí.

—¿Este lugar? —pregunté yo, parpadeando y mirando a mi alrededor. Y entonces, ¡oh, Dios mío!, me di cuenta de dónde estaba—. ¡Es la zona este del muro, junto a la puerta trampa!

—Sí, sacerdotisa, lo es. Hasta los bárbaros humanos sintieron en cierta medida su poder cuando dejaron el cuerpo de la profesora Nolan aquí.

Darius hizo un movimiento hacia fuera con el hombro, señalando el lugar en el que Aphrodite y yo habíamos encontrado a la profesora Nolan. También era el lugar en el que yo había encontrado a *Nala* (o, más bien, donde ella me había encontrado a mí), el lugar donde yo había invocado mi primer círculo, el lugar donde yo había visto por primera vez a los que luego se convertirían en los chicos muertos no muertos, y el lugar donde yo había invocado a los elementos y a Nyx para ayudarme a romper el bloqueo de la memoria que Neferet me había impuesto.

Así que sí era realmente un lugar de poder. No podía creer que no me hubiera dado cuenta antes. Por supuesto, yo había estado terriblemente ocupada con Heath y Erik y sobre todo con Loren. *Neferet tenía razón,* pensé con disgusto. Había sido ridículamente fácil guiarme para que me equivocara.

—Darius, ¿crees que podrías dejarme a solas aquí un rato? Quiero... quiero rezar, y espero que Nyx me conteste si la escucho de verdad.

—Y eso sería más fácil de hacer estando tú sola —añadió él.

Yo asentí, pero no estaba segura de si podía seguir diciendo en voz alta todo lo que pensaba.

—Te concederé intimidad, sacerdotisa. Pero no te alejes de aquí. Recuerda que el perímetro está bajo el hechizo de Neferet, así que si utilizas la puerta trampa y cruzas la línea del hechizo, al instante te verás rodeada por los Hijos de Érebo —explicó Darius, cuya sonrisa era seria, pero amable—. Y eso no te ayudaría a concentrarte en tus plegarias, mi señora.

—Lo recordaré.

Traté de no vacilar cuando él me llamó sacerdotisa y mi señora. De ninguna maldita manera merecía ninguno de los dos títulos.

Con un solo movimiento suave y sin prisas, Darius saltó del muro de unos seis metros de alto y aterrizó limpiamente sobre ambos pies. Entonces me saludó con el puño sobre el corazón, inclinó ligeramente la cabeza y desapareció sin hacer el menor ruido en medio de la noche.

Fue entonces cuando mis piernas decidieron que no me sostendrían ya más. Me dejé caer pesadamente sobre el césped, junto al tronco del antiguo roble ya familiar para mí, encogí las piernas, me abracé a ellas y comencé a llorar silenciosamente y sin parar.

Estaba terriblemente arrepentida. ¿Cómo podía haber sido tan estúpida? ¿Cómo podía haberme creído las mentiras de Loren? Porque realmente me las había creído. No solo le había entregado a ese tipejo mi virginidad, sino que encima estaba conectada con él, lo cual hacía de mí una adolescente doblemente estúpida.

Necesitaba a mi abuela. Con un llanto atragantado, fui a sacar el móvil del bolsillo de mi vestido. Estaba dispuesta a contárselo todo a mi abuela. Sería terrible y muy violento, pero yo sabía que ella no me abandonaría ni me juzgaría. La abuela jamás dejaría de quererme.

Pero el maldito móvil no estaba en el bolsillo. Entonces recordé que se me había caído del bolsillo al desnudarme con Loren. Debía haberme olvidado de recogerlo. Lo que me faltaba. Cerré los ojos y dejé caer la cabeza hacia atrás, contra el tronco del árbol.

—¡Miau!

Nala restregó su húmeda y cálida nariz contra mi mejilla. Sin abrir los ojos, extendí los brazos de modo que la gata saltara a mi regazo. Ella puso las patitas frontales sobre mi hombro y presionó la cabeza contra mi cuello, ronroneando sin cesar como si ese sonido pudiera hacerme sentirme mejor.

—¡Oh, *Nala,* lo he liado todo!

Sostuve a la gata y dejé que el llanto me sacudiera los hombros.

25

Al oír el sonido de pisadas acercándose, pensé que sería Darius. Me figuré que venía para comprobar si seguía ahí. Traté de calmarme, me sequé las lágrimas con la manga e intenté dejar de llorar.

—¡Vaya, mierda!, Aphrodite, tenías razón. Tiene un aspecto horrible —dijo Shaunee.

Alcé la vista y vi a las gemelas, que se acercaban con Aphrodite. Damien las seguía de cerca.

—Z, tienes mocos en la cara —dijo Erin. Luego sacudió la cabeza y se giró hacia Shaunee para añadir—: Por desgracia, yo también tengo que decir que Aphrodite tenía razón.

—Os lo dije —dijo Aphrodite con aires de suficiencia.

—No me parece particularmente apropiado concederle galardones a Aphrodite por el hecho de que tenga razón al decir que le ocurre algo muy serio a Zoey —intervino Damien.

—Damien, de verdad me gustaría… —comenzó a decir Erin.

—Que dejaras ya ese maldito Centro de Aprendizaje de Vocabulario de mierda —terminó Shaunee la frase por ella.

—¿Querríais las dos parar y desistir ya, por favor, y compraros un diccionario, quizá? —preguntó Damien recatadamente.

Sé que es extraño, pero aquella discusión me sonó maravillosamente.

—Chicos, formáis un equipo de rescate patético —dijo Aphrodite—. Toma —añadió, tendiéndome una bola de clínex limpios (espero)—. Yo sé consolar mucho mejor que vosotras, sois un desastre y una vergüenza.

Damien se enfurruñó y apartó a las gemelas de su camino para agacharse a mi lado. Yo me soné los mocos y me limpié la cara antes de mirarlo.

—Ha ocurrido algo malo, ¿verdad? —preguntó él.

Yo asentí.

—¡Bueno, mierda! ¿Se ha muerto alguien? —preguntó Erin.

—No —dije yo. Mi voz sonó rota, así que me aclaré la garganta y volví a intentarlo. Esa vez sonó tensa, pero al menos se parecía más a la mía—. No, no se ha muerto nadie. No es nada de eso.

—Bien, adelante, cuéntanos —dijo Damien, dándome suaves golpecitos en el hombro.

—Sí, tú sabes que hay muy pocas cosas que no podamos hacer todos nosotros juntos —dijo Shaunee.

—Eso digo yo, gemela —convino Erin.

—Puede que eche la pota con todos los remilgos de esta panda de lerdos —dijo Aphrodite.

—¡Cállate! —gritaron las gemelas.

Yo miré a cada uno de mis amigos. Por mucho que no quisiera hacerlo, tenía que contarles lo de Loren. Y también tenía que contarles lo de Stevie Rae. Y tenía que hacerlo antes de que se hiciera realidad lo que había dicho Neferet: antes de que mis mentiras y mis secretos los cabrearan tanto que los perdiera a todos.

—Es todo muy lioso, y no es muy bonito —dije yo.

—Ah, quieres decir como Aphrodite —dijo Erin.

—Tranquila, a eso ya nos estamos acostumbrando —dijo Shaunee.

—Hablaron las *gemelerdas* —se burló Aphrodite.

—Si vosotras tres quisierais callaros, Zoey podría explicar qué es lo que va mal —dijo Damien con exagerada paciencia.

—Lo siento —musitaron las gemelas.

Aphrodite simplemente hizo una mueca de exasperación.

Yo respiré hondo y abrí la boca para comenzar a contar toda la horrible historia, cuando la alegre voz de Jack me interrumpió.

—¡Vale! ¡Lo he encontrado!

Jack llegó corriendo. Su preciosa sonrisa se apagó un poco al verme, demostrando que mi aspecto por fuera debía ser tan horrible como yo me sentía por dentro. Entonces corrió a sentarse al lado de Damien, dejando a Erik de pie, solo, mirándome.

—Adelante, cariño —dijo Damien, dándome golpecitos de nuevo en el hombro—. Ya estamos todos aquí. Dinos qué ha ido mal.

Pero yo no podía hablar. Lo único que podía hacer era mirar a Erik. Su rostro era una bella máscara indescifrable. O, al menos, fue indescifrable hasta que comenzó a hablar. Entonces su expresión indiferente se transformó en una de asco. Su profunda y expresiva voz era desdeñosa.

—¿Quieres decírselo tú, cariño, o debo hacerlo yo?

Yo quería decir algo. Quería gritarle que parara, que por favor me perdonara, decirle que él tenía razón y que yo estaba tan condenadamente equivocada que me sentía enferma. Pero lo único que salió de mi boca fue un «no» susurrado en un tono de voz tan bajo que no creo que me oyera ni siquiera Damien. Inmediatamente, sin embargo, me di cuenta de que habría dado igual si hubiera gritado. Erik se había acercado adonde estaba yo para vengarse de mí, y nada podía pararlo.

—Bien, pues yo se lo diré —dijo Erik, mirando a cada uno de nuestros amigos—. Nuestra Z ha estado follándose a Loren Blake.

—¿Qué? —preguntaron las gemelas al unísono.

—¡Imposible! —exclamó Damien.

—¡No! —soltó Jack.

Aphrodite no dijo nada.

—Es cierto. Los he visto. Hoy. En el salón de entretenimiento. ¿Sabéis cuándo? Cuando todos creíais que estaba tan preocupada porque yo había cambiado. Sí, Zoey, ya vi lo preocupada que estabas. Tan preocupada que tuviste que succionarle la sangre a Blake y cabalgar sobre él como un caballo.

—¿Loren Blake? —repitió Shaunee, que parecía por completo atónita.

—¿El señor Seducción?, ¿el tipo del que llevamos todo el trimestre hablando de comernos como si fuera una chocolatina Dove? —preguntó Erin exactamente en el mismo tono que su gemela, para mirarme luego igual de horrorizada y atónita y añadir—: Debes de haber pensado que somos completamente patéticas.

—Sí, ¿por qué no dices algo? —dijo Shaunee.

—Porque si Zoey os hubiera contado lo enamorados que estaban el uno del otro, puede que vosotras no hubierais sido tan amables con ella al saber que me estaba utilizando, fingiendo que estábamos tan bien juntos para luego escaparse con Blake. Además, seguramente se lo estaba pasando en grande, riéndose de vosotras también —dijo Erik con crueldad.

—Yo no he estado utilizándote —le dije a Erik. Me sorprendió lo fuerte que sonó mi voz de pronto—. Y jamás me he reído de vosotras. Lo prometo —les aseguré a las gemelas.

—Sí, y tu palabra es digna de confianza —señaló Erik—. ¡Eres una puta mentirosa! ¡Os ha utilizado exactamente igual que me ha utilizado a mí!

—Muy bien, ya es hora de que os calléis —dijo Aphrodite.

Erik se echó a reír.

—¡Ah, perfecto! Una puta defiende a la otra.

Aphrodite entrecerró los ojos y alzó la mano derecha. Las ramas del roble que estaban más cerca de la cabeza de Erik se balancearon hacia abajo, y yo oí el amenazador crujido de la madera a punto de partirse.

—No me cabrees más —dijo Aphrodite—. Te pasas la vida diciendo que te preocupas por Zoey, pero te revuelves como un perro sarnoso contra ella en cuanto hiere por primera vez tu pequeño ego. Y yo soy testigo ante los demás de que tienes un ego realmente pequeño. Ya has hecho lo que has venido a hacer aquí, así que ahora márchate.

Los ojos brillantes de Erik se volvieron rápidamente hacia mí, y por un segundo creí ver en ellos al antiguo Erik de siempre, al gran chico que se estaba enamorando de mí; pero entonces una expresión de dolor ahogó el último atisbo de amabilidad.

—Muy bien. ¡Me voy! —dijo instantes antes de salir disparado.

Yo miré a Aphrodite.

—Gracias —le dije.

—Tranquila. Sé lo que es pasárselo bien un rato y que la gente te lo guarde para siempre.

—¿De verdad has estado con el profesor Blake? —preguntó Damien. Yo asentí.

—¡Demonios! —exclamó Shaunee.

—¡Mierda! —exclamó Erin.

—Es realmente, realmente guapo —dijo Jack.

Yo respiré hondo una vez más y solté:

—Loren Blake es el jodido gilipollas más grande que he conocido jamás.

—¡Dios! ¡Has dicho tacos! —exclamó Aphrodite.

—Entonces, ¿es cierto que te ha utilizado por el sexo? —preguntó Damien, que de nuevo me dio golpecitos en el hombro.

—No exactamente —dije yo.

Hice una pausa y me limpié la cara con la mano, como si de esa forma pudiera obligarme mágicamente a decir las palabras adecuadas. Era el momento de contarles lo de Stevie Rae. Deseé tener la oportunidad de practicar lo que iba a decir. Alcé la vista y vi a Aphrodite observándome y, por ridículo que parezca, me alegré de que estuviera ahí. Al menos ella podía apoyarme y ayudarme a hacerles comprender a Damien y a las gemelas.

Entonces oí un ruido extraño detrás de mí, desde algún lugar del muro. No estaba del todo segura de haber oído algo de verdad hasta que Damien preguntó:

—¿Qué ha sido eso?

—Es la puerta trampa —contestó Aphrodite—. Se está abriendo.

Tuve una premonición y sentí un escalofrío recorrerme la espalda. Me puse en pie, *Nala* protestó ruidosamente y las gemelas me miraron confusas y con el ceño fruncido al oír la voz de Stevie Rae, desde el otro lado de la puerta que se abría.

—¿Zoey? Soy yo.

Corrí a la puerta trampa, gritando:

—¡No, Stevie Rae! ¡Quédate...!

Y, con el ceño fruncido, Stevie Rae entró por la puerta trampa del muro que rodeaba la escuela.

—¿Zoey? Yo... —comenzó a decir.

Entonces Stevie Rae vio a todos los que estaban de pie detrás de mí, y se quedó helada.

En el suelo, a mi lado, *Nala* soltó un maullido como un grito y arqueó la espalda con la intención de lanzarse sobre Stevie Rae; parecía como si se hubiera vuelto loca. Por suerte mis reflejos de iniciada me permitieron agarrarla antes de que pasara por delante de mí.

—¡No, *Nala*! Solo es Stevie Rae —dije yo, luchando con la gata loca y tratando de que no me arañara.

Stevie Rae se había echado atrás y se agazapaba a la defensiva entre las sombras del muro. Yo solo podía ver de ella con claridad los relucientes ojos rojos.

—¿Stevie Rae? —la llamó Damien con voz ahogada.

—¡Sé buena, *Nala*! —le ordené a la gata, a la que dejé en el suelo para poder ocuparme de mis amigos.

Pero antes me giré hacia Stevie Rae. Ella no huyó de mí, pero parecía dispuesta a salir disparada de allí en cualquier momento. Y además tenía un aspecto horroroso. Tenía la cara excesivamente delgada y pálida. No se había peinado el pelo rizado y rubio, que estaba mate y alicaído. De hecho, lo único que brillaba y parecía sano en ella eran los espeluznantes ojos de un rojo candente, y yo ya sabía que eso no era una buena señal.

—¿Qué tal estás? —le pregunté en voz baja y con calma.

—No muy bien —dijo ella. Alzó la mirada por encima de mis ojos y se encogió—. Es duro volver a verlos, sobre todo cuando siento que me estoy perdiendo.

—No te estás perdiendo —afirmé rotunda—. Pero, prepárate. Ellos no saben nada de ti.

—¿No se lo has dicho? —preguntó Stevie Rae atónita, como si acabara de darle una bofetada.

—Es una larga historia —me apresuré a decir—. Y tú, ¿qué haces aquí?

Ella arrugó el entrecejo antes de contestar:

—Tú me has mandado un mensaje de texto, diciéndome que nos encontraríamos aquí.

Yo cerré los ojos y sentí una nueva ola de dolor. Loren. Él había cogido mi teléfono. Él le había mandado el mensaje a Stevie Rae. O, más exactamente, había sido Neferet quien se lo había mandado. Ella no sabía que yo estaría aquí pero sí sabía, gracias a Loren, que yo no les había contado lo de Stevie Rae a mis amigos. Y también sabía que Loren no tenía intención de asegurarse de que Erik no le contaba a nadie lo nuestro. Neferet sabía que Erik se volvería loco y se lo contaría a todo el mundo (o, al menos, a todos mis amigos); que el secreto daría la vuelta al globo. Después se destaparía lo de Stevie Rae en el campus, y sería otro secreto mío más al descubierto. Casi podía oír lo que pensarían mis amigos de mí: *¿Cómo vamos a poder confiar de nuevo en Zoey?* Se alejarían cada vez más de mí.

Dos puntos para Neferet. Cero puntos para Zoey.

Tomé la inflexible mano de Stevie Rae y, a pesar de que tuve que tirar de ella con fuerza, la llevé hasta donde estaban Damien, las gemelas, Jack y Aphrodite. De los cinco que estaban de pie, cuatro de ellos la miraban con la boca abierta. Lo mejor era acabar cuanto antes con el asunto, antes de que nos invadieran los vampiros guerreros y toda la maldita escuela lo descubriera todo y mi vida se derrumbara.

—Stevie Rae no está muerta —dije yo.

—Sí, lo estoy —dijo Stevie Rae.

Yo suspiré.

—Stevie Rae, no vamos a volver a discutir sobre este asunto. Hablas y caminas. Eres sólida, de carne y hueso —dije yo, alzando las manos de ambas, entrelazadas, a modo de demostración—. Así que no estás muerta.

En algún momento, mientras yo razonaba con Stevie Rae, oí sollozos. Eran las gemelas. Seguían mirando a Stevie Rae, pero se habían abrazado la una a la otra y berreaban como bebés. Yo iba a decirles algo, pero Damien me interrumpió.

—¿Cómo? —preguntó Damien, cuyo rostro estaba por completo pálido, absolutamente carente de color. Dio un paso hacia delante, dubitativo—. ¿Cómo puede ser esto?

—Yo fallecí —dijo Stevie Rae con una voz tan inexpresiva y falta de vida como el rostro de Damien—. Pero luego me desperté así, que, en caso de que no te hayas dado cuenta, no es como solía ser.

—Hueles de un modo extraño —dijo Jack.

—Y tú hueles a la cena —dijo Stevie Rae, girándose hacia él con los ojos relucientes.

—¡Basta! —exclamé yo, tirando de la mano de Stevie Rae—. Ellos son tus amigos. No deberías asustarlos.

Stevie Rae dio un fuerte tirón de la mano para soltarse de mí y luego dijo:

—Eso es lo que he estado tratando de decirte durante todo este tiempo, Zoey. Ellos no son mis amigos. Tú no eres mi amiga. Ya no. No después de lo que me ha ocurrido. Ya sé que tú crees que puedes arreglar esto, pero la única razón por la que he venido esta noche es para decirte que esto tiene que terminar ya. Así que, de una vez por todas, o me arreglas, o me dejas en paz y me permites que termine de convertirme en la cosa horrible en la que se supone que tengo que convertirme.

—No tenemos tiempo para seguir discutiendo. Neferet ha hechizado el perímetro de la escuela para saber cuándo entra o sale cualquier humano, vampiro o iniciado. Tú has cruzado el perímetro, así en cualquier momento aparecerán los Hijos de Érebo. Creo que deberías marcharte. Yo iré a verte en cuanto pueda, y entonces terminaremos con esto.

—Oye, Zoey, lamento tener que contradecirte después del horrible día que llevas, pero no creo que se presenten aquí los guerreros, porque Neferet no sabe que Stevie Rae está aquí —dijo Aphrodite.

—¿Cómo que no lo sabe? —pregunté yo.

—Aphrodite tiene razón —dijo Damien con calma, como si su cerebro estuviera descongelándose y comenzara de nuevo a funcionar—. Neferet ha hechizado el perímetro para saber si lo cruza un humano, un iniciado o un vampiro. Pero Stevie Rae no es ninguna de esas cosas, así que el hechizo no funciona con ella.

—¿Y por qué está ella aquí? —preguntó Stevie Rae, mirando a Aphrodite con sus ardientes ojos rojos.

Aphrodite giró hizo una mueca, pero yo noté que daba varios pasos atrás para poner más distancia entre ambas.

Entonces, de pronto, las gemelas se plantaron delante de Stevie Rae. Shaunee y Erin seguían llorando, pero lo hacían en silencio, como si ni siquiera fueran conscientes de ello.

—Sigues viva… —dijo Shaunee.

—Te hemos echado mucho de menos —dijo Erin.

Las dos echaron los brazos alrededor de Stevie Rae, que se quedó completamente inmóvil, como una estatua. En algún momento, mientras estaban las tres abrazadas, se les unió Damien. Pero Stevie Rae no se relajó. No los rodeó con sus brazos. Cerró los ojos y se quedó perfectamente quieta. Yo vi una lágrima caer de uno de sus ojos y recorrer su mejilla.

26

—Tenéis que soltarme ya —dijo Stevie Rae con una voz ronca y tensa que no parecía en absoluto la suya.

Tanto fue así que tuvo el efecto deseado. Damien y las gemelas la soltaron al instante.

—Hueles muy raro —dijo Shaunee mientras trataba de sonreír a pesar de las lágrimas.

—Sí, pero no te ofendas —dijo Erin.

—Y además a nosotros no nos importa —añadió Damien.

—¡Eh!, miembros de la panda de lerdos que siguen vivos —gritó Aphrodite desde su escondite, bajo el viejo y enorme roble—. Os sugiero que deis un paso atrás y os apartéis de la chica muerta no muerta. Porque muerde.

—¡Tú sí que muerdes! —soltó Shaunee.

—¡Puta! —exclamó Erin.

—Ella dice la verdad —dijo Stevie Rae. Miró a Damien, luego a las gemelas y por último a mí—. Explícaselo.

—Stevie Rae tiene un problema con la sangre. Necesita beber sangre. O se vuelve loca —dije yo.

Bajo el árbol, Aphrodite soltó un bufido.

—Cuéntales la verdad —repitió Stevie Rae.

Yo suspiré con resignación y les conté la versión corta:

—Stevie Rae es solo una más del puñado de iniciados que murieron y luego se convirtieron en esto. Son ellos los que mataron a los jugadores del equipo del Union el mes pasado. Y casi mataron a Heath. Fue al rescatar a Heath de ellos como descubrí a Stevie Rae. Solo que ella es diferente de los demás. Ella aún retiene parte de su humanidad.

—Pero, la está perdiendo —replicó Aphrodite.

Yo fruncí el ceño en su dirección y continué:

—Sí, se podría decir así. Así que lo que tenemos que hacer es curar a Stevie Rae para que pueda volver a ser como antes.

Las gemelas y Damien se quedaron en silencio durante lo que a mí me pareció un rato muy largo. Y entonces Damien dijo:

—Sabías todo esto desde hace un mes, ¿y no nos habías dicho nada?

—Y nos dejaste creer que Stevie Rae estaba muerta… —añadió Shaunee.

—Sí, actuabas como si ella estuviera muerta —dijo Erin.

—¡Estúpidos! ¡No podía deciros nada! No tenéis ni idea del tipo de fuerzas a las que os enfrentáis —exclamó Aphrodite.

—Hablas como si se tratara de una película de ciencia ficción —dijo Shaunee.

—Sí, y no convences a nadie, puta —soltó Erin.

—Sabías esto desde hace un mes, y no nos habías dicho nada —repitió Damien la frase, pero esa vez no en tono de pregunta.

—Aphrodite tiene razón —dije yo—. No podía hablaros de Stevie Rae. Había circunstancias atenuantes.

Las seguía habiendo. Porque seguía siendo mejor que ellos no supieran que Neferet estaba detrás de todo el asunto, a pesar de que eso les hiciera odiarme.

—No me importa lo que diga Aphrodite. Nosotros somos tus amigos. Tus mejores amigos. Deberías habérnoslo dicho —afirmó Damien.

—¿Circunstancias atenuantes? —repitió Erin—. Parece como si de repente Aphrodite formara parte de esas circunstancias atenuantes.

—¿Y también había circunstancias atenuantes por las que guardaste en secreto lo de Loren? —preguntó Shaunee con cautela, vigilante, mirándome con el ceño fruncido.

No supe qué decir. Sentía que se apartaban de mí, pero lo peor de todo era que sabía que me merecía que me dieran la espalda.

—¿Cómo se supone que vamos a confiar en ti, si tú nos ocultas cosas? —preguntó Damien quien, como siempre, supo sentenciar en una sola frase los sentimientos de todos.

—Sabía que esta no era una buena idea —dijo Stevie Rae—. ¡Me voy!

—¿Cómo? ¡Pero si aquí tienes a gente para comer, es un buen sitio en el que aterrorizar! —exclamó Aphrodite.

Stevie Rae se giró y le gruñó directamente, diciendo:

—¡Entonces empezaré por ti, bruja!

—¡Bueno, vale! Era solo una sugerencia —contestó Aphrodite, tratando de aparentar naturalidad a pesar del miedo que yo veía en sus ojos.

Agarré a Stevie Rae de la mano otra vez y la sujeté con fuerza mientras tiraba de ella para apartarla. Luego, sin hacerle ya más caso, me dirigí hacia Damien y las gemelas.

—Bueno, ¿vais a ayudarme a curarla o no?

Tras unos segundos de vacilación, Damien contestó:

—Yo te ayudo, pero no volveré a confiar en ti.

—Lo mismo decimos nosotras —dijeron las gemelas.

Mi estómago se había vuelto a hacer un nudo y estaba duro como una bola; yo solo quería vomitar allí mismo en el césped y ponerme a llorar y a suplicarles que siguieran siendo mis amigos, que no dejaran de confiar en mí. Pero no lo hice. No podía. Después de todo, ellos tenían razón. Así que asentí y dije:

—Muy bien, entonces invoquemos un círculo y curémosla.

—No tenemos ninguna vela —dijo Damien.

—Yo puedo ir corriendo a por ellas —dijo Jack.

Ni siquiera me miró a mí, sino que se dirigió directamente a Damien.

—No, no tenemos tiempo para eso —dije yo—. No necesitamos velas. Tenemos la habilidad de manifestar los elementos. Las velas son simplemente un elemento ceremonial —expliqué. Entonces hice una pausa y enseguida añadí—: Pero creo que de todos modos deberías irte, Jack. No estoy del todo segura de qué va a ocurrir, y no quiero arriesgarme a que puedas resultar herido.

—E-e-está bien —tartamudeó él.

Jack se metió las manos en los bolsillos y echó a caminar lentamente.

—Parece que esta noche vamos a dejar a un lado las ceremonias —comentó Damien, lanzándome una dura mirada.

—Sí, esta noche vamos a deshacernos de unas cuantas cosas —confirmó Shaunee sin quitarme el ojo de encima.

Yo sentí que era la mirada de una extraña. Erin asintió en silencio, pero en completo acuerdo con ella.

Yo cerré la boca para reprimir un grito de dolor, de pena y de miedo. Todo lo que tenía eran mis amigos. Si los perdía, ¿cómo iba a sobrevivir?, ¿cómo iba a enfrentarme a Neferet?, ¿cómo iba a encararme con Loren?, ¿cómo iba a soportar la pérdida de Heath y de Erik?

Y entonces recordé algo que había leído en uno de los libros antiguos y rancios que había estado estudiando mientras trataba de encontrar el remedio mágico para curar a Stevie Rae. Se trataba de una cita escrita al pie de la foto de una de las antiguas vampiras amazonas, una bella alta sacerdotisa.

Según ella, «Ser elegida por nuestra Diosa es tanto algo doloroso como un privilegio».

Yo comenzaba a comprender lo que aquella antigua sacerdotisa de Nyx había querido decir.

—¿Te decides o no? —gritó Aphrodite desde debajo del árbol.

Yo traté de concentrarme.

—Sí, vamos a hacerlo. El norte está en esa dirección —dije, señalando la dirección del árbol de Aphrodite—. Colocaos en vuestras posiciones.

Sin soltar la muñeca de Stevie Rae, me dirigí al centro del círculo que comenzaba a tomar forma a mi alrededor.

—Si no me sueltas, no podré colocarme en la posición de la tierra —dijo Stevie Rae.

Yo la miré a los ojos, buscando en ellos algún resto de mi mejor amiga. Pero solo vi en ellos a otra extraña, mirándome con frialdad.

—No vas a representar a la tierra. Te vas a quedar aquí, en el centro, conmigo.

—Entonces, ¿quién va a completar el círculo? Jack se ha ido, y de todos modos él no es exactamente… —comenzó a decir Stevie Rae, que se interrumpió cuando sus ojos llegaron a la posición más alta del círculo y vieron allí de pie a Aphrodite—. ¡No! —siseó Stevie Rae—. ¡Ella no!

—¡Ya, basta! —grité yo, provocando que los elementos removieran el aire a mi alrededor en respuesta a mi ira y frustración—. Aphrodite ocupa el puesto de la tierra. Lo lamento si no te gusta. Lo lamento si ella no te gusta. Lamento mucho muchas malditas cosas sobre las que parece que no puedo hacer nada. Tendrás simplemente que aguantarte, exactamente igual que me aguanto yo. Y ahora quédate aquí de pie, calladita, y vamos a ver si consigo que esto funcione.

Yo sabía que todos me miraban. Las gemelas y Damien con los ojos de unos extraños, con una mirada acusadora. Y Stevie Rae con ira y con lo que yo sabía que era verdadero odio, ya estuviera dirigido solo contra Aphrodite o contra Aphrodite y contra mí; de eso no estaba segura. Le eché un rápido vistazo a Aphrodite. Estaba de pie en la posición más al norte del círculo, observando a Stevie Rae con ojos precavidos.

Genial. La atmósfera perfecta para la adoración de una Diosa.

Cerré los ojos e inhalé profunda y largamente varias veces, tratando de concentrarme. *Nyx, sé que lo he liado todo pero, por favor, acude a mí y a mis amigos. Curar a Stevie Rae es más importante que el drama que se cuece entre nosotros. Neferet quería separarme de todos, de modo que también iba a separarme de ti. Pero yo no voy a dejar de confiar en ti... de creer en ti... jamás.*

Entonces abrí los ojos y me dirigí resuelta hacia Damien. Por lo general él me daba la bienvenida con una cálida sonrisa. Esa noche me miró a los ojos fijamente, pero no había en ellos nada de dulzura ni de amistad.

—Como alta sacerdotisa en prácticas para nuestra gran Diosa Nyx, utilizo su poder y su autoridad para llamar a mi círculo al primer elemento, ¡viento!

Hice la invocación con una voz fuerte, nítida, y elevé los brazos por encima de la cabeza al decir el nombre del elemento. Mi alivio fue inimaginable cuando una poderosa ráfaga de viento giró alrededor de Damien y de mí, levantándonos el pelo y la ropa. Entonces me giré hacia mi derecha y me acerqué a Shaunee.

No esperaba que ella me diera la bienvenida, y no lo hizo. Shaunee me observó en silencio y con prudencia con sus ojos negros. Yo traté de olvidar la desesperación que me producía ese rechazo y evoqué al fuego.

—Como alta sacerdotisa en prácticas de nuestra gran Diosa Nyx, utilizo su poder y su autoridad para llamar a mi círculo al segundo elemento, ¡fuego!

Apenas hice una pausa y sentí una ola de calor azotar mi piel, así que me moví rápidamente hacia Erin, que también se mostró silenciosa y apartada.

—Como alta sacerdotisa en prácticas de nuestra gran Diosa Nyx, utilizo su poder y autoridad para llamar a mi círculo al tercer elemento, ¡agua!

Le di la espalda a las fragancias del mar y me dirigí hacia Aphrodite. Ella me miró a los ojos con calma y me dirigió una sonrisa.

—Molesta que tus amigos se cabreen contigo, ¿verdad? —preguntó en voz tan baja que solo yo pude oírla.

—Sí —susurré yo—, y lamento haber tenido algo que ver con el hecho de que tus amigas se cabrearan contigo.

—*¡Nah!* —sacudió ella la cabeza en una negativa—, no fuiste tú. Fueron mis estúpidas elecciones de mierda. Exactamente igual que tus estúpidas elecciones de mierda te han metido a ti en este lío.

—Gracias por recordármelo —dije yo.

—He venido a ayudarte —dijo Aphrodite—. Y será mejor que te des prisa con esto. La aterradora Stevie Rae está perdiendo su humanidad por segundos.

No me hizo falta mirar por encima del hombro en dirección a Stevie Rae para saber que Aphrodite tenía razón. Sentía como la inquietud de Stevie Rae iba en aumento. Era como si ella fuera una goma elástica del pelo, tensada al máximo y a punto o bien de romperse, o bien de saltar.

—Como alta sacerdotisa en prácticas de nuestra gran Diosa Nyx, utilizo su poder y su autoridad para llamar a nuestro círculo al cuarto elemento, ¡tierra!

Las límpidas, dulces fragancias de una pradera primaveral giraron alrededor de Aphrodite y de mí. Yo seguía sonriendo cuando me giré para volver al centro del círculo y completar la invocación, llamando al espíritu, pero fue entonces cuando Stevie Rae estalló:

—¡No! —gritó. La palabra resultó casi irreconocible, porque fue más bien un grito de rabia y desesperación—. ¡Ella no puede ser la tierra! ¡Yo soy la tierra! ¡No le permitiré que me la arrebate!

Con una rapidez inusitada, Stevie Rae se lanzó sobre Aphrodite

—¡No! ¡Stevie Rae, basta! —grité yo mientras trataba de apartar a Stevie Rae de Aphrodite.

Pero era como tratar de mover una columna de mármol. Stevie Rae era demasiado fuerte. Aphrodite tenía razón. Ella ya no era ni humana, ni una iniciada, ni una vampira. Era otra cosa; algo más; y ese algo más significaba que era más peligrosa. Tenía a Aphrodite sujeta en una horrible parodia de un abrazo. Vi el fiero brillo de sus colmillos y luego Aphrodite gritó mientras Stevie Rae le hincaba el diente en el cuello.

—¡Ayudadme a quitársela de encima! —grité yo, mirando desesperadamente a Damien y a las gemelas mientras seguía tratando de apartar a Stevie Rae de Aphrodite.

—¡No puedo! —gritó Damien—. ¡No puedo moverme!

—¡Nosotras tampoco! —gritó Shaunee.

Los tres habían sido clavados a sus posiciones por sus respectivos elementos. Damien se veía presionado contra la tierra por un furioso viento. Shaunee estaba rodeada por una jaula de fuego. Erin de pronto estaba encerrada en un mar de agua sin fondo .

—¡Tienes que terminar de invocar el círculo! —gritó Damien por encima del viento—. Llama a los elementos para que te ayuden. Es el único modo de salvarla.

Corrí al centró del círculo. Alcé los brazos por encima de la cabeza y completé la invocación.

—Como alta sacerdotisa en prácticas para nuestra gran Diosa Nyx, utilizo su poder y su autoridad para llamar a mi círculo al quinto y último elemento, ¡espíritu!

El poder me atravesó. Apreté los dientes y traté de controlar el temblor que sacudía mi cuerpo. Los gritos de Aphrodite eran cada vez más y más débiles, pero yo no podía pensar en eso. Cerré los ojos para poder concentrarme. Entonces dije las primeras palabras de la Diosa que se me pasaron por la cabeza, como la dulce y confiada respuesta a la plegaria de un niño. Como por arte de magia, mi voz se magnificó. Sentí que mis palabras se materializaban, que brillaban en el aire a mi alrededor.

¡Viento, llévate aquello que está teñido
Fuego, quema la negrura del odio
Agua, lava las malas intenciones no saciadas
Tierra, alimenta el alma abatida de oscuridad
Espíritu, llénala de modo que ella se emancipe de la muerte!

Igual que si le arrojara una pelota, le lancé a Stevie Rae el chisporroteante poder elemental que sentía entre mis manos. En ese instante, sentí un dolor que me resultaba ya familiar, como de quemazón, recorrerme la espina dorsal y darme toda la vuelta por la cintura. A mi grito le siguió como un eco el de Stevie Rae.

Abrí los ojos y lo que vi entonces fue muy extraño. Aphrodite se había derrumbado en el suelo durante el ataque de Stevie Rae. Stevie Rae estaba de espaldas a mí, así que yo solo podía ver el rostro de Aphrodite. Al principio no comprendí bien lo que ocurría. Las dos estaban rodeadas por una bola giratoria y resplandeciente de poder, hecha de los cinco elementos. Según la bola giraba o se hacía más o menos espesa, las chicas aparecían o desaparecían de mi campo de visión. Pero sí pude ver, sin embargo, que ya no era Stevie Rae la que sujetaba a Aphrodite. En ese momento era Aphrodite la que se aferraba a Stevie Rae y la forzaba a seguir bebiendo de la herida de su cuello. Stevie Rae aún seguía bebiendo sangre, pero luchaba por parar; trataba de apartarse.

Yo corrí para tratar de separarlas otra vez, pero tropezar con la burbuja de poder fue como darme contra una puerta de cristal. No pude atravesarla, y no tenía ni idea de cómo abrirla.

—¡Aphrodite! ¡Suéltala! ¡Está tratando de parar antes de matarte! —grité yo.

Aphrodite me miró a los ojos. No movió los labios, pero yo oí claramente su voz dentro de mi cabeza. «No. Es así como quiero expiar todo lo que he hecho. Esta vez la Elegida soy yo. Y recuerda, yo hago este sacrificio libremente.»

Entonces los ojos de Aphrodite giraron hasta quedarse en blanco y su cuerpo se quedó flácido mientras de sus sonrientes labios salía un último aliento, un largo suspiro. Con un terrible grito, Stevie Rae por fin se apartó de ella. Cayó al suelo junto al cuerpo de Aphrodite. La burbuja de poder se rompió y desapareció en mil pedazos. Y yo supe que el círculo también se había roto. Noté la ausencia de los elementos. No sabía qué hacer. No me sentía capaz de moverme.

Entonces Stevie Rae alzó la vista hacia mí. Lloraba lágrimas teñidas de rosa y sus ojos seguían siendo de un color rojizo extraño. Pero su rostro era otra vez el de siempre. Antes incluso de que ella hablara, yo supe que fuera lo que fuera lo que Neferet le había roto en su interior para obligarla a caminar y a hablar muerta, ese algo se había curado.

—¡Yo la he matado! ¡He tratado de parar! ¡Pero ella no me dejaba apartarme, y yo no podía apartarme! ¡Oh, Zoey, lo siento! —lloró Stevie Rae.

Yo me acerqué a ella a trompicones mientras resonaban en mi cabeza las palabras de Loren: «Deberías recordar que estás invocando una magia muy poderosa, y siempre hay un coste adicional asociado a ella».

—No ha sido culpa tuya, Stevie Rae —le dije—. Tú no...

—¡Su rostro! —exclamó Damien justo desde detrás de mí—. ¡Mirad su marca!

Yo parpadeé sin comprender del todo, pero enseguida me quedé con la boca abierta. Había estado tan ocupaba mirándola a los ojos, tan ocupada asegurándome de que era la Stevie Rae de siempre, que ni siquiera me había dado cuenta de algo evidente. La luna creciente tatuada en el centro de su frente por fin estaba completa. Un bello dibujo de flores, con largos tallos enroscados en espiral, enmarcaba sus ojos y se extendía por sus pómulos.

Pero los tatuajes no eran del color azul zafiro de los vampiros. Eran del brillante color rojo escarlata de la sangre nueva.

—¿Qué estáis mirando? —preguntó Stevie Rae.

—T-t-toma —dijo Erin, rebuscando por su sempiterno bolso y tendiéndole el espejo del estuche del maquillaje a Stevie Rae.

—¡Oh, Dios mío! —exclamó Stevie Rae con su acento de siempre—. ¿Qué significa esto?

—Significa que estás curada. Que has cambiado. Pero has cambiado a una nueva clase de vampiro —dijo Aphrodite mientras se incorporaba para sentarse en el césped.

27

—¡Demonios! —chilló Shaunee, tropezándose y agarrándose a Erin para no caerse.

—¡Pero si tú estabas muerta! —exclamó Erin.

—No lo creo —dijo Aphrodite, restregándose la frente con una mano mientras se tocaba con cuidado el mordisco del cuello con la otra—. *¡Auch!* ¡Maldita sea, me duele todo!

—De verdad, de verdad que lo siento mucho, Aphrodite —se disculpó Stevie Rae—. Quiero decir que tú no me gustas, pero yo jamás te mordería. O, al menos, ahora ya no te mordería.

—Sí, sí, lo que tú digas —contestó Aphrodite—. No importa, tranquila. Era todo parte del plan de Nyx, por doloroso y molesto que pueda parecer —explicó, haciendo una mueca de dolor—. Dios, ¿alguien tiene una tirita?

—Yo tengo que tener un pañuelo de papel por alguna parte. Espera un momento, a ver si puedo encontrarlo —dijo Erin mientras rebuscaba por segunda vez por su bolso.

—Mira a ver si encuentras uno limpio, gemela. Aphrodite ya tiene bastante con lo que tiene, como para encima pillar una infección.

—Vaya, eso es muy amable de vuestra parte, chicas —dijo Aphrodite, que alzó la vista hacia las gemelas medio sonriendo.

Yo la miré con buena cara también por primera vez.

Pero entonces se me cayó el estómago a los pies.

—¡Ha desaparecido! —grité.

—¡Oh, mierda! ¡Zoey tiene razón! —exclamó Damien, que se quedó mirando boquiabierto a Aphrodite.

—¿Qué? —preguntó Aphrodite—. ¿Qué es lo que ha desaparecido?

—¡Oh-oh! —exclamó Shaunee.

—Sí, ha desaparecido —confirmó Erin mientras le tendía a Aphrodite el pañuelo de papel.

—¿Y ahora qué estáis balbuceando, chicos? —preguntó Aphrodite.

—Toma. Usa esto —dijo Stevie Rae, pasándole el espejo—. Mírate la cara.

Aphrodite suspiró, claramente irritada.

—Vale, ya sé que estoy hecha un asco después de que me mordiera Stevie Rae. Noticias: ni siquiera yo puedo estar perfecta a todas horas, sobre todo cuando...

Nada más prestar atención al espejo y ver en él el reflejo de su rostro, Aphrodite se calló como si alguien le hubiera apretado el botón de «*Stop*». Alzó una mano trémula al centro exacto de su frente, donde antes tenía la marca de Nyx, y dijo con una voz que fue solo un ronco susurro:

—Ha desaparecido. Pero ¿cómo puede haber desaparecido?

—Nunca, jamás, había oído decir que pudiera ocurrir algo así. En ningún libro, en ninguna parte —dijo Damien—. Una vez que uno queda marcado, es imposible borrar la marca.

—Así es cómo Stevie Rae se ha curado —dijo Aphrodite, que parecía aturdida, sin dejar de tocarse el centro de la frente sin marca—. Nyx me la ha quitado y se la ha dado a Stevie Rae —añadió, sacudiéndose con un terrible escalofrío—. Y ahora ya no soy más que una simple mortal —dijo mientras se ponía en pie con dificultad y dejaba caer el espejo al suelo sin darse cuenta siquiera—. Tengo que marcharme. Ya no pertenezco a este lugar —continuó, comenzando a caminar marcha atrás hacia la puerta trampa de madera, con los ojos muy abiertos y vidriosos.

—¡Espera, Aphrodite! —dije yo, que inmediatamente eché a correr tras ella—. Quizá no seas humana otra vez. Quizá esto sea algo extraño y se te pase en un día o dos, y luego te vuelva la marca.

—¡No! Mi marca ha desaparecido. Lo sé. Así que... ¡dejadme en paz!

Atravesó la puerta trampa llorando.

En el instante mismo en el que Aphrodite traspasó el perímetro del muro de la escuela, el aire vibró y se produjo un fuerte crujido, como si algo grande se cayera y se rompiera.

Stevie Rae me agarró del brazo.

—Tú quédate aquí. Yo iré a buscarla.

—Pero tú…

—No, ahora estoy bien —dijo Stevie Rae con su sonrisa dulce y llena de vida de siempre—. Tú me has curado, Z. No te preocupes. Yo le he causado esto a Aphrodite. La encontraré y me aseguraré de que está bien. Y luego volveré contigo.

Oí ruidos en la distancia, como si algo muy grande se acercara rápidamente hacia nosotros.

—Son los guerreros. Saben que el perímetro de la escuela ha sido traspasado —dijo Damien.

—¡Vete! —le dije a Stevie Rae—. Yo te llamaré. Pero no te mandaré ningún mensaje de texto. Nunca —añadí entonces—. Así que si recibes uno, no será de mí.

—¡Ok, Mckey! Lo recordaré —dijo Stevie Rae, que nos dedicó una sonrisa a los cuatro y se despidió—: ¡Hasta luego!

Se agazapó por la puerta y la cerró. Yo noté que el hechizo del perímetro apenas hizo temblar el aire cuando pasó ella, y me pregunté brevemente qué diablos quería eso decir.

—Bueno, y, ¿qué hacemos aquí? —preguntó Damien.

—Estamos aquí porque Erik le ha dado la patada a Zoey —dijo Shaunee.

—Sí, y ella está hecha polvo —añadió Erin.

—No les digáis nada ni de Aphrodite, ni de Stevie Rae —dije yo.

Mis amigos me miraron como si yo acabara de decir algo así como «quizá no debamos contarles nada a papá y mamá acerca de que hemos estado bebiendo cerveza».

—¡No!, ¿en serio? —preguntó Shaunee en tono sarcástico.

—Pensábamos soltarlo todo —dijo Erin.

—Sí, porque no se puede confiar en nosotros para guardar un secreto —añadió Damien.

¡Vaya, mierda! Así que seguían enfadados conmigo.

—Entonces, ¿quién decimos que ha roto la barrera? —preguntó Damien.

Noté que ni siquiera me miraba a mí al preguntar, sino que dirigía la pregunta a las gemelas.

—Aphrodite, ¿quién, si no? —sugirió Erin.

Antes de que yo pudiera protestar, Shaunee añadió:

—Sí, pero no diremos nada del papel que ha protagonizado su tatuaje en la desaparición. Solo diremos que vino aquí con nosotras y que se cansó de Zoey, que no hacía más que lloriquear.

—Y autocompadecerse —añadió Erin.

—Y mentir. Por eso se marchó. ¡Típico de Aphrodite! —terminó Damien la frase por ellas.

—La vais a meter en problemas —advertí yo.

—Sí, bueno, el karma es una asco —dijo Shaunee.

—Un asco que claramente sigue a alguien muy de cerca —añadió Erin, lanzándome una mirada dura.

Justo entonces unos cuantos guerreros, encabezados por Darius, se presentaron en el claro en el que estábamos nosotros. Daban terror con las armas preparadas, listos para dar una buena patada en el culo a alguien (presumiblemente, a nosotros).

—¿Quién ha roto el perímetro? —preguntó Darius con tal brusquedad que prácticamente ladró la pregunta.

—¡Aphrodite! —dijimos los cuatro al unísono.

Darius le hizo un gesto rápido a dos de los guerreros.

—¡Buscadla!

Luego se giró hacia nosotros de nuevo.

—La alta sacerdotisa ha convocado una reunión en la escuela. Se os necesita en el auditorio. Yo os escoltaré.

Seguimos mansamente a Darius. Yo traté de mirar a Damien a los ojos, pero él no quiso mirarme. Tampoco las gemelas. Era como si yo caminara con extraños. Peor, de hecho. Los extraños al menos pueden sonreír y decirte «hola». Mis amigos, definitivamente, no estaban dispuestos ni a sonreír, ni a saludarme.

Habíamos dado solo un par de pasos cuando me asaltó el primero de los dolores. Era como si alguien me estuviera clavando un cuchillo invisible en el estómago. Estaba convencida de que iba a vomitar, así que me doblé hacia delante y gemí.

—¡Zoey!, ¿qué ocurre? —preguntó Damien.

—No lo sé. Yo...

En ese instante dejé de ser capaz de hablar y, al mismo tiempo, todo a mi alrededor adquirió una tremenda nitidez. El dolor de estómago pareció crecer, y supe que los guerreros me rodeaban a pesar de que cuando alargué la mano, fue a la de Damien a la que me aferré. Aunque sabía que él seguía enfadado, Damien se agarró con fuerza a mí y pude oírle decirme que todo saldría bien.

El dolor se extendió desde el estómago hasta el corazón. ¿Me estaba muriendo? No tosía sangre. ¿Podía ser que estuviera sufriendo un ataque al corazón? Era como si me hubieran arrojado a la pesadilla de otra persona y en ella me estuvieran torturando unas manos invisibles con cuchillos también invisibles.

El ardiente dolor que de pronto me penetró por el cuello fue demasiado, y todo comenzó a ponerse negro en la periferia de mi visión. Supe que me estaba desmayando, pero el dolor era insoportable. No podía hacer nada… me estaba muriendo…

Fuertes manos me sostuvieron y me levantaron, y fui vagamente consciente de que Darius me llevaba en brazos.

Entonces sentí un terrible tirón en mi interior. Grité una y otra vez. Sentí como si me arrancaran el corazón en vida. Y justo cuando creía que no podía soportarlo más, paró. Se fue tan repentinamente como había comenzado, y yo me quedé jadeando y sudando, aunque perfectamente bien.

—Espera. Para. Estoy bien —dije.

—Mi señora, has tenido dolores terribles, y debes ir a la enfermería —dijo Darius.

—Muy bien. No —negué yo. Me alegré de oír mi voz, que volvía a ser completamente normal. Le di un golpe en el musculoso hombro a Darius—. Bájame. Lo digo en serio. Estoy bien.

Darius se detuvo y me dejó en el suelo, aunque de mala gana. Yo me sentí como si fuera un experimento científico mientras las gemelas, Damien y el otro guerrero me miraban con la boca abierta.

—Estoy bien —repetí con cabezonería—. No sé qué me ha pasado, pero ya estoy bien. En serio.

—Deberías ir a la enfermería. Nada más terminar el discurso, la alta sacerdotisa irá contigo a la enfermería a examinarte —dijo Darius.

—No. Rotundamente no —me negué yo—. Ella está muy ocupada. No hace falta que se preocupe por un extraño calambre o por lo que sea que me ha… producido ese dolor de estómago.

Darius no pareció muy convencido.

Yo alcé la barbilla y me tragué mi orgullo.

—Es que tengo gases. Muchos. Pregúntales a mis amigos.

Darius se volvió entonces hacia las gemelas y Damien.

—Sí, es una chica muy gaseosa —dijo Shaunee.

—La llamamos pedorra —añadió Erin.

—Sí, es extraordinariamente flatulenta —sentenció Damien.

Vale, no es que la tropa se reuniera en torno a mí porque me hubieran perdonado y fuéramos los mejores amigos otra vez. Simplemente se aprovechaban de la primera excusa que se les presentaba para hacerme sentirme violenta.

¡Jopé, cómo me dolía la cabeza!

—¿Gases, mi señora? —preguntó Darius, torciendo la boca.

Yo me encogí de hombros, y no me costó nada ruborizarme.

—Gases —confirmé yo—. ¿Podemos ir ya al auditorio? Ya me encuentro mucho mejor.

—Como desees, mi señora —me saludó Darius.

Todos cambiamos de dirección y nos encaminamos otra vez hacia el auditorio.

—¿De qué iba todo eso? —preguntó Damien en susurros, adelantándose para ponerse a mi paso.

—No tengo ni idea —susurré yo.

—Ni idea —repitió Shaunee en voz baja.

—O lo sabe, pero no nos lo quiere decir —murmuró Erin.

Yo no pude decir nada. Simplemente sacudí la cabeza con tristeza. Yo había provocado esa situación. Sí, tenía buenas razones, al menos en parte. Pero lo cierto era que había estado mintiendo a mis amigos durante demasiado tiempo.

Y como había dicho Shaunee, el karma era un asco, y tal y como había observado Erin a continuación, un asco que claramente me seguía de cerca. Nadie me dirigió la palabra durante el resto del camino al auditorio. Al acercarnos a la puerta principal, Jack se nos unió. Él ni siquiera me miró. Todos nos sentamos juntos, pero nadie me habló. Nadie en absoluto. Las gemelas parlotearon la una con la otra como siempre, sin dejar de otear la sala en busca de T.J y Cole, quienes, de hecho, las vieron primero y corrieron a sentarse junto a ellas. El ligoteo que siguió a continuación fue tan evidente que casi estuve a punto de jurar que jamás volvería a tratar de ligar. Como si tuviera elección.

Yo había ido dejando que todo el mundo me adelantara y me había ido quedando atrás, así que al final acabé sentada en el último sitio de la última fila. Damien estaba delante de mí, con el resto de la panda. Podía oírle susurrar cosas a Jack y ponerle al día sobre lo sucedido con Aphrodite y Stevie Rae. Ninguno de los dos me dijo nada a mí, y ni siquiera se giraron para mirarme.

Todo el mundo comenzó a ponerse verdaderamente nervioso, y a todos nos pareció que llevábamos una eternidad esperando. Yo me pregunté qué demonios estaba haciendo Neferet. Quiero decir que era ella la que había convocado aquella multitudinaria reunión. Prácticamente toda la maldita escuela estaba allí, y a pesar de ello yo me sentía terrible, increíblemente sola. Eché un vistazo a mi alrededor para ver si Erik estaba mirándome desde algún lugar de la sala, pero no lo vi por ninguna parte. Sí vi al pobrecito Ian Bowser, sentado en la primera fila con los ojos rojos y con el aspecto de haber perdido a su mejor amigo. Sin duda yo sabía cómo se sentía.

Por fin se produjo un murmullo y Neferet entró en el auditorio. La seguían bastantes de los profesores sénior, incluyendo a Dragon Lankford y a Lenobia. Rodeada de Hijos de Érebo, Neferet subió majestuosamente al estrado. Todo el mundo guardó silencio y le prestó atención.

Neferet no perdió el tiempo, fue directa al grano.

—Hemos vivido en paz con los humanos durante mucho tiempo, a pesar de que ellos nos han insultado y nos han condenado al ostracismo durante décadas. Ellos envidian nuestro talento y nuestra belleza, nuestra riqueza y nuestro poder. Y su envidia ha ido creciendo paulatinamente hasta convertirse en odio. Ahora ese odio se ha tornado en violencia, perpetrada contra nosotros por gentes que se llaman a sí mismas religiosas y virtuosas. ¡Qué abominación! —dijo Neferet, soltando una risa fría y bella.

Tuve que admitir que era increíblemente buena. Tenía a la multitud hipnotizada. De no haber sido una alta sacerdotisa, sin duda podría haber sido una de las mejores actrices de nuestra época.

—Es cierto que hay muchos más humanos que vampiros, y debido a nuestro menor número ellos nos subestiman. Pero yo os prometo esto: si ellos asesinan solo a uno más de nuestros hermanos o hermanas, yo declararé el estado de guerra —dijo Neferet, que tuvo que esperar hasta que los vítores de los guerreros cesaran para poder continuar, aunque eso no pareció importarle—. No será una guerra abierta, pero será una guerra a muerte y...

Las puertas del auditorio se abrieron y Darius y otros dos guerreros entraron en la sala, interrumpiendo el discurso de Neferet. Igual que el resto de nosotros, ella observó en silencio a los vampiros de rostro serio que se le acercaban. Yo pensé que Darius tenía un aspecto extraño. No estaba pálido, pero su cara parecía de plástico. Como si su rostro se hubiera convertido en una máscara viviente.

Neferet se apartó del micrófono y se inclinó de modo que él pudiera contarle lo que pasaba. Cuando terminó, ella se enderezó y se quedó muy recta, casi como si tuviera que estar rígida a causa de un terrible dolor. Después se balanceó y se apretó la garganta con una mano. Dragon subió al estrado para sostenerla, pero la sacerdotisa se sacudió, rechazando su ayuda. Lentamente volvió al micrófono y en una voz como de muerta, dijo:

—Acaban de encontrar el cuerpo de Loren Blake, nuestro amado vampiro poeta laureado, clavado a la puerta principal.

Sentí las miradas de Damien y de las gemelas fijas en mí. Apreté la mano contra la boca para ahogar un grito de terror exactamente igual que cuando vi juntos a Loren y a Neferet.

—Eso era lo que te sucedía —me susurró Damien, que estaba tan pálido que casi se había puesto gris—. Habías conectado con él, ¿no?

Yo solo pude asentir. Toda mi atención estaba fija en Neferet, que continuaba hablando:

—Lo han destripado y decapitado. E igual que con la profesora Nolan, han clavado un asqueroso letrero sobre su cuerpo. Esta vez, de su libro de Ezequiel. Dice así: «Exterminaran todos sus monstruos y abominaciones. Arrepentíos».

Neferet hizo una pausa e inclinó la cabeza. Trataba de calmarse, pero parecía como si estuviera rezando. Entonces se enderezó y alzó el rostro, y su ira resultó tan patente y enérgica que hasta se me aceleró el corazón.

—Como iba diciendo cuando llegó la noticia, no será una guerra abierta, pero sí una guerra a muerte de la que nosotros saldremos victoriosos. Quizá haya llegado el momento de que los vampiros ocupen la posición que les corresponde en este mundo, ¡y esa posición no es bajo el yugo humano!

Supe que iba a ponerme enferma, así que salí corriendo del auditorio, contenta de haber ocupado el último lugar de la última fila. Sabía que mis amigos no me seguirían. Estaban dentro, aclamando a Neferet como todos los demás. Y yo estaría fuera, echando la pota porque en lo más hondo de mi alma sabía que esa guerra con los humanos estaba mal. Esa no era la voluntad de Nyx.

Jadeé y respiré hondo varias veces, tratando de detener los temblores. Vale, puede que yo supiera que esa guerra no era la voluntad de nuestra Diosa pero ¿qué podía hacer? Yo no era más que una cría, y encima, con mis últimas actuaciones, había demostrado que no era una cría muy inteligente. Probablemente Nyx estaba enfadada conmigo también. O debería estarlo.

Entonces recordé ese dolor ya familiar que me había quemado alrededor de la cintura. Eché un vistazo a mi alrededor para tratar de asegurarme de que estaba sola, y me levanté la ropa. ¡Ahí estaba! Me había aparecido una bella marca en forma de filigrana alrededor de la cintura. Cerré los ojos. *¡Oh, gracias, Nyx! ¡Gracias por no olvidarte de mí!*

Me apoyé sobre la pared del auditorio y lloré. Lloré por Aphrodite y por Heath, por Erik y por Stevie Rae. Y lloré por Loren. Sobre todo lloré por Loren. Su muerte me había conmovido. En mi cabeza yo sabía que él no me había amado, que me había utilizado porque Neferet quería fastidiarme; pero eso a mi alma no parecía importarle. Había sentido su pérdida como si me lo hubieran arrancado del corazón. Yo sabía que en su muerte había algo que estaba mal, y ese algo que estaba mal era algo más que el simple hecho de haber sido asesinado por temores religiosos. Y esos temores podían relacionarse conmigo. Mi padrastro podía haber causado la muerte de Loren.

Su muerte… la muerte de Loren…

De nuevo volvió a sacudirme el dolor. No sé cuánto tiempo estuve apoyada sobre la pared del auditorio, llorando y estremeciéndome. Solo sé que me lamentaba por la muerte de la chica que yo solía ser tanto como por la de Loren.

—Es culpa tuya.

La voz de Neferet me atravesó como un cuchillo. Alcé la vista, me limpié la cara con la manga y la vi ahí, de pie, con los ojos rojos pero sin lágrimas.

Me ponía enferma.

—Todos piensan que no estás llorando porque eres valiente y fuerte —dije yo—. Pero yo sé que no estás llorando porque no tienes corazón. No eres capaz de querer lo suficiente como para llorar.

—Te equivocas. Yo lo amaba, y él me adoraba a mí. Pero eso tú ya lo sabes, ¿verdad? Nos viste cuando entraste a hurtadillas como la serpiente que eres —dijo ella.

Neferet miró rápidamente por encima del hombro hacia las puertas del auditorio y elevó el dedo índice hacia arriba, como diciendo que necesitaba un minuto. Yo vi detenerse y luego quedarse de espaldas a las puertas al guerrero que había estado a punto de acercarse a nosotras; era evidente que su trabajo consistía en vigilar que nadie nos interrumpiera. Entonces Neferet se giró de nuevo hacia mí.

—Loren está muerto por culpa tuya. Él sintió que tú estabas muy preocupada, y al saber que se había roto el perímetro, supuso que habías sido tú, que huías de la escenita que yo te había preparado con tu pobrecito y atónito Erik —dijo Neferet con un bufido sarcástico—. Loren salió a buscarte. Y entonces lo asesinaron.

Yo sacudí la cabeza y dejé que mi ira y mi repugnancia ahogaran mi dolor y mi miedo.

—Tú has causado todo esto. Tú lo sabes. Yo lo sé. Y, lo más importante de todo, Nyx lo sabe.

Neferet se echó a reír.

—Ya has utilizado el nombre de la Diosa en otra ocasión para amenazarme, y sin embargo aquí estoy, sigo siendo una alta sacerdotisa, y ahí estás tú, una estúpida, tonta iniciada, abandonada por sus amigos.

Yo tragué fuerte. Ella tenía razón. Ella era todo eso, y yo no era nada. Yo había hecho elecciones estúpidas, y por eso había roto la confianza de mis amigos en mí. Y ella seguía, digamos, al mando. Yo sabía en lo más hondo de mi corazón que Neferet ocultaba maldad y odio, pero ni siquiera yo podía verlo al mirarla. Ella era brillante y bella y poderosa. Tenía la perfecta imagen de la alta sacerdotisa, de la Elegida por la Diosa. ¿Cómo podía creer que algún día podría enfrentarme a ella?

Entonces sentí el empujón del viento, el calor de un día de verano, el dulce frescor de la costa, la salvaje vastedad de la tierra, la fuerza de mi espíritu. La nueva evidencia del favor de Nyx hormigueó alrededor de mi cintura mientras mi memoria me susurraba las palabras de la Diosa: «Recuerda, la oscuridad no siempre es lo mismo que el mal, igual que la luz no siempre trae el bien».

Enderecé la espalda. Me concentré en los cinco elementos, alcé las manos con las palmas hacia arriba y, sin tocar a Neferet, la empujé. La alta sacerdotisa salió disparada hacia atrás, se tambaleó, perdió el equilibrio y cayó de culo. Unos cuantos guerreros salieron corriendo del auditorio para ayudarla a ponerse de pie. Yo me incliné, fingiendo que quería asegurarme de que estaba bien, y susurré:

—Puede que la próxima vez quieras reconsiderar la idea de enfadarme, vieja.

—Las cosas no han terminado entre tú y yo —siseó ella.

—Por una vez, estoy totalmente de acuerdo contigo —contesté yo.

Entonces di unos cuantos pasos atrás y me aparté. Dejé que los guerreros y el resto de los iniciados y vampiros que salían en enjambre del auditorio se arremolinaran en torno a ella. La oí asegurarles que se había roto el tacón y se había tropezado, pero que todo estaba bien. Y después la multitud invadió el lugar con su presencia y su ruido.

No esperé a que las gemelas y Damien salieran del auditorio para demostrarme su indiferencia. Les di la espalda a todos ellos y me dirigí directamente a mi dormitorio. Pero enseguida tuve que detenerme cuando Erik salió de entre las sombras del edificio del auditorio. Tenía los ojos inmensamente abiertos como si estuviera atónito, y estaba pálido y tembloroso. Evidentemente, había sido testigo de toda la escena que se había desarrollado entre Neferet y yo. Alcé la barbilla y lo miré a los ojos azules.

—Sí, ocurrían unas cuantas cosas más de las que tú creías —dije yo.

Él sacudió la cabeza, pero más por la sorpresa que por la incredulidad.

—Neferet... ella es... ella... —Erik tartamudeó y miró por encima de mi hombro hacia la multitud que aún rodeaba a la alta sacerdotisa.

—¿Que si es una puta malvada?, ¿son esas las palabras que estás buscando? Sí, lo es.

Decirlo me hizo sentirme bien. Sobre todo me hizo sentirme bien decírselo a Erik. Quería explicarle más cosas, pero lo siguiente que dijo me detuvo.

—Eso no cambia lo que tú hiciste.

De pronto ya no sentí nada más que mucho, mucho cansancio.

—Eso ya lo sé, Erik.

Sin decir una sola palabra más, me aparté de él y me marché.

La luz previa al amanecer iluminaba el cielo, otorgándole a la oscuridad el tinte pastel de la neblina de la mañana. Yo respiraba profundamente, aspirando profundamente el fresco del nuevo día. Los enfrentamientos con Neferet y con Erik me habían dejado extrañamente en paz, y mis pensamientos se ordenaban por sí solos con facilidad en pequeñas y organizadas columnas.

Por el lado positivo: primero, mi mejor amiga había dejado de ser un monstruo no muerto, loco por la sangre. Por supuesto, yo no estaba del todo segura de qué era ni tampoco, para el caso, de dónde estaba. Segundo, ya no tenía que seguir haciendo malabarismos con tres novios. Tercero, ya no estaba conectada con nadie, cosa que también era buena. Cuarto, Aphrodite no estaba muerta. Quinto, les había contado a mis amigos un montón de cosas que tenía muchas ganas de contarles desde hacía mucho tiempo. Sexto, ya no era virgen.

Por el lado negativo: primero, ya no era virgen. Segundo, ya no tenía novio. Ninguno. Tercero, puede que yo hubiera provocado la muerte del vampiro poeta laureado o, si no había sido yo, puede que hubiera sido alguien de mi familia. Cuarto, Aphrodite era humana, y era evidente que eso la estaba volviendo loca. Quinto, la mayoría de mis amigos estaban cabreados conmigo y no confiaban en mí. Sexto, yo tenía que seguir mintiéndoles, porque no podía contarles la verdad con relación a Neferet. Séptimo, yo estaba en medio de una guerra entre vampiros (cosa que yo aún no era) y humanos (cosa que yo ya no era). Y octavo y premio gordo, la más poderosa vampira y alta sacerdotisa de nuestro tiempo era mi enemiga jurada.

—¡Miau! —maulló *Nala* con su voz de gruñona, concediéndome unos segundos para abrir los brazos antes de aterrizar encima de mí.

La abracé.

—Algún día vas a saltar demasiado pronto y vas a caerte de culo —dije yo, sonriendo y recordando—. Más o menos como Neferet, que se cayó de culo.

Nala encendió el botón de ponerse a ronronear y se restregó contra mi cuello.

—Bueno, *Nala,* parece que estoy en medio de un montón de mierda. Los puntos negativos de mi vida sobrepasan con mucho a los positivos pero ¿sabes qué es lo más extraño de todo? Que estoy empezando a acostumbrarme.

Nala dejó encendida su máquina de ronronear, y yo la besé en la manchita que tiene en la nariz.

—Vienen malos tiempos, pero creo sinceramente que Nyx me ha elegido, lo cual significa que estará conmigo.

Nala hizo un ruido como si fuera una vieja dama enfurruñada, y yo enseguida me corregí:

—Quiero decir que nos ha elegido a nosotras. Nyx estará con nosotras.

Cambié a *Nala* al otro brazo para poder abrir la puerta de los dormitorios.

—Por supuesto, el hecho de que Nyx me haya elegido a mí me hace dudar de alguna manera de su capacidad para tomar decisiones —musité solo medio en broma.

«Cree en ti misma, Hija, y prepárate para lo que viene.»

Yo grité al oír la voz de la Diosa, flotando en mi mente. Genial. Eso de «prepárate para lo que viene» no sonaba nada bien. Miré a *Nala* y suspiré.

—¿Te acuerdas de cuando creía que tener un *cumplenavidad* era mi problema más grave?

Nala estornudó directamente sobre mi cara. Eso me hizo reír mientras le decía *«puaj»,* imitándola, y me apresuraba a subir a mi dormitorio a por una caja de clínex que guardaba junto a la mesilla.

Como siempre, *Nala* resumía mi vida perfectamente: un tanto divertida, un tanto asquerosa, y con bastante jaleo.